벌채상한선
伐採上限線

윤택수 전집 03 – 장편소설

벌채상한선

초판 1쇄 인쇄 2016년 10월 15일
초판 1쇄 발행 2016년 10월 20일

지은이 윤택수

펴낸이 김연홍
펴낸곳 디오네

출판등록 2004년 3월 18일 제313-2004-00071호
주소 서울시 마포구 성미산로 187 아라크네빌딩 5층(연남동)
전화 02-334-3887 **팩스** 02-334-2068

ISBN 979-11-5774-537-1 04810(세트)
      979-11-5774-540-1 04810

※ 잘못된 책은 바꾸어 드립니다.
※ 값은 뒤표지에 있습니다.

디오네는 아라크네 출판사의 문학·인문 분야 브랜드입니다.

윤택수 전집 **03**

장편소설

윤택수 지음

디오네

차 례

1

—

평해平海

언제부턴가 평해平海에 가고 싶었다. 오랜 망집이었다. 지금 나는 『여지도서輿地圖書』를 보고 있다. 국사편찬위원회 위원장을 지낸 최영희 선생의 서문과 해설이 딸려 있는 영인본으로 마포도서관 아현분관 서가에 꽂혀 있었다. 나는 강원도 평해군 부분을 복사해 놓았었다.

지난여름에 나는 마포도서관 아현분관에 있었다. 책을 읽으려던 것은 아니었다. 제2열람실 112번 자리에서 나는 『벌채상한선』을 썼다. 어쨌든 열심히 공부하고 있는 이용자들 사이에서, 그들은 대개 20대 청년들이었다, 나는 좀 미안하기도 하고 창피하기도 했다. 내가 어쨌든이라고 토를 단 데에는 까닭이 없지 않다. 그들은 영어 공부를 했다. 그들 가운데에는 공무원 시험이나 자격증 시험을 준비하는 사람도 있었고 종로학원 재수생들도 있었고 또 환일고등학교 학생들도 눈에 띄었다. 그들이 보고 있는 책들을 넘겨다보기 전까지는 그렇게 생각했었다. 이 녀석들 정말 기특하군, 그래 열심히들 해라, 열심히 해서 무엇인가를 꼭 이뤄라. 지금은 그렇게 생각한다. 이 녀석들 알고 보니 불쌍한 놈들이었잖아, 그런 따위들을 외워서 어쩌겠다는 거야? 나가서 농구나 해.

최영희 선생에 따르면 『여지도서』는 18세기 중반경에 이루어진 지지地誌이다. 나라 안 온 고을에서 편집해 올린 읍지邑誌들을 원본 그대로 합편한 것으로 되어 있다. 필사본이고 유일본이다. 1899년에 나온 쿠람의 『한국서지증보』에도 소개되어 있다 하니 유일본치고는 대접을 받은 것으로 봐도 좋겠다. 영인본이 나온 것은 1973년이었다. 마포도서관 아현분관까지 흘러와서 서가 한편에 얌전하게 누워 있었던 것으로 미루어 상당히 알려지고 읽혔지 싶기도 하다. 1973년이면 나는 초등학교 졸업반이었다. 나는 『여지도서』의 평해군을 조금 있다가 읽어야지 생각했었다. 조금 있다가? 『벌채상한선』을 끝내고서 읽는다는 속셈이었다. 나는 실수를 한 것이다.

風俗守舊安常崇儉尙質嘉文學善武藝力農桑與魚塩(풍속수구안상수숭검상질가문학선무예력농상여어염).

　풍속은 옛것을 지키고 도리를 기뻐하고, 검소함을 소중히 여기고 실질을 숭상한다. 학문을 즐겨하고 무예에 능하며, 농사와 누에치기에 힘쓰고, 고기 잡기와 소금 굽기에 부지런하다.

물산物産 조에는 다음과 같은 특산물들이 제시되어 있다.

箭竹(전죽) 魴魚(방어) 廣魚(광어) 文魚(문어) 大口魚(대구어) 赤魚(적어)
古刀魚(고도어) 黃魚(황어) 銀口魚(은구어) 麻魚(마어) 鰒(복) 紅合(홍합)
紫蟹(자해) 海蔘(해삼) 藿(곽) 海衣(해의) 海獺(해달) 茯苓(복령) 麻黃(마황).

이는 각각 화살대나무, 방어, 넙치, 문어, 대구, 황돔, 고등어, 황어,
은어, 삼치, 복어, 홍합, 대게, 해삼, 미역, 김, 수달피, 복령, 마황이다.

진상품 목록은 특산물과 약간 다르게 씌어 있다.

人蔘(인삼) 文魚(문어) 生鰒(생복) 大口魚(대구어) 廣魚(광어) 海蔘(해
삼) 紅合(홍합) 銀口魚(은구어) 鰱魚(련어) 海衣(해의) 彩藿(채곽) 麻黃(마
황) 白茯苓(백복령) 赤茯苓(적복령) 白花蛇(백화사).

인삼, 문어, 말리지 않은 복어, 대구, 넙치, 해삼, 홍합, 은어, 연어,
김, 빛 좋은 미역, 마황, 백복령, 적복령, 흰 반점 무늬 뱀.

목장牧場 조는 다음과 같다.

本無而分養馬二匹七月受來翌年五月上納(본무이분양마이필칠월수
래익년오월상납).

본래 목장이 없으되 분양마 두 필을 7월에 받아 기르다가 다음 해 5
월에 상납한다.

『여지도서』 평해군 기록을 읽으면서 나는, 이야말로 정본正本이로군 하는 생각이 들었다. 평해는 예나 지금이나 궁벽한 고장이다. 『여지도서』에는 서울까지 열하룻길이라고 나와 있다. 지금은? 그 10분지 1 정도가 아닐까?

뿌리깊은나무에서 펴낸 『한국의 발견』 「경상북도」에는 다음과 같은 구절이 있다.

> 평해현은 조선 중엽까지 수군 만호부가 설치되었던 군사, 행정의 요충지였다. 평해현은 1914년 제국주의 일본의 행정 개편에 따라 없어지고 다시 울진군으로 들어갔지만, 그 땅을 이어받은 평해읍 주민들은 36킬로미터 떨어진 울진읍 주민에 견주어 독특한 자부심과 지방색을 아직도 지니고 있다.

군郡이냐 현縣이냐, 경상도에 속하느냐 강원도에 속하느냐. 한 지역 안에서의 또 다른 지방색 따위는 사실 평해 사람들의 삶에 아무런 의미도 없는 것들이다. 나는 정직하게 써야 한다. 내가 평해에 가고 싶다는 망집에 사로잡힌 까닭을 나는 잘 모르거니와 아마도 위에서 말하는 자부심과 지방색이 일정한 작용을 했을 것이다.

『택리지擇里志』에서 이중환은 다음과 같이 쓰고 있다.

自雲橋至府西大關嶺(자운교지부서대관령) 無論平地高嶺(무론평지고

령) 路在萬木中(로재만목중) 仰不見天日者(앙불견천일자) 凡四日程(범사일정). 自數十年前(자수십년전) 山野皆被開墾(산야개피개간) 爲耕稼場(위경가장) 而村落相接(이촌락상접) 山無寸木(산무촌목). 以此推之(이차추지) 他邑亦可知其同然(타읍역가지기동연) 可見聖代生齒之漸繁(가견성대생치지점번) 而山川亦多勞困矣(이산천역다로곤의).

운교에서 강릉부의 서쪽 대관령까지 평지고 높은 고개고 할 것 없이 길옆으로 수많은 나무들이 있어서 고개를 들어도 해가 보이지 않을 정도였는데 나흘 동안 내내 그랬었다. 몇십 년 전부터인가 산과 들은 남김없이 개간되어 농장을 일구어 마을들이 서로 이어졌으며 산에는 나무 한 그루도 없게 되었다. 이로 미루어 다른 고을들의 사정도 좋은 시대를 당하여 백성들이 점점 번성하는 모습이로되 자연은 적잖이 피로해졌음 아니랴.

평해에 가면 위로받을 수 있으리라는 나의 망집은 결국 『벌채상한선』이라는 몸을 얻었다. 마지막 문장을 쓰면서 나는 나의 욕망과 상상력의 결과에 몸서리를 쳤다. 나는 무슨 짓을 했던가?

그런 소설을 한 편 쓰고 싶었다. 가마쿠라 막부 시대의 승려 요시다 겐코가 『도연초徒然草』에서 이러이러한 사람으로 태어나고 싶다 하는 극히 세속적인 소망을 말해 놓은 예가 있듯이, 아무런 구김살이 없는 사람들을 그리고 싶었다. 구김살이 없다는 것에 대해서 오해하지는 말아 줬으면 한다. 한 잎의 우수나 방탕도 없는 사람을 가리키는 것은 아니라는 소리이다.

　그런 생각도 했었다. 악당이 없는 세계, 아무도 허망하게 죽어 사라지지 않는 봄과 여름을 그리고 싶다. 나는 누구보다도 입술을 근지러워 하는 사람이다. 그 사실을 나는 알고 있다. 나는 나의 생각을 몇몇 사람들에게 떠들고 다녔다. 그들은 말했다. 소설감이 아닌 것 같은데? 아직까지는 소설은 위기와 분란의 장르라고. 외세나 악마 혹은 우리 스스로의 파멸의지에 의해 장엄하게 무너지는, 어이없이 잦아드는 그런 소설들이 써져야 하지 않겠어?

　나는 깨끗한 포르노 소설을 쓰고 싶었노라는 이를 알고 있다. 깨끗한 포르노 소설은 하나의 역설이다. 형용모순의 극치이다. 지난봄에 「딥 임팩트」를 보았다. 거기 우주 가미카제 대장이 한 대원에게 책을 읽어 주는 장면이 나온다. 늙은 대장은 우주선에 오르면서 두 권의 책을 가지고 왔었다. 어떤 근미래의 우주선 안에서 그들은 소설을 읽고 있었다. 『모비 딕』과 『산머루 소년의 모험』이었다. 그는 그럴 수밖에 없었을지도 모른다. 그의 선택은 최선은 아니었다 하더라도 대안을 봉쇄해 버리는 명쾌함으로 가득하다.

　『모비 딕』이 처음을 어떻게 시작하더라. '내 나이 열일곱이어서 마음의 긴박한 명령에 완전히 복종하던 시절에' 아니다. 이건 『끝없는 사랑』이다. '일제빌은 소금을 쳤다.' 이건 『넙치』다. 성속불이聖俗不二의 바이블, 나는 『넙치』를 사랑한다. 『과자와 맥주』의 첫 문장도 좋다. 카렌 블리크센의 도도한 첫 발화들은 시시한 섹스보다 단연코 더 짜릿하다. 그 소설의 첫 문장을 당신은 어떻게 보는가? '언제부턴가 평해에 가고 싶었다.' 야비한 놈, 어떻게 이 자리에다가? 『모비 딕』은 그렇게 시작한다. '나를 추방자라 불러 다오.'

다음 문장에 나는 주목했다.

善武藝(선무예).
무예에 능하다.

이 문장은 어떨까?

好戰也(호전야).
싸움 싸우기를 좋아했다.

두 문장은 결코 다르다. 평해 기성 울진의 주민들이 상무尙武했다 함은 무엇을 말해 주는 것일까? 야만적이었다는 소리를 완곡하게 표현했던 걸까? 나는 이 부분에서 윤동주의 산문 「달을 쏘다」를 생각한다. 그 마지막 두 문장은 다음과 같다.

나는 꼿꼿한 나뭇가지를 골라 띠를 째서 줄을 메워 훌륭한 활을 만들었다. 그리고 좀 탄탄한 갈대로 화살을 삼아 무사의 마음을 먹고 달을 쏘다.

흔히 문무겸전이라고 말한다. 이 중에서 하나를 버려야 한다면 나는 서슴지 않고 문을 버릴 것이다.

『여지도서』는 평해의 특산물로서 황어와 은어와 연어를 열거하고 있다. 다 민물과 짠물을 오가는 2차담수어들이다. 이것들이 지금도 평해 남대천을 거슬러 올라오고 있을까? 전상린 교수의 논문 하나를 베끼다시피 한 「평해 남대천의 담수어상에 관한 보고서」에서 나는 그것들이 채집되거나 관찰되지 않은 것으로 처리했다. 그러고 싶었다. 하기야 『벌채상한선』에는 확인되지 않은 사실들과 거짓된 유사 정보들이 눈발처럼 날리고 있다. 『벌채상한선』이 출판된다면, 그럴 가능성은 희박하다, 나는 급히 숨어야 할 것이다.

마포도서관 아현분관에게 고맙다는 말을 하고 싶다. 나는 매일 아침마다 112번 책상을 닦았다. 화장지에 물을 묻혀서 문지르면 고운 때가 묻어났다. 참고열람실의 백과사전들과 지도책들에게도, 정원에 끊임없이 피어나던 무궁화에게도, 싸고 맛있었던 샌드위치와 김밥에게도 고맙다. 그리고 그에게도.

그는 이틀에 한 번 정도 와서는 서너 시간 정도씩 일본어사전을 찾다가 가곤 했다. 머리칼을 짧게 치고 블랙진과 몸에 달라붙는 검정 니트 스웨터를 입고 낙타털빛의 챙모자를 썼다. 그에게 나는 말을 걸지는 않았지만, 나는 그를 웅희와 재국과 기수를 쓰는 데에 조금씩 나눠서 사용했다. 그에게 말을 걸지 않은 것은 내가 만들어 가고 있는 웅희와 재국과 기수의 이미지를 더럽히지나 않을까 두려웠기 때문이었다. 더럽힌다는 말, 그는 아마 이해해 줄 것이다.

제20장 「남산식물지」를 쓰기 전에 나는 길을 나섰다. 마침내 평해에

가는 것이었다. 후포에서 버스를 내렸고 후포성당을 보았다. 평해에는
못 갔다. 언제 나는 그곳에 갈 수 있을까? 『별채상한선』을 쓰면서 제일
어려웠던 것은 그것이었다. 길지도 않은 소설 속에 쉰 명이 넘는 사람
들을 살게 하면서 평해에 가 보지도 않는다는 게 말이 돼? 그나저나 이
제 한동안은 써야지, 써야 할 텐데 하는 생각을 안 해도 된다. 그것이
나는 제일 좋다.

2

—

구름빵집

이 시끄럽고 지저분한 소년들이 몇 년 사이에 아름다운 청년들로 변화하는 것을 나는 이해할 수 없다.

성구는 비탈진 골목을 내려가고 있다. 골목은 위상학적으로 열려 있다. 그러나 아무도 샛길로 빠진다거나 낯빛 검은 새가 스며들기도 한다는 굴뚝 그 너머로 숨을 수 없다. 샛길도 굴뚝도 없는 사철나무와 박태기나무와 무궁화나무 따위들이 꽂혀 있다. 물성物性 억센 나무들이었다. 그들은 골목을 오르내리는 소년들의 발길에 툭툭 시달리면서 조금씩 조금씩 잦아들었다. 시먹지 않은 나무들이었다.

소년들이 인사를 건네 온다. 여럿이서 함께 주섬주섬 챙기는 인사는 인사를 받는 이를 멋쩍게 만든다. 삼삼오오 몰려가는 소년들 사이에서 성구는 아득한 소실점을 바라보며 제자리걸음을 하는 느낌이 든다. 그들은 젖내와 풋내가 채 가시지 않은 녀석들이었다. 물봉숭앗빛 무늬가 남아 있는 뺨의, 마지막 솜털들이 애잔하다. 성구는, 일제히 뽕잎을 갉고 일제히 고개 쳐들어 잠자고 일제히 실을 토하는 그 벌레들의 라이프 사이클을 알고 있었다.

"그리고 나는 누에 치는 손이고."

나는 또 심술을 부리고 있구나. 성구는 열네다섯 살의 소년들과 함께 비탈골목을 내려가면서 은은하게 도사린다. 코끝에서 매운 향기가 시큰 묻어난다.

성구는 아이들에게 공평해지려고 했다. 학창 시절, 사랑받고 싶었지만 사랑받지 못했던 기억 때문이었다. 공평하다는 것은 편애하지 않는다는 것이다. 그뿐이다. 그것이 쉽지 않았다. 첫해와 이듬해 내내 성구는 자문자답을 거듭했었다. 내가 지금 편애하고 있구나 하는 자각이 들 때마다 그는 남의 서랍을 열어 보다가 들킨 사람처럼 수치스러워지는 것이었다.

투르게네프 선생에게 자문한 적이 있었다. 성구는 그를 자신의 투르게네프라고 점찍어 두고 있었다. 그에게는 좀 미안한 일이었지만 엉킨 감성 부근에서 일어난 이름 붙이기를 가지고 앞뒤 사정을 밝히기도 난감했다. 혼잣생각으로만, 투르게네프 선생께서 무난하고 점잖은 쪽에 한 표를 던지시겠다니 나는 좀 튀고 야단스러운 쪽으로 가겠어, 하는 못난 마음을 후정거렸다. 재미가 아주 없지는 않았다. 도스토예프스키도 아니면서 성구가 투르게네프 선생을 백안시하게 된 데에는 투르게네프 선생의 지성과 미학 그리고 집요한 자기 단련이라는 덕목이 있었다. 그러므로 성구의 이름 붙이기와 눈 흘겨 뜨기는 나름대로의 정서적인 모래목욕으로서 쓸모가 없지 않았다. 투르게네프 선생은 성구의 자문에 명쾌한 열쇠를 쥐어 주었다.

"이성구 선생은 보기보다 순수하군. 세상에 편애하지 않는 교사는 없어. 두뇌가 명석해서 한 번 가르치면 다 이해해 버리는 우등생을 기특해하지 않는다면 오히려 이상하지 않을까. 씩씩하고 늠름한 기상이 있다거나 소년다운 의협심을 발휘하여 입을 꾹 다문다거나 하는 학생들이 사랑스러운 것도 당연한 일이고. 하다못해 옷차림이 단정하고 이목구비가 반듯반듯한 학생들에게 눈길이 더 가는 것도 인지상정이지. 아니 그런 학생들을 예뻐하며 관심 쏟는 일이야말로 교사의 특권이겠지. 야단스러워지지만 않는다면 괜찮네."

자물쇠 구멍 속에서 열쇠를 돌리다가 열쇠가 부러져 버리는 일이 있다. 성구는 투르게네프 선생의 말을 들으면서 이거 내가 임자를 만났구나 하는 기분이었다. 글쎄 그렇게 간단한 문제일까요, 투르게네프 선생? 성구는 그의 처방전에 다소곳한 자세로 귀를 모으면서 상대방이 자신의 웅크림을 알아채지나 않을까 신경이 쓰이는 것이었다.

아이들을 공평하게 대하는 법을 익히는 대신에 성구는 차츰 냉담해졌다. 편애하는 것보다는 아무도 사랑하지 않는 것이 덜 나쁘리라. 성구는 지혜를 쪼아 내고 있었다. 더 정확하게 이야기한다면, 이루어지지 않은 기대들의 마른 가시에 자꾸 찔리다 보니 찔린 자리마다 군살이 앉아 그만 둔해져 버린 것이 아니었을까. 성구는 여전히 서툴렀다. 한 마리의 털게.

구름빵집에는 전화가 없다. 빵을 사려는 이들은 목상감木象嵌으로 벼락무늬를 넣은 나무문을 밀고 들어가야 한다. 전화 없이도 구름빵집은 벌써 몇 년째 한 자리에서 빵을 굽고 있었다.

"처음에는 낳었어. 내가 구식이라서 평생 전화 같은 거 안 놓고 살 작정이었는데, 가게를 하려니 아무래도 있어야 할 것 같아서."

성구가 고향에서 가까운 학교로 옮기고서 얼마 지난 어느 겨울에 그는 이 묵고 외지고 슬픈 농읍農邑을 찾았고, 네모가방만 한 구름빵집 명판을 발견하고서 놀랐다. 그곳에 현숙희 선생이 있었다. 첫 출근을 하던 날이었다. 맞은편에 대각선으로 앉아 있던 여교사가 눈길을 건네 왔다. 바투 치켜 묶은 포니테일 스타일이었다. 목덜미가 갸름한 듯했다.

"저도 거기 나왔어요. 나이는 스물아홉. 방은 어디쯤에다 구했어요?"

성구는 여인네들 앞에서 주뼛거린다.

"1년 동안 뭐 하셨어요? 학교에는 처음이라고 들었는데."

성구는 깨끗하게 늙어가는 노파가 해주는 밥을 먹는 하숙생이었고 현숙희 선생은 멀지 않은 곳에서 자취를 했다. 영어 교사였다. 그의 방 앉은뱅이책상 위에 토플경시대회에서 받은 상패가 놓여 있었다. 2등이었다.

"교내대회였어요. 별것 아니지만 그래도 그걸 쳐다보면 힘이 되거든요."

담백한 성품의 여자였다. 자기라면 남의 눈에 띌까 무서워 치워 놓았을 것이다.

아이들이 슬쩍슬쩍 놀리는 때가 있었다.

"그림 좋던데요, 선생님. 어제도 같이 퇴근하시는 걸 봤어요."

"그림이야 좋았겠지. 남의 속 터지는 건 왜 몰라주시나?"

"모르기는요. 우리도 알 건 웬만큼 알고 있다구요."

"사실 이만저만 걱정스러운 게 아니야. 영어 선생님께서 나를 좋아하시면 큰일인데."

아이들이 야유를 퍼부었다.

"아이들이 야유하더라고요. 종희 녀석은 조목조목 따지면서 제가 선생님을 좋아하고 있음을 증명해 내기까지 했어요. 듣고 있자니 그런 것 같기도 하고."

"종희에게 들어야겠네. 증명 과정이 온당하다면 선생님이 저를 좋아하는 게 사실이라고 믿어도 되겠지요?"

그러저러하던 즈음에 다음과 같은 말을 듣게 되었다. 물론 본인으로부터.

"일곱 살이 됐어요, 우리 나이로."

성구는 그럴 법한 일이라고 여겨졌다. 왜 이렇게 남의 일처럼 아무렇지도 않을까, 역시 나는 그를 말이 통하는 동료 정도로 생각했던 것일까. 그러나 그것은 다친 마음을 수습하려는 성구 자신의 안간힘임을 스스로 알고 있었다. 그 힘겹고 거짓된 도모 한편에서 분하다는 심사가 뾰족뾰족 돋아났다.

"그이하고는 3학년 때에 만났어요. 그이는 제대한 복학생이었고, 내 쪽에서 쫓아다녔어요. 4학년 때에 아이를 가진 것을 알았어요. 그이는 아직 모르는 채였고 주변 사람들에게 민망하게 됐다는 생각이었지만, 오래 갈등하지는 않았어요. 그 겨울에 기수를 낳았고, 나는 여기로 발령을 받았고, 아이는 지금까지 어머니께서."

"아이 아버지는?"

"그이에게 말했어요. 나는 아이를 낳을 거라고, 결혼하는 것과는 관계없이 아이를 낳아 키우겠다고. 고맙게도 이해해 줬어요."

"그래서 혼자서?"

"그렇지는 않아요. 얼마 뒤에 혼인계婚姻屆를 냈어요. 저의 제안에 그이가 동의해 줬어요. 이기수와 현기수. 어때요, 현기수 쪽의 어감이 좀 낫지 않나요? 아쉽기는 했어도, 저는 그이를 그이가 나를 생각하는 것보다 훨씬 좋아했어요. 지금도 그렇지만."

구름빵집은 작은 가게였다. 탁자가 세 틀이었다. 그 한 탁자에서 이름이 이기수일 소년이 책을 읽고 있었다. 성구가 고개를 들자 현숙희 선생이 보일락 말락 눈썹으로 대답했다.

"기수 군. 우리 악수 한 번 할까?"

소년은 그 사이 성구를 잊고 있었다. 제 엄마를 쳐다보는 품이 낯을 가리는 것이다. 좋아, 너는 나를 잊었구나, 나도 굳이 그 시간들을 상기하지 않으마, 그나저나 이 녀석 사뭇 자라 버렸구나. 성구는 희미한 애수에 젖어 들었다. 소년이 안채로 들어가고 나자, 현숙희 선생은 그제서야 성구를 자리에 앉혔다.

"얼마나 됐지? 탁자며 카펫이며 낡아 가는 태를 보니."

"이제 2년 막 지났어."

"수지는 맞춰지나?"

"아무려면 월급쟁이만 못할까."

"이름 보고 들어왔어. 구름빵집 구름빵집 노래를 부르더니."

성구는 안도감이 들었다. 이 여인네는 잘 해내고 있구나 하는 어림은 그를 나른하게 만들었다.

"그냥 와 봤어."

"잘 왔어."

현숙희 선생과 좋게 지낸다고 소문나면 이 선생이 나쁜 겁니다. 어느 날 성구를 불러들인 교장 선생의 말이었다.

"안녕하십니까. 이채군입니다."

"가끔 얘기하던 그 나무꾼이래요. 이쪽은 우리 학교 수학 선생님이셔."

"첫눈에 알아봤습니다. 그러니까 우리는 연적이 되는 건가요? 숙희 씨를 사이에 둔 삼각관계. 내게도 이런 일이 일어나는군요."

"이성굽니다."

이채군은 다감했다. 현숙희 선생의 단정한 결기를 능히 감싸 안아 눅일 듯했다.

"그렇게 느꼈어? 그럴지도 몰라. 그이는 여러 측면으로 합목적적인 사람이야. 때로 분별을 허물어뜨리지만, 그이의 그런 일탈과 위반도 나는 좋아하려고 해. 시어머니가 언젠가 한 번 그러더라. 기수 애비만 한 사람도 없으니까 잘해 줘야 한다고. 혼인계 내던 날, 그이가 그랬어. 이런다고 해서 같이 살겠다는 것은 아니라고, 좋은 사람 생기면

갈 거라고, 어느 날 아무도 모르게 사라져도 의아해하지 말라고. 하나
도 서두르지 않고, 마치 연습이라도 한 것처럼 말하는 거야. 바보, 그
런 말은 듣지 않아도 벌써 알고 있었는데."

그랬군, 그리고 당신도 지금 서두르지 않고 있어. 성구는 어쩌자고
딱한 마음이 들지 않는 것이었다. 마음의 여울 그 바닥에서 굵은 모래
들이 물살에 씻기고 있었다.

"나는 생각했어. 이채군, 너 정말 잘났구나."

"그건 뭐야?"

"비겁과 위선은 나도 싫어. 그런데 막상 그이에게서 그런 말을 듣자
정이 떨어지는 거야. 이 잘난 남자에게 내 인생을 걸지는 않으리라. 성
구야, 이런 경우에 인생이니 뭐니 하는 말 안 쓸 수는 없는 거니?"

성구는 현숙희를 안았다. 뜻밖에도 차분하게 안겨오는 현숙희의 깃
털을 뜯으며 성구는 이채군에게 한 마디를 건넸다. 미안하다고.

"영림서 공무원입니다. 세상에서 가장 오랜 직업이지요. 임업시험장
일을 하고 싶은데 자리가 안 나는군요."

성구는 현숙희 선생보다 이채군 쪽이 오히려 편안했다. 이상한 일이
었다. 작은형이 있다면, 그 형과 세속적인 이야기를 나눈다면. 성구는
이채군에게 모르는 사이에 감화되고 있었다. 그런 성구의 사정을 현숙
희 선생은 어느 서슬부터인지 통찰해 내고 있었다. 아마 그것은 이채
군도 성구 자신도 마찬가지였을 것이었다.

"기수 군 공부 잘해?"

"국어만 빼고."

"국어만 빼고?"

"중학교 2학년 때였어. 국어 선생님이 부르시는 거야. 성적단표를 보여 주시면서 필답고사 80점, 방학과제물 10점, 구두시험 5점, 작문 점수 5점. 합해서 100점이 되었구나. 선생님은 지금 자존심이 상해 있어. 어떻게 국어점수가 100점이 나올 수가 있었지? 선생님이 실수한 거야. 그래서 너의 국어점수를 깎기로 했다. 2점. 네가 이해해 주면 좋겠지만, 이해해 주지 않아도 상관없어. 나는 네가 이해하든 않든 깎을 거야. 그래서 전 과목 석차가 바뀐다고 해도 깎을 거야."

"재밌군. 그런데 왜 2점을 깎았을까? 1점만 깎아도 됐을 텐데."

"나는 그때도 이해했었어. 국어점수 100점은 좀 우습다고. 예체능이나 윤리 과목의 점수는 계량화計量化할 수 있어도 국어는 다를 거라고. 2점 정도 깎는 게 자연스럽겠다고."

"그랬던 엄마의 아드님께서는 몇 점을 받아 오시나?"

빵이 맛있었다.

"맛있지? 내가 찾아 배양한 효모를 넣었어."

현숙희 선생이 얇은 파일을 가져다 성구 앞에 펼쳐 놓았다. 모노크롬으로 인화된 타원형의 유기체有機體들.

"SK-47, 이건 뭐지?"

"그것들 이름이야. 마흔일곱 번 만에 찾아냈거든. 행운이었어. 마흔일곱 번 만에 원하는 균주를 분리했다니까 다들 믿지 못하는 눈치였어. 그 놈들을 잡지 못했더라면 아직까지도 흙 파러 다녔을지도 몰라."

SK-47은 다문다문한 것이 어여뻐 보였다. 성구는 자신의 침침한 바닥에 깔려 있는 자기애自己愛가 꼼지락거리는 것을 감지하며 말머리를 돌렸다.

"이채군 씨는?"

"왜 찔리니? 아님 보고 싶어지기라도 한 거니?"

문득 성구는 만만한 기분에 파묻혔다. 그래, 얼마든지 빈정거리려무나. 빵집 마누라가 되어 버린 너와 함께 슬슬 농담이나 하며 사는 것도 나쁘지 않겠지. 기수 녀석 크는 거 훔쳐보면서 소설이나 읽을까나. 유르스나르와 보르헤스와 윤후명과. 그리고 숙희 너.

"애가 섰어."

성구는 우뚝 멈춰섰다. 뭐라고 했지? 다시 한 번 말해 줘. 멈춰선 성구를 버려두고 여자는 융기해안의 단구段丘를 뛰어올랐다. 바다 끝 검은 저 너머에서 그르렁그르렁 해명海鳴이 울었다.

"바람이 차다."

성구는 뒤에서 여자를 안았다. 아, 작다. 작은 여자야, 울먹이지 말고 무슨 얘기든 좀 해 다오. 성구는 자신의 팔에 안긴 몸이 속삭이는 소리를 들었다. 가마우지처럼 외롭게 여자의 몸은 말하고 있었다. 이건 나의 문제일 뿐이야.

"채군 씨도 성구 씨 소식을 묻던데."

"빵 좀 더 줘."

"맛있게 먹어 주니까 참 좋다."

구름빵집에는 전화가 없다. 빵을 사려는 이들은 목상감으로 벼락무늬를 넣은 나무문을 밀고 들어가야 한다. 성구는 문 앞에서 명판을 바라보면서 머뭇거린다. 명판이 달라졌군. 물감 통에 빠뜨렸다가 건져 낸 듯한 네모 흰 나무 바탕 위에 검은 붓으로 정성껏 글씨 쓴 명판이었다. 자기를 주장하지 않아서 더 오만하고 불친절한 명판을 성구는 속으로 아꼈었다. 그것이 알루미늄 합금판으로 바뀌어져 걸려 있다. 습습하고 으슥한 어느 어두운 서가에 누워 있는 목판본 한글 책에서 집자集字했을 구름빵집이라는 글자들 하나하나가 알루미늄의 탄성彈性을 받아 전기電氣를 내뿜고 있다. 뿐더러 그 아래에는 잔글씨들이 올망졸망하게 딸려 있다. 1994년에 처음 문을 열었다고.

구름빵집을 나와 이채군의 산막山幕으로 가면서 성구는 소나무 숲들을 만났다. 먹으로 그린 듯한, 조바심 내지 않아 태연한, 잘생긴 나무들이었다. 해안선을 따라 북쪽으로 버스로 1시간이 걸렸고, 거기서 버스를 갈아타고 제법 높은 산줄기의 척릉脊稜을 비끼어 낸 횡단도로를 달리면서 산읍山邑에 도착했을 때는 날이 저물어 있었다. 이채군은 어제 헤어진 사람에게 오늘 한 일을 이야기하는 듯한 목소리였다. 이채군을 따라 그가 몰고 온 지프에 올랐다. 이미 어둠이 짙어 있었다. 눈발이 날리기 시작했다. 성구는 이채군에게 투정을 부리고 싶은 마음이 되었다가 어느 결엔가 살풋 잠이 들었다.

"다 왔습니다."

사방이 캄캄했다. 눈은 이미 발등을 덮을 만큼 쌓였고 더욱 굵어지고 있었다. 개가 짖었다. 성구는 풋잠결에 지프의 진동이 멎었음을 느꼈고 이채군의 목소리를 들었고 눈이 점점 무거워지는 것과 개가 짖는 것을 낱낱이 헤아렸다. 이채군 씨, 나 아직 잠자고 있어요. 이채군이

성구의 어깨를 흔들었다. 지프의 실내등에 얼비친 얼굴이 장난꾸러기처럼 명랑했다. 개가 짖고 있었다. 결국 오고 말았군그래. 이것은 이채군의 어법이다, 내게도 이런 일이 일어나는군요.

통나무를 틀어 올린 산막은 좁고 낮았다. 송지유松脂油 냄새가 떠돌았다. 감자와 양파를 썰어 넣은 닭찜을 둘로 노느는 이채군의 손놀림을, 성구는 입맛을 다시며 주시했다. 서두르지 않는 정확한 동작이었다. 도구와 기계를 능숙하게 다뤄 내는 손이었다. 눈과 손과 도구와 도구가 가 닿는 물체들, 그 물체는 대지大地일 수도 있고 흑단黑檀일 수도 있고 소녀의 겁먹은 무릎일 수도 있다. 우리는 여러 물체들과 함께 살아간다. 물체들은 대체로 우리를 경원敬遠하여 우리가 그들의 뒤로 가려고 하면 슬쩍 돌아앉는다. 돌이 땅에 닿는 부분, 고기잡잇배의 밑창, 사찰이나 서원書院 건물의 뒤편, 젊은 작가의 첫 책의 그 후의 행로. 물체들이 우리에게 자신의 뒤를 허락하지 않으려는 것은 당연한 노릇이다. 세상의 이채군들을 만나 꼼짝없이 칼로 도려지고 사슬 도르래에 들려 옮겨지기까지 물체들은 거기에서 외로운 뒤를 감추고 있다.

김치를 덜고 밥을 푸고 컵에 물을 따르고서야 이채군은 성구의 앞에 마주앉았다. 이채군은 성구에게 먹으라는 말도 하지 않았다. 그것이 좋았다. 점심에는 숙희가 구운 빵을 먹었고 저녁에는 이채군 씨의 닭찜을 먹는구나.

"감자가 설익었군."

"칼자국이 무너질 만큼 삶아진 것보다는 낫지 않습니까?"

"실패를 위로받는 것보다 언짢은 일도 드물지요. 살아 있는 칼자국으로 저를 위로해 주신 것은 결코 실패가 아니었습니다만."

성구는 손톱만 하게 자른 마름모꼴 잎새를 젓가락으로 골라냈다. 짙은 자줏빛의 그것에서는 빛깔처럼 강렬한 향기가 났다.

"차조기 잎입니다. 처음이실 것 같아서 세 조각만 넣었는데 그게 그쪽으로 갔군요."

이채군은 제 앞의 그릇 속에서 자줏빛 마름모꼴을 골라내더니 시식내관試食內官이라도 된 듯이 그것을 입으로 가져가 알뜰하게 우물거리는 것이었다. 성구도 이채군의 패턴을 따랐다. 식사예법을 새로 배우는 방외인方外人의 탄식은 동정과 비난을 부른다. 성구는 심각하게, 이채군은 짓궂은 듯하게, 입안에 넣은 차조기 잎새를 우물거리다가 거의 동시에 웃음을 터뜨렸다.

"이성구 씨 글을 읽은 적이 있습니다. 현숙희 씨하고 같이, 학교신문에서."

성구는 얼굴을 붉혔다. 뭐라고 대꾸해야 할까, 성구가 우물쭈물 딴청을 부리려고 하자 이채군은 정색을 했다.

"그 글이 실린 신문을 현숙희 씨가 들고 왔었습니다. 내 방에 엎드려서 함께 읽었지요. 그동안 이성구 씨와 몇 차례 만나면서도 글과 사람을 연결시키지 못했었는데, 신문에 나온 이름은 펜 네임이었지요?"

이제 할 수 없게 됐군. 성구는 수긍했다. 프랜시스 베이컨과 김진섭의 인문적 교양감각을 흉내 낸 수필이었다. 성구의 글임을 알아챈 몇 사람인가가 독후감을 말해 줬고 성구는 다시는 그런 글을 쓰지 않겠다고 생각했었다.

에세이 정신이란 우리가 가지고 있는 문물文物의 목록을 점검하고 새로 배열하는 의식意識이고 의식儀式이다. 유머란 드높은 이상理想과 한심한 지상地上이라는 괴리乖離를 단축시켜 주는, 우리가 항용 합성해 내는 마약 일반一般을 가리킨다. 대부분의 마약이 그렇듯이 도취陶醉와 진정鎭靜을 부른다. 내성內省과 비판批判을 거치지 않은 유머는 일상日常과 초극超克을 할퀴고 찢는다. 존재는 우산雨傘처럼 가볍다. 겨우 잊어버리려고 하는 글을 들먹거리는 이 사람은 지금 나를 능멸하고 있구나. 성구는 자신의 글의 꼬리가 지긋지긋해지기 시작했다. 잘못은 내가 저지른 거야, 이 사람은 다만 기억의 나사를 죄고 있을 뿐이고.

"존재는 우산처럼 가볍다."

이채군이 다시 글의 꼬리를 밟았다. 성구는 짜증이 솟았다. 성구의 얇은 안면근육을 확인한 이채군이 얼핏 동작을 멎었다. 오른손에 젓가락을 벌려 잡고, 왼손으로는 식탁을 짚고, 목을 갸웃 기울이고, 아래턱을 열어 입을 벌린 상태로.

이채군은 곧 자로 재는 듯한 동작을 이어 나갔다. 오른손의 젓가락을 식탁에 내려놓고, 아래턱을 당겨서 입을 다물고, 컵을 들어 물을 마시고, 식탁을 짚은 왼손으로 몸의 무게중심을 옮기면서 자리에서 일어나고, 서두르지 않는 걸음걸이로 성구 쪽으로 다가와서는, 다짜고짜로 성구를 잡아 일으켜 세웠다. 그리고 성구를 끌어당겨 입을 맞췄다.

"왔다는 소리 들었어. 참 일찍도 찾아왔네."

여인네들은 손부터 늙는다. 숙희는 혼자서 봉숭아 꽃물을 들이는 것이다. 성구는 어설프게 테이핑 작업을 하는 숙희를 선 채로 내려다본다. 지난여름에 말려 두었던 꽃잎을 물에 적시는 과정이 더해질 뿐으로 손톱에 봉숭아 꽃물을 들이는 일은 언제라도 정다운 허영일 터였다.

"보고 싶었소."

이채군은 싹싹하게 제자리로 돌아가 앉아 다시 밥을 먹기 시작했다. 성구도 따라 앉았다. 무슨 일이 있었던가?

아무 일도 없었다. 이채군이 혼잣말처럼 말했다.

"이성구 당신에게, 한번 해 보고 싶었어."

"재미있나요?"

"그런 것 같기도 하고. 오늘 여기서 자고 가시오."

성구는 숙희를 일으킨다. 입술을 찾아 문다.

3

—

타이트 턴

자전거는 군살이 말끔히 제거된 육체이다. 굴신운동을 하는 육체. 웅희는 자전거의 자유와 절제와 관성을 사랑한다. 그는 응봉산 무릎에 있다. 해발 100미터. 마을이 끝나고 구릉지대. 섬세하게 경작되었던 밭들은 이제 황폐해졌다. 응봉산은 처녀성을 회복해 가는 중이다. 산은 몰개성하다. 경작지 너머 잡목지대. 마른 풀과 낙엽 아래로 잔빙殘氷이 더러운 이빨을 감추고 있다.

웅희는 산음山陰 쪽에 있다. 겨울 끝, 먹칼을 쿡쿡 찍은 듯한 잡목림에는 새들이 깃든다. 이웃들에게 경계 신호를 보낸다. 딱새와 박새 같은 텃새들은 무정하다. 틈입자가 있어. 웅희는 자전거를 둘러메고 있다. 자전거가 긁히는 것을 참지 못하던 때가 있었다. 이제 가끔 염분이나 털어 주는 정도이다. 긁히지 않는 것이 중요한 것은 아니다. 쭈루쭈

루쭈쭈 뺫뺫. 잡목지대를 벗어나자 새들이 득의만만하게 지저귄다. 틈입자는 겁쟁이였다.

웅희는 자전거를 내려놓지 않을 것이다. 그것은 무모하다. 웅희가 자전거를 어깨 위에서 풀어 내려놓았다가 이윽고 재장착하는 것, 그 일련의 동작이 반복되고 잦아지는 것. 웅희는 유혹을 눌러 놓았다. 그것은 최초의 유혹이었다. 웅희는 그것을 안다. 지금 산에는 웅희 혼자 있다. 한동안 산은 버려졌다. 땔감과 참나물과 산과山果의 지대. 이제는 웅희처럼 낭인정서浪人情緒에 들뜬 이들이나 드나들 뿐이다. 누구도 산이 버려진 것을 아쉬워하지 않는다. 그는 어제 평해중학교를 졸업했다. 그리고 지금은 응봉산 중턱의 솔수펑이에 있다. 아무도 보고 있지 않아도, 아무도 보고 있지 않을수록 웅희는 자전거를 내리지 않을 것이다. 독한 녀석, 웅희.

새총을 만들어 보았는지. 마침맞게 굴절한 나무를 잘라 신축 고무줄을 겹쳐 묶고 고무줄 중앙부에 장탄 가죽을 붙이면 된다. 홈파기, 구멍 뚫기, 매듭짓기, 첫 돌을 재어 허공에 겨누기. 마운틴 바이크를 처음 만났을 때 웅희는 야무진 새총을 떠올렸었다. 명확한 면 분할의 다이아몬드 프레임, 클립세스 페달, 세라 이탈리아 프라이트 티타늄 안장, 메가 바이트 우툴두툴한 타이어. 그는 물건에 마음을 쏟는다. 워크맨과 동아연필과 단면도(single edge blade). 일체의 꾸밈과 덧붙임을 떼어 낸, 평평범범한 형상과 용도의 물건들. 물건들의 그러한 아름다움을 아는 이는 불행하다. 자칫 까다롭다는 평판을 얻는다.

웅희는 이제 유혹에 시달리지 않는다. 그러나 점점 생각이 많아지고 있다. 그는 생각에 휩쓸려서 떠내려갈 수도 있다. 기수 말이 옳을지도 몰라, 마운틴 바이크는 멋으로 타는 것이라는. 공부만 잘하는 약골이 그런 말을 했다면 웅희는 선선하게 인정했으리라. 그러나 기수라면 문제가 달라진다. 기수는 말했었다. 너는 몸이 예뻐서 썩 잘 어울려. 웅희는 몸이 예쁘다. 긴 다리와 울매 고운 어깨와 미처 딱딱해지지 않은 흉곽. 그가 천천히 페달을 밟으며 지나가면 한 마리의 순결한 짐승이 도약하여 사라진 벌판 같은 충만감이 밀려온다. 그러한 사실을 웅희는 알고 있을까. 웅희는 기수의 말을 부인한다. 나는 멋으로 타는 게 아니야. 응봉산 꼭대기까지 마운틴 바이크를 메고 올라가자는 아이디어는 기수의 말에 대한 반발에서 움텄다. 기수 너는 왜 하필이면.

아이디어는 아이디어일 때에 부싯돌처럼 존재한다. 아이디어가 아이디어를 넘어 구체적인 현실과 대면하게 되면 예기치 않았던 웅덩이와 가시덤불에 가로막힌다. 웅희는 생각한다. 이기수, 네가 보고 싶어지겠지. 웅희는 생각한다. 나는 지금 여자처럼 약해져 있군. 웅희는 생각한다. 너는 기수와 떨어지게 된 것을 내심 기뻐하고 있지 않느냐. 사실 기수는 너를 한갓 친구로 여길 뿐이다. 웅희는 운다. 이제껏 한 번도 기수를 이겨 보지 못했다. 마운틴 바이크를 산꼭대기까지 옮겨 놓은들 무엇이 달라지겠는가만, 웅희는 약간 필사적인 심정이었다. 그가 우는 것은 아마도 힘이 부친 탓이리라. 웅희, 깜찍한 녀석.

경사가 완만해지는가 싶더니 정상이었다. 해발 387미터. 그는 오기를 부려서 잠시 자전거를 둘러멘 그대로 서 있었다. 오른쪽 견갑골이 욱신거린다. 그는 유리그릇을 다루는 것처럼 어깨에서 자전거를 떼어

냈다. 다시 일어서니 산릉과 강줄기와 마을들이 차례로 나타났다. 그리고 바다가 눈 속으로 뛰어들었다. 마침내 웅희는 기진맥진해졌고 무릎을 꿇으며 쓰러졌다. 그는 누운 채 손등으로 천천히 눈물을 훔쳤다.

웅희는 스노 재킷을 벗었다. 엘보우 밴드를 풀었다. 웅희는 재빠르게 옷가지들을 벗어 던졌다. 그리고 똑바로 버텨 서서 꼿꼿하게 발기하여 솟은 뿌리를 문지르기 시작했다.

처음에는 정말 이상했었어. 1학년 초에 선생님께서 네게 집에 전화가 없느냐고 물었었지. 너는 그렇다고 대답했고. 전화가 없으면 직접 찾아가거나 편지를 쓰면 되는 것이고 좀 불편할 뿐으로 도리어 넉넉해질 수도 있다는 것을 나는 이제야 깨닫고 있어. 언제였더라, 반 친구들과 함께 너의 집에 가서 또 놀랐구나. 전화만이 아니라 텔레비전도 없다니. 너는 너의 컴퓨터로 동화상을 띄워서 우리에게 농구 경기를 보여 줬다. 화면은 작았지만 화질도 사운드도 손색이 없는 너의 텔레비전 시스템은 과연 쌈박했고, 너는 언제나처럼 말했어. 잘 안 봐, 재미가 없어서. 기수야, 나는 그 날 속이 쓰라렸다.

잘 지내느냐. 형도 잘 지내고 있다. 생일로 보나 키로 보나 정신연령으로 보나 내가 형이고 너는 아우다. 편지는 이렇게 일방적인 고지告知가 가능한 통신수단이었구나.

군에 간 형의 방을 쓰고 있어. 큰이모네 집은 방이 넷인데 나는 형이 쓰던 방을 쓰겠다고 했어. 현관방도 비어 있었거든. 정원 속의 컨테이

너 박스야. 누나가 방 정리를 도와줬어. 누나는 2학년, 쾌활한 여고생일 뿐이야. 형의 물건들은 당분간 컨테이너 박스에 두기로 했어. 덕분에 꽤 많은 책과 잡지가 어쨌든 내 차지가 되었구나. 여러 사람들에게 물려받은 너만은 못하지만. 큰이모네와 우리 집은 왕래가 없어. 거의 남남이다 싶을 만큼이야. 그래도 이모는 내가 기숙사에 들어가려고 한다니까 화를 내시더라. 내게는 세심하게 마음 써 주시는데, 우리 아버지를 홀대하는 보상심리라는 걸 나는 알아. 기숙사 생활을 못 하게 됐지만 결과적으로 잘됐다고 생각해. 무엇보다도 이 컨테이너 박스의 무뚝뚝한 박력.

이팝회에 들었다. 이팝나무 모임. 평해, 영해, 흥해 출신으로 포항에 유학 와 있는 고등학생들의 모임이야. 나도 모르는 사이에 회원이 되어 있더라고. 그 점을 지적했더니 나를 데리러 온 선배가 불쾌했다면 사과하겠다고, 한번 참석해 보고서 결정해도 괜찮다고 하는 거야. 사실 이들 지역을 하나의 아이덴티티로 걸어 보겠다는 시도 자체가 수상쩍게 여겨지기도 했고, 지역사회와 국가에 쓸모 있는 인재가 되기 위하여 회원 상호간에 합심진력을 꾀한다는 취지가 또 어마어마해서 웃어 버렸구나. 순간 모두들 나를 못마땅하게 쳐다보는 거야. 나중에 평중 선배 하나가 따로 불러서 주의를 주더라. 잘못했다고 했지, 뭐. 나는 스타일리스트지만, 할 수 없었어. 요즘 이렇게 산다.

그런데 이팝회 제29회 부회장이, 그러니까 나는 30기가 되는 셈인데, 잘은 모르지만 예비 엘리트 모임쯤 되는 모호한 성격의 사설 친목단체가 30년씩이나 이어져 내려왔다는 사실이 놀라웠는데, 그 29기부회장이 나를 다독거려 줬어. 짐작하겠지만 예뻐. 이팝회 사람들 다 제 잘난 멋에 사는 것만은 아니며 어떤 때에는 분명히 보탬이 되기도 하고 무엇보다도 하나의 사설단체가 어떻게 돌아가는지 관찰하는 것도 좋을 거라고 했어. 예쁠뿐더러 말도 잘하는 누나에게 넘어가지 않고 어쩌겠느냐. 그렇게 이팝회 회원이 되었다.

졸업식 다음 날, 1998년 2월 13일에 응봉산에 올랐었어. 혼자, 아니 나의 컴퍼티션과 함께. 참, 내 바이크 너 줄게. 어머니께 말씀 드려 놓을 테니 가져가라. 부품 박스하고 공구 박스도 챙기고. 공구 박스 안에 정비 매뉴얼이 들어 있어.

네가 내게 그런 말 한 적이 있어. 나는 몸이 예뻐서 마운틴 바이크가 썩 잘 어울린다고. 그 말 들었던 것에 대한 일종의 복수라고 생각해도 좋아. 너도 썩 잘 어울릴 걸, 하하.

응봉산 정상에서 북동쪽 능각으로 빠져 내리는 코스에 P-이글-1이라고 이름 붙였어. 고백하지만 내가 그 코스를 개척했다는 증거를 남기기 위해서 이 편지가 쓰여지고 있다고 봐도 돼. P-이글-1 코스는 중급 난이도에 못 미치는 정도야. 다운힐 다섯 번, 타이트 턴 세 번이면 끝. 마지막 타이트 턴 때에 장애물을 피하지 못했어. 올라가면서 확인한 장애물이었는데, 그만 감탕나무 덤불에 처박히고 말았지. 그 장애물을 감탕나무라고 부르면 어떨까. 이 사실은 너만 알고 있어라.

또 쓰마. 잘 지내라.

장웅희 씀.

4
—
탕치객

그의 이름을 뭐라고 부르면 좋을까. 결코 적지 않은 연륜이 부담스럽고 그가 여인네라는 점도 걸린다. 우리는 이런 경우에 그냥 아무개 할머니로 범칭하기도 하고 택호나 당호로써 분위기를 잡기도 한다. 그를 택호로 부르면 은뜰댁이고 당호로는 눌이재 아주머니이다. 역시 신순임이라는 본명으로 부르는 게 좋겠다.

그는 자신의 이름으로 많은 계약을 성사시켰고 그럼으로써 한 집안의 살림을 궁색하지 않게 꾸려 냈다. 서방 잡아먹을 년이라는 폭언을 들은 적도 있었다. 그의 남편 이록이 먼저 가 버린 사실은 유감이 아닐 수 없다. 아는 이들은 알고 있지만 그는 이록을 공순하게 따랐으며 이록도 그를 하대하지 않았다. 그는 남들의 구설에 개의하지 않고 살았다.

신순임은 백암장에 있다. 그가 이곳에 도착한 것은 이틀 전이었다.

첫째며느리가 태워다 주고 돌아갔다. 첫째며느리는 신순임을 닮았다. 말 부림새며 하는 짓이며가 옹졸하지 않다. 어디 빈한한 가문과 혼사를 이루었다면 더 좋았을 것이다. 신순임은 그와 거리를 둔다. 이번에 여기까지 같이 온 것만으로도 첫째며느리에게는 여간한 일이 아닌 것이다. 신순임은 첫째며느리가 평해의 둘째며느리에게 갔으리라는 것을 안다. 그러나 둘 다 그것에 대하여 언급을 피했다. 그러는 첫째며느리가 신순임은 고맙다. 때로는 섭섭하기도 하련만 이러구러 소리 내지 않고 지내 주니 신순임으로서는 더 바랄 게 없다. 어느 집단에서나 맏이는 맏이 구실을 하도록 조련된다. 첫째며느리는 마음 써 주지 않아도 좋을 잔잔한 부분들까지 챙겼다. 신순임은 얘가 어서 갔으면 싶었으나 굳이 말을 하지는 않았다. 기력이 떨어지면 너그러워질 수밖에 없는 법이고 이제 그 아이도 걱정을 걸레질하는 나이가 된 것이다.

첫째며느리가 돌아가고서 신순임은 가방을 풀어 정리했다. 자식에게도 종교에도 빠지지 않은 늙은이의 가방에는 옷과 책이 들어 있다. 웬 책이냐고 묻지 말라. 신순임은 왜정시대에 소학교를 졸업한 사람이다. 민활한 두뇌와 식민지 교육이 화학결합했고 신순임은 이태준과 기쿠지 간으로부터 위로받을 수 있었다. 그러면 되는 것이다. 삶이든 교육이든 한 권의 소설로 위로받을 수 있다면 나머지야 좀 구질구질하고 불평등하다 해도 무방하다. 이록 대신 살림을 건사하면서도 아들 둘 딸 둘을 일단 버젓하게 가르친 것, 아니 자식들이 크게 속 썩이지 않고 상급학교에 쑥쑥 들어가 준 것을 남들은 집안 내력이라거니 복이라거니 넘겨짚곤 했으나, 신순임은 알고 있었다. 신순임 자기가 재미있어

벌채상한선

서 읽었던 그 소설책들이 그렇게 만들었다는 것을.

신순임은 아이들을 무심하게 길렀다. 그래도 아이들은 비뚤어지지 않았다. 이 부분에서 신순임은 이록을 생각한다. 어질고 순한 사람과 나는 살았다. 신순임이 나서 자란 은뜰과 시집온 회덕은 서너 마장 정도의 거리였어도 생활의 문법이 달랐다. 해방과 내전內戰과 개발의 시대에도 고답적인 비분강개가 세를 얻었다. 그것은 소모적인 싸움이었다. 그 싸움판의 끝자락에 이록이 있었다. 언제 한 번 함부로라도 화살을 쏘아 보지 못한 이록을 생각하면 신순임은 애틋해진다. 아이들은 이록의 그늘에서 자란 것이다. 그 그늘은 왕골자리 깔린 대청마루 같은 규준이 아니었던가. 이록의 그늘을 도태하는 그릇은, 신순임이 알기로는 세상에 아직 없다.

백암장에서 신순임은 딱히 하는 일이 없다. 명목은 탕치湯治였으나 단순한 탕치만으로 이곳을 찾기에는 원격했고 또 소란한 곳이기도 했다. 신순임이 해마다 이맘때쯤 백암장에 머무는 까닭을 누가 모르겠는가. 신순임은 백암장에서 한껏 게으름을 피운다. 대중탕에 갔다가 밥집에 들렀다가 돌아와서 노대로 나가 산을 바라보다가 편지를 쓰고 책을 본다. 그것이 반복된다. 오늘 신순임은 두 통의 편지를 썼다. 둘째 며느리 현숙희와 둘째아들에게.

나흘 뒤에 아들과 며느리가 찾아왔다. 채군은 신수가 훤했다. 제 멋대로 사는 놈이 신수라도 훤해야지. 아들과 며느리가 함께 온 것은 이번이 처음이었다. 마흔 고개 이쪽저쪽에 이르러서도 따로 살고 있는 아들 내외는 남들 보매 나무랄 데가 없어 보인다. 신순임은 그것도 마음에 차지 않는다. 따로 살면 따로 사는 표시가 나야 옳다.

"휴일도 아닌데 어떻게 왔니? 기수 에미는 가게 문 닫으면 그만이지만."

신순임은 하나마나한 질문을 한다. 어떻게 오기는, 휴가원을 냈든지 했겠지. 채군은 대답하지 않는다. 채군은 숙희와 신순임이 보는 자리에서 훌훌 옷을 벗고는 목욕탕으로 들어간다. 신순임은 채군의 무신경이 싫다. 막내 기질도 아니고 그렇다고 몰염치한 것도 아니면서 채군은 저 하고 싶은 대로 하는 것이다. 어쩌면 신순임의 섬모에 문제가 있는 것일 수도 있다. 신순임은 둘째아들에게서 갈증을 얻는다. 그 목마른 점막의 실핏줄은 젊은 이록에게까지 뻗어 있는데 어떤 이들은 그러저러한 신순임의 흡반을 가리켜서 흐릿한 근친상간이라고 부르리라. 채군이 옷을 벗기 시작했을 때에 신순임이 일순 당혹했던 것은 숙희 때문이었다. 작년에도 재작년에도 채군은 신순임 앞에서 거리낌 없이 알몸을 드러냈었고 신순임은 짐짓 싫은 기색을 보였지만 외면하지는 않았었다. 신순임은 숙희 몰래 한숨을 쉰다. 교활한 녀석, 에미를 놀리다니.

"기수는 주말에 보낼게요."

숙희는 신순임이 보던 책을 들춘다. 심상한 목소리. 신순임은 둘째 며느리가 만만하지 않다. 결혼식도 올리지 않고 새끼를 낳아 버린 당돌한 아이, 갓 낳은 새끼를 자기에게 맡겨 버리고는 학교 선생이 된 아이, 그 새끼가 고등학생이 되도록 채군을 얽어 두지 않는 아이.

"야스오카 쇼타로네요."

"너 읽을 줄 아는구나."

"웬걸요. 이 책 최근에 번역됐어요. 그래서."

『사설 요재지이』가 지니는 우수를 숙희 너도 이해할 나이가 되었지. 신순임은 숙희를 측은해하지 않는다. 노여워하지도 않는다. 철이 바뀌고 명절이 되어도 찾아오지 않는 아이를 내 며느리 아닌 셈 치면 그만인 것이고, 따지고 보면 채군의 독존이 비롯한 끄나풀에 매달려서 겨우 숨 쉬고 있는 사람이지만, 그것이 그럴 듯이 여겨지기도 하는 것은 숙희의 결바른 성미 덕분이려니 신순임은 벌써부터 짐작하고 있었다. 이 아이가 아니었더라면 채군은 아예 먼 곳으로만 떠돌았을지도 모른다. 모진 녀석, 그러고도 남았겠지.

숙희는 첫째며느리 얘기를 꺼내지 않는다. 두 동서는 그런 대로 요철을 맞대기도 하는 눈치인데, 숙희가 집과 가게를 마련하고 밀밭이니 살구와 자두를 위한 과원이니를 꾸미고 하는 일에 첫째며느리가 개입해 있는 것이 분명해 보인다. 신순임은 때로 신기하기도 하다. 남자들의 눈길이 미치지 않는 곳에서 이 집안의 여자들은 서로 다른 고리로 연대해 있는 것이다. 첫째며느리와 숙희, 숙희와 신순임, 신순임과 첫째며느리라는 세 고리는 재질과 엮임새가 제각각인 채 독립적으로 진동한다. 남자들이 시멘트 모르타르라면 여자들의 이 내색하지 않는 관계는 모르타르 속의 내장철근耐張鐵筋이겠다.

숙희는 그날로 돌아갔고 채군은 신순임과 하룻밤을 함께 묵었다. 신순임은 채군에게 말을 시킨다. 채군은 능변이 아니지만 상대방에게 서정을 환기한다. 그것은 타고난 것이기도 하고 습득한 것이기도 하다.

채군의 사근사근함 속에서 반짝거리는 독침. 그 독침의 독이 더 번지기 전에 내 입으로 빨아낼 수만 있다면. 신순임은 채군에게 자꾸자꾸 말을 시킨다.

"이성구라고 하는 사람이 있어. 평해중학교 수학 선생님이야. 숙희 씨가 그 학교에 있을 때에 같이 근무했었고 나하고도 알고 지냈어. 다른 학교로 갔다가 이번에 다시 왔대. 자원했을 거야, 아마. 좋은 사람이야. 착해. 숙희 씨도 그를 좋아해."

"너 지금 숙희, 아니 기수 에미 흉보는 거니?"

"노친네도 참, 어떻게 그런."

"나, 귀도 이빨도 온전하다, 아직은."

"어련하시겠우. 숙희 씨도 이성구 씨를 좋아하고, 나도 숙희 씨가 이성구 씨를 좋아하는 것이 보기 좋아."

"기수는 자주 만나니?"

"두어 달에 한 번쯤? 더 자주는 아니고."

"보고 싶지도 않니?"

"보면 좋지, 뭐. 며칠 전에 봤어. 녀석, 점점 멋있어지는 것 같더라."

"성큼 자랐겠다."

신순임은 기수를 일곱 살이 되기까지 거뒀다. 첫째며느리 공이 컸다. 신순임은 며느리들에게 두루 미안해서, 며느리들은 시어머니에게 어려워서 사내아이 하나 거두는 데에 큰 고비는 없었다. 이제나 그제나 한 뜸이라도 각집 살림이었던 첫째네가 무시로 오갔고 남편 이록과 결별하고서 홀로 겨워했던 시름을 달랠 구실도 되어 주었다. 애비 에미를 고루 탁해서 건강하고 총기 있는 아이는 구김살 없이 자라 주었고 마침 집 지어 파는 신순임의 사업도 호조였다. 일곱 살이 되어 숙희가 기수를 데려가겠노라고 했을 때에 첫째네 식구들이 먼저 당황했다. 신순임도 몇 달을 울적하게 지내야 했다.

"이성구라는 사람은 어떻더냐? 아범하고도 알고 지내는 사이랬지?"

"착하고 맑은 사람. 숙희 씨 눈에 들 만큼."

"남의 말 하는 것처럼 그만 말해라."

"노친네 또 틀어졌네."

이튿날 아침에 채군이 돌아가고 나니 문득 적막해졌다. 신순임은 다시 대중탕과 밥집을 드나들고 산을 바라보고 책을 보는 탕치객으로 돌아갔다. 온천장은 여느 해보다 한적하다. 나라에 복된 기별이 뜸하다 보니 아픈 이들도 아프다는 말을 하지 못하고 속으로 앓는 것이겠지. 아무려나 온천장은 한결 한유해진 품이 휴양지 태를 회복하고 있었다.

일요일 아침, 후포고등학교 1학년, 열일곱 살 잘나가는 청춘 이기수 군이 잭 나이프 자세로 마운틴 바이크를 정지시키는 것을 백암장의 탕치객 신순임이 내려다보고 있었다. 자전거의 뒷바퀴가 훌쩍 들리면서 자전거에 일치시킨 몸이 솟구친다. 백암장 뜨락이 환해진다. 신순임은 더 참지 못하고 분분하게 일어나 객실을 나선다. 층계참에서 멈춘다. 내벽 모퉁이를 돌아 계단을 뛰어오르는 기수. 난간을 잡고 방향을 꺾어 돌면서 신순임과 부딪힌다. 알싸한 원심력.

"죄송합니, 앗 할머니."

신순임은 기수의 손을 잡는다. 말을 할 수가 없다. 신순임은 스스로 체면이 안 선다고 생각한다. 마음이 이렇게까지 출렁거려서는 곤란한 것이다. 기수까지 자식 넷과 손주 셋, 누구에게도 이처럼 유난히 굴지 않았다. 신순임은 자제한다. 다만 손을 뻗어 기수의 등과 어깨를 어른다. 젖어 있다. 기수는 삼십여 리를 달려온 것이다. 신순임은 다시 울컥 치미는 가랫덩이를 삼킨다.

"이거 어머니가 할머니께 드리랬어요."

기수가 봉투를 내민다. 숙희는 봉투 안에 과하다 싶을 액수의 용전을 넣는다. 제 손으로 주면 받지 아니할 마련이라, 기수 편에 들려서 보내는 것이다. 상거래가 아니라면 그처럼 한두 차례 스치워 주고받는 법.

"에미한테 할미가 고맙다더라고 전해라."

기수는 채군이 그러했던 것처럼 저고리와 속옷을 벗어 두고 목욕탕으로 들어간다. 그는 문을 열어 놓은 채 대야에 물을 받아 낯과 목과 머리칼을 적신다. 주춤 구부린 기수.

"죄송해요 할머니. 어제 왔어야 했는데. 늦게까지 학교에 있었거든요. 전화를 드릴까 하다가 그만 잊고 말았어요."

기수가 수건으로 물방울을 털어 내면서 신순임 앞에 앉는다.

"무고하셨지요?"

미나리 냄새인가, 잇바디가 희고 고르다.

"큰어머니는 뵀어요. 형하고 누나도 잘 있지요?"

채군과도 숙희와도 다르다. 아니지, 인사성 밝은 채군과 절도 있는 숙희에게서 물려 내린 변증법적 지양의 산물이다.

"저도 포항이나 안동 정도는 생각했었어요."

"그랬는데? 에미가 잡더냐?"

"그럴 리가요. 어머니는 그런 사람 아니라는 거, 할머니도 아시잖아요."

"그래, 인정한다."

"집에서 다닐 만한 학교로 가야겠다는 생각뿐이었어요."

"왜 그런 생각을 했을까?"

"정말 왜 그런 생각을 했을까요?"

"무서웠니, 집을 떠나기가? 아니면 에미가 무서워할지도 모른다고 생각했니?"

내가 지금 아이에게 추궁하고 있구나. 신순임은 얼핏 자신의 과속을 책망한다. 허나 내친 걸음이었다.

"에미 혼자 두고 멀리 가려니까 에미가 안돼 보였던 모양이로구나."

"윽 할머니의 독심술. 제발 오이디푸스 운운만은 참아 주세요. 친구들에게서 못이 박히도록 들었거든요. 여태 망치 소리가 쟁쟁해요."

그래, 이 할미가 미워서 하지 말아야 할 소리를 해 버렸구나. 신순임은 채군이 야속하고 밉다. 그리고 기수 이놈은 지금 할미의 빈 마음밭을 기웃 넘겨다보고 있지 않느냐.

"후포고등학교가 작은 학교인 점도 끌렸고."

"그리고?"

"지난여름에 끈끈이주걱을 채집하러 갔다가 후포고등학교 선생님을 만났어요. 남의 눈에 잘 띄지 않을 우묵한 곳이라서 저만 알고 있는 고층습원인 줄로만 여겼었는데, 제가 발견한 줄 알았어요. 그래서 이름도 붙였었어요. 한 친구에게만 고층습원을 발견했노라고 털어놓았겠죠. 경솔한 짓이라고는 생각하지 못했는데, 그 친구가 자기도 보고 싶다고 했어요. 할 수 없이 친구와 함께 다시 갔다가 황석주 선생님을 만나게 됐어요. 선생님이 말씀해 주셨어요. 몇 년 전에 알려진 습원이라고. 아니 학자들에게 알려진 것이 몇 년 전이지 인근 주민들은 벌써부터 우치늪이라고 불러왔다고. 그런 것을 두고 발견했느니 이름을 붙이느니 하며 수선을 피웠으니. 친구에게 면목이 안 섰어요. 황석주 선생님은 우리에게 꼬마 친구들이 용하다고 말씀하시면서 자기 일을 도와 달라고 했어요. 저는 자리를 뜨고 싶었지만 친구가 그래 보자는 신호를 보내는 바람에. 그날 평해까지 같이 왔어요. 버스를 내리려는데 선생님이 저에게 말씀하셨어요. 기수 군, 혹시 구름빵집 아드님 아니신가. 돌아와 알아 봤더니 어머니도 아는 분이더라구요."

"그럴 만하구나. 그런데 기수 너 좀 수다스러워졌구나."

영락없는 제 애비로군. 신순임은 기수의 치킨 눈초리며 남의 말을 끌어오는 화법이며 책상다리한 앉음새며, 채군의 소년 시절을 마주하고 있는 듯 착시를 일으키고 있었다. 그렇다면 제가 발견했노라고 믿었었다는 고층습원 이름을 혹시.

"혹시 그 고층습원에 붙이려고 했던 이름이, 기수늪 아니었니?"

기수의 얼굴이 붉어진다. 틀림없군그래, 사내들의 공명심은 그들의 본질인 것일까.

"그럴까도 생각했었어요. 그러다 부갱빌이라든지 킴벌리 같은 이들을 부끄러워했던 일이 떠올랐어요. 그래서 노박넝쿨늪이라는 이름을 만들었는데. 습지 주변이 온통 노박넝쿨이었거든요."

"우치늪보다는 울림이 좋구나."

"그야."

"거기서 만났다는 선생님께 노박넝쿨늪 얘기 했니?"

"그럴 순 없는 일이죠."

"그래, 그럴 수는 없는 일이었겠다. 그래도 할미는 어째 좀 서운하구나. 노박넝쿨늪도 좋고 기수늪도 괜찮은데."

"그만 좀 놀리세요."

"그러자꾸나. 그러니까 그런 인연도 있고 해서 후포고등학교로 결정했다?"

"예."

기수는 고분고분 인정한다. 더 멋있어졌더라는 채군의 말. 기수와 채군을 같이 살게 해 놓을 수는 없는 것일까. 신순임이 심각해진다. 채군은 숙희에게 무엇인가 결정적으로 어긋나 버렸다. 그것이 무엇일까. 그것이 무엇인지 신순임은 안다. 채군도 숙희도 모를 리 없다. 상군이도 첫째며느리도 알 것이다. 그리고 모두 알고 있다는 것을 또 모두는 알고 있으리라. 그러하다 하더라도 그것을 말한다거나 설핏 다가가 풀어내지는 못하는 것. 삶은 길거나 짧은 것이 아니라 가지런하거나 엉클린 것이다.

"할머니, 제게 투자 좀 해 주세요."

"그럴 가치가 있다고 판단된다면 얼마든지."

"꼬장꼬장한 투자자를 찾아라. 사업수칙 제1조."

"은근히 할미 힐난하는 건 아니겠지?"

"무슨 말씀을. 그러나 용처는 아뢰고 싶지 않사옵니다. 통촉하소서. 아니면 저를 죽이소서."

"과람하기 그지없지만 할 수 없구나. 어여쁜 목숨을 죽일 수야."

"감사합니다, 할머니."

신순임은 미리 준비해 두었던 것을 꺼냈다. 늘 그랬듯이.

"이것은 에미에게 전하고, 이것은 기수 네 몫이다."

"아뿔싸, 이리 될 줄 알았더라면 내 구차히 고개 숙이지 않았을 것을."

"할미가 생각해서 넣었다만. 모자라면 기별하도록, 젊은 기업가 양반."

"감사합니다."

신순임은 기수에게 손등을 내민다.

"예?"

"키스."

"아."

오후, 신순임은 기수와 함께 나서서 얌전한 시티 모델 바이크를 한 대 빌렸다. 청바지에 챙모자를 쓰고 현장을 오가던 옛 감각이 희미하게 살아났다. 기수를 앞세우고, 무리해서 기수를 앞질러, 기수와 나란히 온천장을 벗어났다. 어느 새 봄빛이었다.

5

—

산란탑

"저, 현숙희 씨라고."

"제가 현숙희예요."

"어렵게 찾았습니다. 손바닥만 한 동네라고 무작정 나섰더니."

"가게가 외진 편이죠?"

"저는 황명이라고 합니다. 『후포신문』 기잡니다."

"기자가 아니라 편집장이시잖아요?"

"편집장은 무슨. 상근직원이 저까지 둘뿐인걸요."

"『후포신문』을, 둘이서 만드는 거예요?"

"시시하지요?"

"그게 아니라, 그 일이 둘이서 가능한 일인가요?"

"도와주는 사람들은 좀 있습니다."

"아무리 도와준대도 그렇지요. 저로서는 이해하기가."

"김형근이라고 우리 차장이 부지런합니다. 일은 그 친구가 다 하고 저는 건달입니다. 이렇게 나다니는 거나 좋아하고."

"나다니는 게 진짜 일이지요. 그래서, 일하는 사람이 적어서, 그래서 글 쓰는 기자 이름을 밝히지 않는 것인가요?"

"예. 같은 이름이 자꾸 나오는 것은 여러모로 보기가 좋지 않잖아요. 또 독자들에게 체면도 있는 것이고."

"정말로 고생하시네요. 저는 신문을 보면서도 설마 그러리라고는 생각하지 못했어요."

"기자를 하나라도 더 뽑아 써야 할 텐데, 여러 가지로 여의치가 않군요."

"신문 제작비라든가 사무실 경비 같은 것보다는 역시 인건비 쪽이 부담스럽지요?"

"결국은 그렇지요. 단위수협 쪽에서 도움을 받았어요. 수협 건물 구석에다 책상 몇 개 들여놨어요. 눈치 같은 것 안 보려고 해요. 아주 없으면 거꾸로 당당해지기도 하잖습니까. 제작비도 최대한 아끼고는 있습니다. 김형근 차장이 컴퓨터 편집까지 손수 다 합니다. 부지런하고 의욕적인 친구죠. 기자를 더 쓰지 못하는 것은 인건비도 인건비지만 마음에 차는 사람을 찾기가 어려운 이유가 더 큽니다."

"그분이 기사도 쓰나요?"

"그럼요. 「선 나무 누운 나무」가 그 친구 글입니다. 그거말고도 기획기사도 쓰고 자투리 기사도 솜씨 있게 만지고 그럽니다. 젊은 친구에게 저도 많이 배우고 있습니다."

"저도 그 글 좋아해요."

"저도 좋아합니다. 오늘 가서 김형근 차장에게 팬을 만났노라고 말할까 합니다만."

"그래도 돼요. 좋은 글 부탁드린다는 말도 전해 주셔요."

"이거 듣자 하니 샘이 나는데요?"

"그 말씀이 진심이라면 좋겠네요. 사실 저『후포신문』의 열렬한 독자예요. 제가 세 부 구독하고 있다는 것 알고 계셨어요?"

"여기 오기 위해서 구독자 명부를 보니까 이름이 나와 있더라구요. 그래서 우리 독자라는 건 알았지만."

"남편하고 동생 이름으로도 신청했어요. 이만하면 우량 고객이죠?"

"미처 몰라봬서 죄송합니다. 정말 고맙습니다."

"신문 만드는 사람에 비하면 아무것도 아니지요. 읽으면서 늘 고마워하고 든든해하고 있어요."

"그만하십시오. 허술하기 짝이 없다는 것 잘 알고 있습니다."

"진심으로 드리는 말씀이에요. 작은 신문, 향토 신문의 역할이라면 그 당위성에 대한 논의만이 무성했잖아요. 그러던 차에『후포신문』을 보고서 참 반가웠어요. 이 신문을 만드는 이들이 누굴까 하고 궁금하기도 했고요."

"변변치 못해서 죄송합니다."

"지나친 겸손함은 흑심으로부터 나온다죠. 편집장님은 좀 뻐기셔도 돼요."

"좋습니다. 앞으로 현숙희 씨께는 써겨 보도록 하겠습니다."

"이런, 제가 뜻밖의 손님을 맞아서 정신이 없네요. 조금만 기다려 주세요. 제가 마실 것 좀 가져올게요."

"괜찮습니다. 물이나 한 컵 주십시오."

"아니에요. 귀한 손님이신데. 그런데 우리 집에는 왜 찾아오신 거지요? 재색을 겸전한 숙녀라고 소문날 리는 만무하고."

"예. 이걸 드리려고요."

"그게 뭐죠?"

"투고료입니다. 약소하지만."

"투고료라면, 그럼 제 투고가."

"『후포신문』에 실렸습니다. 아직 못 보셨지요? 어제 나왔습니다. 며칠 있으면 받아 보시겠지만, 일부러 가지고 왔습니다. 투고료도 드릴 겸. 하지만 본심은 「산란탑」을 쓴 사람을 봐야겠다는 것이었다고, 고백을 하겠습니다. 그래도 왠지 쑥스러워서 망설였습니다. 지금은 정말 잘 왔다고 마음 놓고 있습니다만. 이것, 맛이 훌륭하네요."

"고마워요. 저희 밭에서 딴 살구로 만들었어요. 맛이 좋다니까 저도 좋군요."

"직접 만들었다구요?"

"예. 아직 팔지는 않아요."

"왜요, 팔지 못하게 되어 있습니까?"

"그게 그러니까, 작년에 처음 수확했어요. 가게에 내놓을 만큼 양이 많지 않았어요. 또 주스 맛 내는 문제도 있었어요. 집에서 가공하면 첨

가제도 가려 쓰고 하니까 시장 제품보다는 위생적이겠지 단순하게 생각했는데 무엇보다 비용이 문제였어요. 가장 좋은 맛이 일정하게 나오도록 하기도 어려웠구요. 올해는 작년보다 살구를 서너 배는 더 수확할 텐데 지금 같아서는 주스 장사 못 할 것 같아요. 너무 힘들어서."

"그러니까 살구 농사를 직접 짓고, 밭에서 수확한 살구로 주스를 만들고, 그 살구 주스를 여기 구름빵집에서 판다, 그런 계획이었네요."

"예."

"그 계획 계속 밀고 나가세요. 아주 건설적입니다, 창조적입니다."

"그렇죠? 건설적이고 창조적인 계획이라는 건 저도 알아요. 다만 현실적이지 못한 거죠."

"아닙니다. 주스를 만들 살구가 준비돼 있다면 그 살구로 주스를 만들면 되는 겁니다. 간단하게 생각하십시오."

"그렇게 생각하는 것은 주스 공장 경영자이고, 저는 구름빵집 주인일 뿐이거든요. 저는 단지 제가 구운 빵을 제가 만든 깨끗하고 맛있는 주스와 함께 내놓고 싶다는 정도의 생각으로 일을 시작했어요. 우리 아이가 열두 살이 됐을 때 빵집을 열었는데, 저는 아이에게 제가 만든 주스를 마시게 해야겠다고 생각했었어요."

"그 마음에는 사특함이 없군요. 제 추측이지만 즐거우셨겠지요. 그런데 막상 일을 벌이려니까."

"막상 일을 벌이려니까 제가 욕심을 부리고 있다는."

"현숙희 씨."

"예?"

"현숙희 씨. 해 보는 겁니다. 저 현숙희 씨 말씀 들으면서 지금 흥분하고 있습니다. 무엇인가 이루어질 것 같다는 확신 같은 게."

"질러가지 마세요. 어디까지나 작고 소박한 계획이었는걸요. 그나마 유야무야될 소지도 많고."

"작고 소박하기 때문에, 그렇기 때문에 더 뜻깊을 수 있는 겁니다. 애초에 생산성이나 수율을 따졌다면 엄두를 내지 못했겠지요. 현숙희 씨, 아이에게 맛있고 깨끗한 주스를 마시우겠다는 생각이 자라서 여기까지 왔지요? 그 꿈을 위해서 살구밭을 꾸미고 살구나무를 튼튼하게 키워 오셨지요? 그런데 이제 와서 포기한다구요? 너무 힘들다고 하셨고 욕심을 부리는 게 아닌가 싶어서 주저하게 된다고 하셨지만, 사실은 그게 아니라는 것 알고 계시지요? 기왕에 행정절차를 밟아서 일을 시작할 바에야 일정한 규모 그러니까 투입과 산출의 균형을 이뤄 내고 싶어진 것 아닙니까? 깨끗하고 맛있다는 것은 존재의 문제이고 취미의 문제이고 도락의 문제이지만, 살구 주스는 거기에 산업의 논리가 덧붙는다는 사실, 거기까지 생각이 미친 것 아닙니까?"

"잠깐만 쉬세요. 다그치는 솜씨가 여간 아니네요."

"더 하겠습니다. 제가 『후포신문』을 만들고 있는 이유가 뭔지 아십니까? 백과사전과 잡지와 일간지에서 적당한 기사들을 골라서 티 나지 않게 가공하여 궁벽한 여기 평해 후포 온정 기성 주민들에게 비타민과 무기질을 공급하듯이 교양주사를 놓아 주려고 시작한 줄 아십니까? 현숙희 씨같이 드러나지 않고 있지만 희망과 실망과 그것으로부터 빚어지는 빛살 같은 삶의 예지를 온축해 가는 이들에게 지면을 제

공해서 「산란탑」 따위의 글을 함께 읽고 누리려고 시작한 줄 아십니까? 아니면 모종의 정치적인 동기라도 있는 게 아니냐고요?"

"그렇담 왜 벌이도 안 되고 생색도 안 나는 일을?"

"사람들을 만나고 싶었습니다. 젊은 사람들, 생각과 행동 양식이 젊은 사람들을 만나고 싶었습니다. 국가의식이나 가족의식으로부터 얼마쯤 거리를 두고 있는, 그러면서도 지역공동체의 일원으로서 성실하게 나날을 영위하는 그런 사람들을 만나고 싶었습니다."

"아직은 애매하고 추상적이군요."

"정곡을 찌르시네요. 그래도 하나도 안 아픕니다."

"정곡을 찔렀나요? 그런데도 안 아파요? 하나도?"

"예."

"이상하네요. 나는 아프라고 찌른 건데. 내가 잘못 찔렀나?"

"정말 아프라고 찌르신 건가요?"

"모르셨어요? 하긴 제가 생각해도 요즘 저 많이 우아해졌어요."

"그럼 전에는 지금보다 훨씬 신랄했었다는 말입니까?"

"칼날처럼요. 그래서 소박당했고."

"그 부분에 대해서는 제가 따로 수소문할 것이니까 됐구요. 아까 하던 얘기 정리해 봅시다. 제가 현숙희 씨한테."

"제가 질문할게요. 짧고 구체적으로 대답해 주세요."

"아 예. 짧고 구체적으로."

"『후포신문』을 내는 진짜 이유가 뭐죠?"

"지역주민들의 자립."

"어떤 측면의?"

"꼭 대답해야 합니까?"

"피심문인의 자세에 문제가 있군요. 꼭 대답해야 해요."

"모든 측면의 자립."

"『후포신문』의 주주 현황은?"

"그 질문은 논점 이탈 아닙니까?"

"인정해요. 그래서 대답할 수 없다는 건가요?"

"대답 못 할 것도 없죠. 지배주주 황명, 대주주 황석주, 기타 소액주주 약간 명 이상."

"오라, 그렇다면?"

"주주들에 대해서 더 말씀 드릴까요?"

"아뇨, 됐어요. 『후포신문』의 재정 상태는 어떤가요?"

"매월 백만 원 내외 적자."

"누적 적자 총액은?"

"밝힐 수 없음."

"좋아요. 『후포신문』이 건전재정으로 전환되는 시점을 언제쯤으로 보고 있나요?"

"6개월? 1년? 변수가 있지만 1년 뒤를 균형재정 목표 시점으로 잡고 있음."

"그 동안의 적자보전책은 세워져 있나요?"

"당연히."

"내역을 밝히 수 있나요?"

"밝히지 않겠음."

"심문과 별개의 질문 하나 하죠. 적자투성이 신문사가 투고료를 지출해도 되는 건가요?"

"내부 규정상 지출하도록 되어 있음. 그러나 기대하지 말 것. 투고료가 정상적이었다면 이렇게 찾아오지도 않았을 것임."

"그렇다면 또 투고해야겠군요."

"정말입니까?"

"속마음을 헐값에 드러내고 있군요."

"그 말씀, 그대로 돌려드리겠습니다."

"두 번째 질문. 심문인이 과실류 압착 포장 판매 사업을 추진하는 것에 대하여 피심문인의 의견은?"

"절대 찬성."

"그 이유는?"

"지역경제의 활성화, 사업자의 경영철학, 판로 확보, 설비 활용의 극대화, 특화품목으로서의 가능성, 이하 생략."

"피심문인은 심문인의 사업에 어떤 도움을 줄 수 있죠? 물론 심문인이 기업起業한다는 전제가 미심쩍지만."

"그 질문에는 대답할 수 없음. 다만, 최대한의 노력으로 심문인의 기업을 유도하겠음."

"질문 끝났어요. 살구 주스 더 드릴까요? 그냥 물이나 한 컵 하실래요?"

"살구 주스 주세요."

"그렇게 물마시듯이 들이키면 어떡해요, 분석 자료를? 아까워라. 조금씩, 음미하면서."

"조금씩, 음미하면서."

"아까 대주주 얘기 했었죠?"

"황석주 씨요? 형입니다, 큰형."

"그랬군요. 그렇지 않아도 바쁘신 분이 그 일까지."

"황석주 씨를 아세요?"

"잘은 몰라요. 학교 있을 때에 몇 번 뵀어요."

"그러면 현숙희 씨도?"

"저는 머릿수만 채우는 사람이었어요."

"그 일 때문에 가게를 내신 건 아니구요?"

"가게 낸 건 훨씬 뒤였어요. 황석주 선생님 어려우실 때 별 도움도 못 드렸는데."

"큰형 별로 힘들어하지 않았어요. 힘들었던 건 부모님들이었고 형수님이었죠. 설렁설렁 놀러 다니고 그러던걸요."

"당신이 시무룩하면 식구들은 더 무기력해진다고, 일부러라도 쾌활해지려고 한다는 말씀 들었어요."

"국가권력의 부도덕성을 트집 잡아서 부끄러워하지도 않고 뻔뻔스럽게 놀러 다닌다고, 자신의 행위가 옳기만 한 것인지 더러 의구심에 빠지기도 한다고, 심약한 모습을 보이기도 했어요. 저한테는 아니고 형수님께 그러더래요. 확신범은 매력이 떨어진다는 사실을 알고 그런 제스처도 보일 줄 아는 사람이죠."

"저도 황석주 선생님의 그런 부분이 좋았어요. 그런 사람이 확신과 투지에 벅차서 일어서는 사람보다 신실해요. 도중에 굽히고 들어가는 비율도 적고."

"저보다 형을 더 좋게 봐 주시네요."

"선생님이 『후포신문』에서 하시는 역할은?"

"정신적인 기둥 하나? 그런 정도죠. 간혹 저녁이나 사 주고."

"그런 정도의 대주주라면 저도 할 수 있겠네요. 시켜 주실 용의 없나요?"

"좀 더 지켜보구요. 물론 농담입니다. 그런데 빵 파는 집인데 왜 빵이 안 나오는 거지요? 기다리다가 눈이 빠지겠습니다."

"다 떨어졌어요."

"빵집에 빵이 없다구요?"

"황명 씨 말마따나 손바닥만 한 동넨데 빵이라고 뭐 쌓아 놓고 팔 만큼 팔리겠어요? 새벽하고 오후에 두 번 구우면 거의 맞춰져요. 오늘처럼 꼭 맞춰지는 날도 적잖아요."

"재고가 전혀 없다구요?"

"먹는 장사는 그것도 기술이죠."

"그렇겠군요."

"빵이 있었다고 해도 그냥 드리지는 않았을 거예요. 황명 씨가 아무리 귀한 방문객일지라도."

"살구 주스 인심하고는 다르네요."

"살구 주스는 아직 상품이 아니잖아요. 맛이 표준화되지 않은 시제품을 팔 수는 없는 일이죠."

"그러면 혹시 저도 챌린지에 참여한 건가요?"

"감쪽같이요. 관대한 챌린저라서 살구 주스만 낭비한 것 같지만. 그것도 두 컵이나."

"한 컵쯤 더 마시면 주스 맛이 어떤지 판단할 수 있겠다는 생각이."

"그래 보실래요? 까짓거, 이왕 버린 몸."

"아닙니다. 해 본 소리예요."

"주스 만드는 일 도와주실 생각 있느냐고 물었던 것, 흘려들으셔도 괜찮아요. 그 일 때문에 궁리가 많다 보니 이야기가 심각하게 흘러가 버렸어요."

"포기하셨던 것 아니었군요. 포기하시면 안 됩니다."

"황명 씨는 글보다 말이 우렁차요. 우렁찬 것이 우월한 것만은 아니겠지만."

"그게 그거겠지만, 어느 쪽이 낫나요?"

"글세, 미야자와 겐지의 이치로는 이런 경우에."

"정말 너무하시네요. 빈말일지라도 글이 낫다는 말을 듣고 싶은데."

"글, 좋아요."

"안 믿습니다."

"좋아요. 거대담론이 사라져 버린 때에 황명 씨가 쓰는, 일정하게 방향성을 견지하고 있는 글을 대하면, 허세가 아닐까 하는 의심이 들기도 하지만 많은 경우에 감명적이에요."

"현숙희 씨는 의뭉해요. 아닌 척하면서 하고 싶은 얘기를 다 해 버리시네요."

"못됐죠, 뭐. 입만 살아 가지고."

"아닙니다. 현숙희 씨는 실천적인 사람입니다. 「산란탑」에 밀농사 짓는 얘기가 나온 것을 보고 저 굉장히 즐거웠습니다. 옛날 생각도 났구요. 어떤 사람이 밀농사를 짓고 있을까, 기삿거리가 되겠는걸."

"제가 직접 농사짓는 것은 아녜요."

"그러면?"

"저기 외선미리에 집안 어른이 계시는데, 그분이 저 대신 지어 주세요."

"그랬군요. 그래도 밀을 심기로 결정하고 한 사람은 현숙희 씨잖습니까?"

"맞아요."

"그런 점 등으로 봐서 현숙희 씨는 실천적인 분입니다. 입만 살아 있는 사람은 도리어."

"농사지은 밀로 빵을 만들 작정이었어요. 아직까지는 술빵 찌는 정도지만. 밀 품종에 따라 밀가루의 글루텐 함유 비율이 달라진다는 건 아시죠?"

"현숙희 씨."

"?"

"아름답습니다."

"고마워요. 그런데 뭐가요?"

"현숙희 씨의 살아가는 이야기. 그리고 이 머릿결."

"그냥 보고만 있을 셈인가요?"

"머리카락이 참해요. 연사撚絲를을 지난 명주실 같아요. 쪽을 찌고서 나무젓가락을 찔렀군요. 비녀가 걸리적거려요. 제비꽃 냄새가 나요."

"그만하세요. 간지러워요."

"정말 이러시깁니까?"

"저 황명 씨를, 좋아할 것 같아요. 제가 황명 씨를 좋아한다고 해서, 대뜸 비녀를 뽑으려는 건, 안 돼요. 저 남편도 있고 애인도 있는, 정숙하지는 못한 사람이지만, 바람둥이는 싫어요."

"바람둥이라구요?"

"입만 살아서."

"제발 그 말만은."

"입술 테크닉은 근사했어요. 목덜미에 확확 불이 붙은 것 같던데요?"

"저 가겠습니다. 안녕히 계십시오, 현숙희 씨."

"안녕히 가세요."

산란탑産卵塔

봄이 왔다. 해마다 찾아오는 봄이건만 나이가 들어갈수록 더 설레며 봄을 맞는다. 내 아주 늙어 버리면 무슨 마음의 필터를 끼우고 봄을 바라보게 될까. 새로 옷을 갈아입은 논둑길이며 산언덕을 다만 바라보면서, 걷지도 못하면서 고운 신발 신었다고 스스로를 비웃을 것인가. 제생필멸. 양지꽃이며 찔레꽃이 구름처럼 피어난 봄날에, 얕게 묻혀서 고이 썩으리라. 늙마에 바라보는 봄은 그렇게 화사하고 무서울지도 모른다.

다 커 버린 아들 녀석과 함께 금장산 기슭에 갔다 왔다. 그 외딴 뜸에 우리 밀밭과 과수원이 있다. 밀 포기들은 잘 자라서 진초록의 띠로 일렁이고 있었고, 과일나무들은 제 몸 구석구석마다 어디고 할 것 없이 꽃을 달고 있었다. 상리과원上里果園. 아들 녀석은 박물학자이다. 그러나 곧 새와 곤충과 화석化石 따위를 팽개쳐 버리고 도회의 채문彩紋을 찾아 떠나리라. 그는 과일나무들의 찬란한 꽃사태에서 음산하고 망령된 욕심을 가려내지 못한다. 그는 젊다. 나는 그를 질투한다. 모성애보다 질긴 것. 나는 자식들을 위해 자신의 전부를 바치려는 이들을 경멸한다. 나는 아버지를 존경한다고 말할 뿐만 아니라 실제로 존경하는 이들을 경멸한다.

봄이 오면 흙 속에서, 벽 틈에서, 초목의 거칠고 보드라운 그루터기 어디쯤에서 벌레들이 기어 나온다. 나는 봄에, 만물의 자연발생설을 믿는다. 미꾸라지는 논에서, 거머리는 늪에서, 쥐는 자루 속에서, 아름다운 청년은 이슬 맺히는 한밤의 시누대 숲에서 태어난다. 순결한 그 장소들에서 그들은 꿈틀꿈틀 몸을 뒤척거린다. 보라, 신생의 새벽마다 꽃망울들이 입술을 뗀다.

어떤 물고기들은 물속에 탑을 쌓는다고 한다. 제 몸피와 방불한 돌멩이들로 물속에 거대한 모스크를 짓는다는 것인데, 그들은 그 모스크의 모자이크 타일마다에 알을 슬어 붙여 둔다는 이야기였다. 버들붕어의 하늘거품집이나 가시고기의 물풀둥지 이야기를 들었을 때에 그러했듯이, 그 유신한 산란탑이 보이는 허름한 마구간 쯤에서 나는 크고 외로운 알 하나를 낳고 싶었다.

봄에, 나는 불안하다. 애인도 아니고 아들도 아닌 낯선 남자를 만나 출분하는 꿈을 꾼다. 나는 늙어가는 것이다.

"그래요? 저는 40대 후반 정도는 되었으리라고 생각했습니다."

"여릿여릿 강퍅하다, 이거 말 되나?"

"말이 된다면요? 현숙희 씨가 그렇게 매혹적이던가요?"

"현숙희 씨가 김형근 씨 칼럼 좋아한다더군."

"제가 그거 쓴다는 말씀도 하셨어요?"

"물어보는데 모른다고 할 수는 없잖아. 나쁜 일도 아니고. 하기는 여기로 오면서 생각하니까, 내가 쓸데없는 소리까지 막 해 버린 거 같더라구. 우리 둘이서 신문 만든다는 얘기도 해 버렸고 말이지."

"현숙희 씨에게 무장해제를 당한 건가요? 그 정도였어요?"

"그건 그렇고, 김형근 씨는 현숙희 씨 직업이 뭘 것 같아?"

"살림만 하는 여자는 아닌 것 같고, 「산란탑」에는 밀이니 과일나무니 나오지만 농사일하는 사람이라고 보기는 또 그렇고, 생물이나 작문 과목을 가르치는 선생님이라고 하고 싶지만 그러자니 어린 제자들이 읽을 수도 있는 우리 신문에 오해를 부를 여지가 농후한 글을 투고 했다는 점에서 결정적으로 문제가 될 것 같고."

"계속해 봐. 잘하고 있어."

"정말 모르겠어요."

"빵집 주인."

"정말요?"

"그렇다니까. 평해 읍사무소 뒤편으로 시장통이 있고 시장통에서 좀 떨어진 골목으로 들어가서 가다 보면 주택가가 나오는데, 그 초입에 빵집이 있더라구. 구름빵집."

"이름이 구름빵집입니까?"

"이름 어때? 근사하지?"

"근사하다기보다는 어딘지 70년대 풍이네요."

"70년대 풍이 어떤 건데?"

"국어학자들의 이름 짓기 같잖아요. 양갱을 단묵이라고 하고 소주 브랜드를 착한 소주라고 해 버리고 시침을 뚝 떼는 북한식 같기도 하고."

"착한 소주? 그거 굉장하군. 공감각적이고 함축적이야."

"저는 그다지 좋은 줄 모르겠어요. 착한 소주, 구름빵집, 끌신, 단묵, 인식틀."

"인식틀은 뭐지?"

"패러다임을 그렇게 부르자는 사람들이 있답니다."

"내가 구름빵집이나 착한 소주 따위에서 정감을 느끼는 것은 70년대식 교육을 받았기 때문인가?"

"그 후로도 달라진 것은 별로 없잖아요. 저는 그것보다는 80년대의 운동권문화가 남긴 유산이 아닐까 합니다."

"운동권 문화? 운동권에 속했던 이들이 들으면 화를 내겠군. 사이비였던 내가 들어도 찜찜한데."

"문화라는 말에 거부반응을 보이면 운동권이라던데요?"

"그럼 나도?"

"운동권 문화라는 말, 저는 괜찮다고 생각해요. 문화라는 것이 한 시대 한 지역에서 이루어졌던 개별적인 것들의 생동하는 총체를 가리키는 용어라면, 운동권 문화라는 분명한 용어로 규정지을 수도 있는 80년대는 축복된 연대가 아닐까요? 그 연대 위에서 힘겨워했던 이들도 그렇구요."

"그러나 80년대를 포복하며 지나온 이들에게 당시의 허위 저항에 운동권 문화라는 객관적인 용어를 붙이는 것은 어쩐지."

"정서적인 두드러기겠지요. 운동권 문화란 그 두드러기까지 포함하는 개념으로 봐야 할 겁니다."

"그렇다면 운동권 문화의 일반적인 정의랄까 개념이랄까 하는 것을 간추릴 수도 있겠군."

"쉽게 간추려진다면 문제가 있는 거라고 저는 생각합니다. 허위 저항이라는 말씀 하셨지요? 그 허위 저항의 방법론, 전략, 적용, 수정, 피드백이라는 줄기와 그 줄기에 딸려 있는 제반 현상으로부터 초연하게 지냈던 사람은 아무도 없을 겁니다. 운동권이라는 말이 가지는 배타적인 순결의식, 운동권이라고 자부하면서 그 우리 안에서 포효했던 이들은 차라리 단세포적이었고 그래서 덜 힘들었을지도 모릅니다. 그 우리 바깥에 서서 삭풍에 온몸을 드러내고 있었던 더 많은 이들이 있습니

다. 그들의 낮과 밤도 운동권 문화라는 우산 아래로 끌어들여야 할 겁
니다."

"80년대의 전체상을 운동권 문화라는 용어로써 겹눈분석한다?"

"80년대를 포복하며 지나지 않은 첫 세대에 속하는 저는 주류 운동
권의 지리멸렬한 패주와 궤멸 앞에서 정신을 차릴 수 없었습니다. 그
어지럼증은 아직 진행 중입니다. 그것은 무엇이었는가, 그 밀물이 쓸
려간 자리에는 무엇이 남아 있는가 하는, 어디까지나 인류학적인 입
장으로 80년대를 바라보려고 하면, 우리 바깥에 서 있던 경계인境界人
들이 더 먼저 눈에 들어오는 겁니다. 주류 운동권이 잠복해 버린 오늘,
운동권 문화는 그 경계인들과 함께 우리 사회의 구석구석으로 스며들
고 있다. 이런 가설을 세워 보았습니다."

"인류학적인 입장이란 뭐지?"

"가치 평가를 마지막까지 유보하려는 인식 태도이겠지요."

"그러한 태도로써 추적한 운동권 문화의 세목細目들 가운데에 70년
대 풍으로 이름 붙이기라는 것이 들어 있나?"

"예."

"우리에게 남은 것은 그러한 이름 붙이기 정도인 걸까? 환원염처럼
타오르던 허위 저항의 추억을 우리는."

"허위 저항뿐이었다면 그 후의 자독自瀆은 없었겠지요. 허위가 놓여
있던 자리에 또 다른 허위를 가져다 놓으려 했던 것, 그러나 또 다른
허위는 처음부터 있지도 않았던 허상이었음을 알게 된 것, 그러자 허
위 저항을 불렀던 허위 자체가 희미해져 버린 것. 이런 과정을 거쳐서

오늘에 이른 것이 아닐까요? 그러면서 우리는 차츰차츰 기력을 잃어 왔고, 어쩌면 아직 끝나지 않았는지도 모르겠습니다. 우리 몸에서 사대와 식민의 나쁜 피가 다 빠져나가려면 10년이 걸릴까요, 아니면 더 오랜?"

"운동권 문화는 그러저러한 인식에 이르기 위한 우리의 피의 충동, 피의 분출, 피의 자멸이었다?"

"예. 저는 피의 향연에 초대받지 못한 것이 원통합니다. 운동권 문화의 뒷정리나 하는 것이 못내 아쉬워요. 아마 앞으로의 우리 역사는 운동권 문화로부터 새 피를 수혈 받을 겁니다. 아주 볼 만한 겁니다."

"형근 씨의 가설을 전폭적으로 지지하는 것은 아니지만 꽤 흥미롭군."

"우리 신문 아직 발송하지 못했습니다. 제가 오전에 삼율리 일부만 직접 돌렸고 나머지는 띠지 작업도 안 돼 있는 상탭니다."

"지금 할까? 띠지 출력은 돼 있지?"

"예. 죄송합니다, 어젯밤에 했어야 했는데."

"아냐. 발송이 하루 정도 늦는 것은 다반사지, 뭐. 그리고 나 이런 작업 상당히 좋아해."

"단순작업을 좋아하는 게 아니라 좋아하려고 하는 것 아닙니까?"

"어떤 차이가 있지? 좋아하다, 좋아하려고 하다?"

"단순작업을 좋아하는 사람이 있다면, 그는 자신이 하고 있는 단순 작업에서 일정한 의미를 찾아낸 사람이겠지요. 내가 이 일을 함으로써 내 가족이 굶주리지 않아도 된다, 사고 싶은 물건을 살 수 있다, 내가 좋아하는 사람에게 내가 그를 좋아하고 있다는 사실을 전달할 수 있다. 단순작업, 이를 테면 삽질이라든가 스웨터 뜨기라든가 센베이 과자가 구워지면 그것을 비닐봉지에 담는 데까지 옮겨 놓는 일이라든가, 우리가 생각할 수 있는 가장 단순한 작업이 뭘까 상정해 보는 것도 재미있겠는데요?"

"그 작업을 해서 돈을 번다는 조건이 붙어야 하겠지?"

"예. 그리고 경마나 복권이나 청부살인 같은, 불규칙한 확률 혹은 현저하게 낮은 확률을 깔고 있는 작업도 제외해야 할 겁니다."

"반사회적인 작업도 빼야 할까? 마약이나 총검류 제작이라든지 낙태시술이라든지."

"어디에서부터 반사회적이지요? 반사회적이다 아니다를 가르는 일치된 기준을 우리는 가져 본 적이 있나요? 설사 가질 수 있다고 가정한다 해도 그 기준을 엄격하게 적용할 수 있을까요? 그것이야말로 반사회적인 것 같은데요?"

"그런데 말야, 사실 단순작업은 없는 것 아닌가? 낚시에 미끼를 끼우는 것을 본 적이 있어. 참칫배를 탔을 때에. 고등어를 통째로 낚싯바늘에 끼우는 거니까 섬세한 작업은 아니라고 봐야 할 거야. 그런데 갑판장이 끼울 때하고 항해사가 끼울 때하고 참치 물려 나오는 실적이 다른 거야. 주낙은 끊임없이 풀려나가는데, 주낙 중간중간에 꽂혀 있는 낚싯바늘을 오른손으로 집어들면서, 왼손으로는 미끼 고등어를 집어서, 등지느러미에서 대가리 사이쯤에 낚싯바늘을 끼우고, 오른손으로 주낙과 낚싯줄이 엉키지 않도록 낚싯줄을 던지면 되는 일이었어.

설명이 길었던 것을 보니 미끼 끼우기는 단순작업이 아니군그래. 아무튼 이런 작업을 5백 번 이상 반복하려면 4시간 정도가 걸린다구. 거기에 주낙을 배의 속도와 미끼 끼우는 사람의 작업 진도에 맞춰서 뿌리는 사람이 있고, 주낙 뭉치를 보관창고에서 운반하여 그 처음과 끝의 말기를 매듭 지어 놓는 사람이 있고, 미끼를 대고 주낙이 가라앉지 않게끔 중간중간에 부이(buoy)를 달아매는 사람이 있어. 4시간 동안 투승작업이 원활하게 이루어진다면 처음부터 끝까지 한 마디의 말도 하지 않는 경우도 있었지. 주낙을 끌어올리는 작업은 시간도 2배 이상 걸리고, 주낙이 엉킨다거나 참치가 물린다거나 상어나 가오리 따위가 낚인다거나 주낙 매듭이 풀린다거나 해서, 콘티뉴이티 없이 영화 찍는 것처럼 우왕좌왕 정신이 없기 일쑤니까, 투승작업과 비교할 수 없고. 참칫배에서의 투승작업, 단순작업인가?"

"아닌 것 같습니다. 그런데 참치를 낚시로 잡습니까?"

"연승낚시술을 개발한 이들은 일본인일 수밖에 없겠다는 생각을 거기서 했었지."

"일본인의 날것 취향 이야깁니까?"

"그것도 그거지만, 연승낚시술에는 지극히 일본적인 데가 있어. 참칫배는 중간에 한 번 보급받는 것말고는 6개월을 단독으로 활동해. 배에는 선장과 기관장과 통신사 등등과 말단 갑판원까지 25명이 타고 있지. 소대 병력이 절해고도에서 죽창을 깎고 있는 그림이 보이지 않나? 그 25명이 6개월 동안 갇혀서 잡는 참치는 백 톤이 못 된다구. 하루 작업해서 1톤을 낚는 날이 드물어. 내가 참치 독항선에서의 연승낚시술을 일본적이라고 본 까닭은 그것이 무식하면서도 섬세하기 그지 없는 작업이라는 점에 있어."

"무식하다는 건?"

"우리가 상투적으로 방패막이하곤 하는 그들의 잔학함을 말하는 건 아니고, 6개월이라는 유폐를 견뎌 내는 민족성이라든지 거의 신화적인 무한반복 등을 말하는 거야. 그 비인간적인 상황을 찾아 나서서 관습으로 굳혀 놓은 민족성, 그것은 누가 뭐래도 무식한 거야."

"섬세한 쪽은요?"

"투승작업 4시간 동안 말 한 마디 안 하는 때도 있다고 했지? 브리지에 앉아 있는 요원까지 쳐서 많을 때는 여섯 명이 4시간을 침묵 속에서 작업할 수 있는 시스템. 그러기 위해서는 철두철미한 사전준비가 갖춰져야 하고 실제 작업에서 발생할 수도 있는 변수들을 최소한도로 제어해 놓아야 하고 작업자의 임기응변이나 위기관리능력을 훈련시켜야 해. 그런데 내가 탔던 참칫배의 갑판원들은 대부분 나처럼 생짜였으니까 서툴기 이를 데 없었음에도, 며칠 만에 작업이 매끄럽게 진행되는 것이었어. 부산에서 출항해서 동중국해와 남중국해를 지나 싱가포르에서 잠시 기항했다가 말라카 해협으로 해서 인도양에 이르렀고 순다 열도 남서방으로 몇 백 해리 떨어진 난바다에 이르기까지 약 20여 일 동안, 우리는 주낙과 낚시 세트와 부이 그물 따위를 엮고 꾸미고 조정하는 일을 꾸역꾸역 했을 뿐, 정작 투승이니 뭐니 하는 일에 대해서는 아무런 교육이나 연습이 없었음에도, 며칠 만에, 정말이지 두세 차례의 실전 투입만으로 연승낚시술 시스템 속으로 녹아 들어가 버린 것이었어. 신기하고 재미있었어. 그러한 시스템을 개발하기 위해서 그들은 얼마나 많은 시행착오를 거쳐야 했을까? 우리가 이웃 하나는 잘 둔 것 같다. 그들의 무식함까지도 반추해 봐야 하지 않을까? 침묵의 작업 도중에는 잡념에 시달리기도 하고 반쯤 졸기도 해. 네 사람이 한 조로 묶여서 하는 작업이지만 자기 일만 하면 되니까 독립적이기도 했어. 그때 나는 생각했었어. 내가 바라마지 않았던 노동의 위엄 안에 나는 있다.”

“단순작업이란 일의 어려운 정도로 따질 수 없는 것이고 이른바 정신노동의 맞은편에 있는 것도 아닌 것 같습니다. 노동의 위엄이라는 개념으로 단순작업의 의미를 규명할 수는 없을까요?”

“작업 결과의 효율성 측면으로 접근하는 것이 더 현실적이지 않을까?”

“사물에 직접 손을 대서 그 사물을 변형시키거나 이동시키는 일, 그 것에 가까울수록 단순작업인가요? 실밥 뜯어내기, 굴뚝 쑤시기, 유리구슬에 실 꿰기, 생선 배 따기, 감자 캐기, 토큰 팔기 등등과 정책 세우기, 상상력 계발하기, 계약 주선하기, 미래 예측하기, 궤양을 찾아서 메스로 도려내기, 상대의 예측과 전혀 관계없는 각도로 공차기 등등은 무슨 차이가 있는 거지요?”

“몸을 많이 쓰고 적게 쓰는 정도의 차이?”

“그뿐인가요?”

“누구나 할 수 있느냐 몇몇 특정한 사람만이 할 수 있느냐.”

“몇몇 특정한 사람만이 할 수 있다는 것과 몇몇 특정한 사람만이 하고 있다는 것."

"몇몇 특정한 사람은 할 수 없다는 것과 몇몇 특정한 사람은 할 수 없음에도 하려고 하고 실제로 하고 있다는 것."

"80년대에 현장으로 가자는 우리식 브 나로드 움직임이 있었지요?"

"그랬지."

"그것이 성공적이었다고 보십니까? 아니면?"

"노동자들의 절대임금 수준만 놓고 본다면 성공적이었다고 볼 수도 있겠지만."

"너무 안이한 견해 아닙니까?"

"김형근 씨의 견해를 듣고 싶군."

"임금 측면도 그리 성공적이었다고 보기는 어렵구요, 더 결정적인 실패는 막 싹이 터서 자라기 시작하던 새로운 노동관과 노동윤리의 맹아에 면도날을 휘둘러 버렸다는 것이 아닐까 저는 생각합니다."

"누가 휘둘렀지? 위험한 면도날을 어디에서 가져왔지? 그 새로웠던 맹아는 정말 천사였었나?"

"그런 것들을 다시 이야기해야 합니다."

"띠지 작업도 나름의 형型이 붙으면 재미있어. 타성적인 섹스의 쾌감이랄까. 우리 유료 구독자가 얼마나 됐지?"

"700명에서 좀 빠집니다."

"두어 달 사이에 많이 붙었군."

"250명 정도."

"김형근 씨가 고생했어."

"아직도 기증 부수와 무가 부수가 많습니다. 그 절반만 유료로 전환해도 150부나 되는데."

"너무 무리하지는 말자. 『후포신문』 유료 구독자 얘기하면 다들 놀란다구."

"그래도 협조해 줄 만한 곳에서 더 뻣뻣하게 나오는 경우엔."

"다 그럴 만한 사정이 있으니까 그러는 거지. 오늘 저녁 같이 합시다. 선약이 없다면."

"발송은 내일 일찍 마치겠습니다."

"황석주 씨가 좀 늦네."

"황 선생님 오기로 하셨어요?"

"내가 좀 보자고 했어. 물어볼 것도 있고."

"요즘 자주 못 만나시지요?"

"그것도 분가라고, 따로 밥해 먹자니까 잘 안 만나지네."

"더 서둘러서 나오셨어야지요. 결혼 안 한 늙은 시동생 모시기가 여간 성가신 게 아니었을 텐데."

"너무 닦아세우지 말라고. 나 형수님하고 사이좋았어. 조카들도 삼촌이라면 지금도 깜빡 죽는다구."

"그래도 그런 게 아니라구요. 황 선생님 내외분 사정도 사정이지만, 명 선배님 프라이버시도 있는 거구요."

"독립하니까 좋긴 좋더라. 늦잠도 잘 수 있고 청소 안 해도 되고. 그래도 후포로 돌아온 지 1년도 안 돼서 나가 살겠다고 하려니 이상하더라구. 결혼을 한 것도 아니고, 후포 바닥 거기가 거긴데 뭐가 틀어져서 저러나 하고 생각하는 것 같기도 하고."

"잘하신 거예요. 선생님 댁에 그대로 계셨다면 제가 쳐들어가서 깽판 칠 수 있는 산채 하나가 허공에 떠 버릴 뻔한 거였죠?"

"산채라니까 너무 고상한 것 같다."

"그럼 소굴이라고 할까요? 불만이 부글거리고 몽상이 따리를 틀고 있는."

"양산박?"

"정말 결혼 안 하실 참이에요? 여자가 없어요? 혹시 불구라거나 취향이 묘한 건 아니겠죠? 아니면 떠나간 사람을 못 잊어 하는 건가? 그것도 아니라면 모종의 프로젝트에 매달려 있다거나 필요 이상으로 방탕한 결혼 부적격자일 수도 있겠네요. 사실은 결혼하고 싶어 죽겠는데 못 하고 있는 것 아닙니까?"

"지금 거론한 이유 중에서 제일 그럴싸한 게 뭐지?"

"그럴싸한 게 있겠습니까? 다 남들의 입방아에나 오르내리는 사유들인데."

"내 걱정보다 김형근 씨도 할 때 됐잖아. 올해 몇이지?"

"스물아홉입니다."

"모든 것에는 때가 있다는 소리, 공연한 말 아니라구. 딱 좋은 때 아닌가. 또 장남이랬지?"

"아들은 저 혼잡니다."

"서른 넘기지 말고, 좋은 사람 있으면."

"좋은 사람 있으면 벌써 했지요."

"딴은 그렇군."

"현실 이데올로기가 가장 극명하게 나타나는 게 텔레비전 연속극이라잖아요. 모든 연속극이 다 그런 건 아니겠지만, 요즘 연속극의 플롯이자 주제라는 게 결혼이고 가족애고 가정의 역할에 대한 새삼스러운 발견이고."

"최후의 요새겠지 가정이란."

"아닐 수도 있어요."

"가정 개념의 변화 혹은 확대를 꾀하자는 건가?"

"그건 온건파의 주장이구요."

"아 형, 늦었네요."

6

—

삼투압

950514

연한 비가 내리셨다. 논둑의 입술들이 젖었다. 그 안에 든 두어 알씩
의 콩들도 젖었다.

950522

작약이 피었다. 그늘에서 자라 안쓰러이 키만 훌쩍하더니 흰빛 홑판
이 약속처럼 피어났다. 세 송이가 한날한시에 피어난다는 것도 생각하
면 눈물겹다.

950605

들은 초록으로 삼투하였고 무논에서는 어린모들이 몸살 기운을 털

어내고 있었다. 나는 꼭 한 달 동안 소설을 쓰고자 하였으나 한 줄의 문장도 쓰지 못하였다. 가장 경제적인 쾌락의 수단을 찾아냈을 뿐.

950606

그 섬으로 가는 길은 안개가 자욱했다. 암초에 긁히면서 기우뚱하는 배의 고물에 앉아서 자꾸 한심하다는 생각을 했다. 그를 만나 점심을 달라고 했다. 중처럼 혹은 생도처럼 그는 책을 읽으면서 지낸다고 했다. 해송숲을 지나서 서쪽의 밋밋한 구릉지대와 사빈해안에 갔다. 잎꼭지에 검정 살눈을 조랑조랑 매달고 있는 섬나리 군락이 장관이었으나 아직 철이 일렀다. 그에게 『한해경』을 줬다. 습습하니 외로운 옛책. 그는 자고 자라고 했다. 나는 싫다고 했다. 돌아오는 기차에서 바슐라르를 읽었다.

950715

내가 쓰려는 글은 이러한 따위가 아니다. 좀 더디고 좀 어렵고 좀 향긋한.

951113

『박물지』를 다 썼다. 2년이나 3년이 지난 뒤에 『속 박물지』를 써야겠다는 생각을 한다. 그럴 날이 와 주려는지. 이재일 군을 위한 축시를 고쳐 썼다.

960206

학원 선생이 된 지 세 달째이다. 나의 성적인 취향에 따라 몇몇 아이들을 속으로 범하면서 지냈다. 나는 나의 앞날에 대하여 염려하지 않는다. 나는 개선되지 않을 것이다.

970313

하숙을 구했다. 벽과 천장이 반듯한 방. 나무로 만든 접책상을 샀다.

970402

「골목」 여섯 장면을 썼다. 비가 그치면 잎새들이 돋을 것이다.

970410

나는 호저처럼 반발하였고 입천장은 피투성이가 되었다.

970421

노오떠봄의 『이스파한에서의 하룻저녁』을 보았다. 밤잠을 설친다. 대신 낮잠을 잔다.

970426

그를 만났다. 이름은 모른다. 그는 어제의 술이 미처 깨지 않았고 나는 마음의 줄다리기 끝에 그의 겨드랑이에 입술을 댔다.

970501

산빛 곱고 물빛 맑은 철이 왔다. 숨쉬기 편하고 걸어다니기 좋고. 그
러면 서랍 속에 들어가 있어.

970528

앵두와 오디와 딸기와 버찌.

970529

「분류와 명명에 대하여」를 썼다.

970911

아무도 미워하지 않는 자의 오늘은 비가 내리실 듯하다. 중의성 없
는 문장을 쓰고 싶다.

971113

보이지 않지만 불가역적으로 소모되고 있다는 느낌은 불길하고 감
미롭다.

971211

새벽에 월송리 숲에 가면서 눈을 맞았다. 물기를 머금어 무거워진
눈이었다.

980112

며칠 내 눈이 내리고 활엽수 선 코숭이 부근을 바라보면서 스산해지는 마음을 부손질하였다. 아직도 뭐가 뭔지 잘 모르고 있는.

980209

입춘이 지났고 동백이 피었다는 소식이 있었고 수면량이 들쭉날쭉이었다. 설이라고 집에 갔더니 아이들이 징그럽게 자라 있었다. 새 봄의 계획. 독서와 담배와 섹스를 줄여야겠다.

980404

감포에 다녀왔다. 감은사 옆의 지붕 낮은 가게에서 커피를 마셨다. 창끝 목걸이를 샀다.

980405

다 그런 거라구, 그러니 징징거리지 좀 마. 씩씩하게 욕이라도 하고서 돌아서 버려.

980406

그를 보다. 그는 예수쟁이이고 군인의 아들이고 시의 효용에 대한 신뢰와 불신이 파동 치고 있는 스물두 살이다. 2년 만에 본 그는 좋았던 낯이 상해 있었다. 고뇌에 씻기운 것 같지는 않았고 조금 어지러워졌다는 인상이었다. 짜증나는 것은 여전히 착한 시를 쓴다는 것이었

다. 빌어먹을, 왜 그는 착하려고 안달하는 것일까. 시민이 아니라도 공
민이기를 바라는 거. 그가 옳은 건지도 모른다. 그의 사진을 한 장 가
져왔다.

980408

나의 마음이 단단하던 시절에, 사랑을 사랑하고 추구를 추구하지 말
자고 다짐했었다. 세상에, 다짐까지 했었다니.

980409

이재일 군을 보다. 나보코프의 단편소설을 하나 번역했다는 이야기,
러시아어를 배우려는데 여의치 않다는 이야기, 내 마음을 상하게 할까
봐서 못 하는 이야기는 없다는 이야기. 그는 안정되어 보였다. 『부활하
는 새』를 구했다. 표지가 촌스럽다.

980410

며칠 전인가 새벽 5시 무렵에 자리에 눕고 나서 다섯 살이나 여섯
살쯤 되었을 한 사내아이의 울음소리를 들었다. 이 시간에 오줌을 싸
고서 집밖으로 쫓겨난 아이가 다 있구나 생각했었다. 울음소리는 끊어
졌다가는 다시 들리고 성큼성큼 가까워졌다. 내가 든 방의 창 아래로
아이가 지나가는 모양이었다. 울음소리는 아이의 것 같지 않게 애절한
맛이 있고 또 우렁우렁 울리기도 했다. 나는 내다보고 싶었지만 왠지
무서워서 웅크린 채 귀만 열고 있었다. 울음소리가 멀어져갔다. 멀어

져 가는 울음소리는 꽃 피는 청년의 달음질보다도 더 빠른 속도로 잦아드는 것이었다. 자신을 먹여 주고 안아 주고 씻겨 주는 이의 이름을 부르면서 울면서 한 사내아이가 새벽 4시에 나의 창 아래를 지나 어디론가 뛰어가고 있었다. 틀림없다. 오늘도 나는 깨어 있었다. 꼭 한 차례 예의 울음소리를 들었다. 오늘 새벽의 울음소리는 헛것이었는지도 모른다. 나는 울음소리가 반가웠고 그리고 내내 무서웠다. 그것은 무엇이었을까. 그 아이는 왜 그 시간에 어디론가 가야 했을까.

980411

앙리 르페부르의 문장이다. '개념화된 것이 체험된 것에 비하여 갖게 마련인 사변적 무위는 실천을 삶과 더불어 사라지게 하며 체험적 삶의 무의식의 차원을 경시하게 한다.' 언제부터인지 이런 식의 문장들을 좋아하게 되었다. 이런 식이란 무엇인가. 라즈니쉬가 「공산당 선언」의 문장들을 사랑하지 않을 수 없다고 고백하는 식인가.

980412

아침나절에 젖은 마늘밭 사이로 걸어 다녔다. 남들이 농사지어 놓은 경작지를 돌아다니는 사람.

980414

『이탈리아 기행』『디지털 시대의 글쓰기』를 읽다. 읽고 싶은 책들이 자꾸 내 앞으로 온다. 내가 그 책들을 읽고 싶어 한다는 것을 나는 어떻게 아는가. 그것은 타성이 아닌가. 「진동상수」를 썼다.

980415

풍신기風信旗에 가서 잘난 척을 하고 왔다. 나는 아직도 잘난 척할 기회를 잡는 일에 민첩한 것이다. 장담하건대 한 번도 그 기회를 놓치지 않았다. 성진식, 너 언제까지 그럴래?

980417

가와카미 하지메의 『가난에 대하여』를 읽었다.

980418

그를 만났다. 여전히 예뻤다. 밥 먹고 술 마시고 늦은 시간에 공원에 갔다. 그는 내게 섹스를 요구하였다. 그와 나는 결혼을 할 뻔했었다. 결혼을 했더라면 오늘처럼 강간당하는 기분은 안 들었으리라.

980420

간디의 『자서전』과 김구의 『백범일지』와 김방한의 『한 언어학자의 회상』을 두 달에 걸쳐서 띄엄띄엄 읽었다. 재미있었다.

980511

베르길리우스의 『농경시』를 읽다. 번역한 이에게 감사한다.

980515

그가 시집간 지 1년이 됐다. 나는 나쁜 놈이지만 그에게는 정말 못할 짓을 여러 번 저질렀다. 그에게 「고른 숨결의 사랑노래」를 들려주면서 나는 뭐라고 했는가. 나는 왜 그랬을까. 성진식, 왜 그랬는지 너정말 모르니? 나쁜 놈이니까 그랬겠지. 그는 잘살 것이다. 「고른 숨결의 사랑노래」를 들으면서도 그는 내게 늦은 밥을 차려 줬었다.

당신은 저가 싫다십니다
저가 하는 말이며 짓는 웃음이며
하다못해 낮고 고른 숨결까지도
막무가내 자꾸 싫다십니다
저는 몰래 웁니다

저가 우는 줄 아무도 모릅니다
여기저기 아프고
아픈 자리에
연한 꽃망울이 보풀다가 그쳐도
당신도 그 누구도 여태 모릅니다

머지않아 당신은 시집을 가십니다
축하합니다 저는 여기 있으면서
당신이 쌀 이는 뒤란의 우물가에

보일 듯 말 듯한 허드레풀 핍니다

마음 시끄러우면 허드레풀 집니다

저는 당신의 친구입니까

저가 하는 말이며 짓는 웃음이며

하다못해 낮고 고른 숨결까지도

막무가내 자꾸 친구입니까

저는 몰래 웁니다

나쁜 놈, 시를 써서 팔아먹는 편이 너처럼 악용하는 것보다는 낫다.
그에게 사과한다. 제발 받아 줘, 싫음 말고.

980519

나는 비굴하게 밥을 번다. 나는 내가 믿지 못하는 것들을 가르친다.

벌채상한선

7
—
쇠톱

압박붕대는 감촉이 좋다. 손목을 은근하게 조여 준다. 한 치수 작은 새 브리프를 입었을 때에 회음부와 엉덩이에 밀착되는 목면의 싱싱한 도발성. 압박붕대가 대패질한 가다랭잇살처럼 풀린다. 왼손으로 피가 몰리다 무거워졌다가 서서히 원상으로 돌아온다. 왼손이 저릿저릿하다 그친다. 피가 뭉쳐서 불거졌던 동맥이 마지막으로 한 번 경련한다.

재용은 다시 왼쪽 손목에 압박붕대를 감는다. 조금씩 조금씩 팔꿈치 쪽으로 이동시킨다. 팔 안쪽으로 늑골 모양의 붕대선 자국이 생긴다. 장미 봉오리 속에는 꽃잎들이 서로의 등을 바라보며 착착 밀립해 있다. 그들은 앞이나 옆이나 뒤에 있는 꽃잎들과 동등하고 다르다. 압박붕대가 팔에 남기는 자국에는 장미의 꽃잎이 머금었다가 토해 낸 향과 즙이 묻어 있다. 그것은 손때일까. 재용은 압박붕대의 끝을 팽팽히 당겨서 선단늑골 밑으로 밀어 넣어 다물린다.

식칼을, 그는 식칼을 집어 들고, 집을 나선다, 신문지, 마분지로 만든 쇼핑 가방, 아니 검정 비닐봉지로 둘둘 말아서, 그냥 식칼만 덜렁덜렁, 생각이 나지 않는다, 가파른 계단, 높은 곳으로 오르기 위해서 보폭만큼씩 디딤판을 엮어 세운 관념뿐의 계단, 내 저고리는 관념적이되었어, 그랬을 거야 네 술집은 큰곰자리에 있으니, 그가 계단을 뛰어올라서 문을 두드리자 안에서 나온 사람은 젊고 건실한 여자와 어리고 예쁜 딸, 엄마는 왜 보복할 가치도 없는 너절한 쓰레기 녀석에게 피를 빨리는 것이며, 그 다음, 그는 공중화장실에 있다, 식칼을 들고, 담배를 피웠던가, 식칼, 그리고 한 사람이 들어와서 칸막이 안으로, 이어서 또 한 사람이 들어온다, 교복이다, 흰빛 혹은 푸른빛의 여름교복 상의, 하의는, 하의는 빛바랜 블루진 혹은 니커스, 교복 상의에 맞춘 밝은 잿빛 바지, 책가방을 걸치고 좀 길지만 불량스럽지 않은 머리카락, 대체로 준수하게 생긴, 오른손에 식칼을 들고, 그가 든 식칼과 똑같이 생긴, 터지는 웃음, 재용도 함께 웃었다, 단번에 오가는 시선, 눈에 식칼에, 남의 일에 신경 꺼, 칸막이를 부수고 안으로 들어가, 그럴 거야, 마음의 독한 마지막 관문을 넘은 사람은 아무렇게나 시부렁거리고 침뱉고 겁먹어도 멋있을 거야, 안에 있는 사람에게 식칼을 사용한다, 잘못했다는 울음소리 식칼 내리찍는 소리 마음이 진저리치는 소리, 그는 식칼로 아마 왼쪽 손목을 끊어 놨을 것이다, 관대하고 사려 깊은 처형, 교복이 세면대 앞으로 와서 수도꼭지를 틀어서 식칼을 씻는다, 흐르는 물은 핏물과 방사능 찌꺼기를, 교복은 메고 있던 책가방을 세면대 위에 내려놓고, 지퍼를 열고, 식칼을 책가방에 넣고, 지퍼를 닫고, 책가 방을 멘다, 의붓아버지였어 이제는 아냐 여동생을 학대했어, 재용은 그 책가방에 들어 있던 책들을, 그 책들과 공책들을 보았던가, 공중화 장실에 혼자 남은 식칼맨, 아니 칸막이 안에서는 한때 의붓아버지였던 이가 오른손으로 잘려나간 왼손을 주워서 왼쪽 손목에 붙이려고 시도 하다가 조용히 실신하고 있다, 피를 너무 많이 흘려서 그리고 아파서, 식칼맨은 생각한다, 누구나 자기의 사정이 있는 것이다, 재용은 제 책 가방에서 마일드세븐을 꺼낸다.

재용은 아무 계집애나 먹지는 않는다. 자기보다 어린 계집애는 아니 다. 먼저 꼬리 치는 것들도 밥맛이다. 평중 계집애들도 일단은 싫었다. 줄줄 눈물 빼는 계집애나 눈웃음 흘리는 계집애나 쓸데없이 콧소리부 터 뿜어내는 계집애. 재용은 먹성이 좋지만 썩은 고기까지 청소할 용 의는 없다.

재작년 11월, 재용 패거리들은 태구 자취방에서 술을 마셨다. 처음 은 아니었다. 그렇다고 술꾼들도 아닌 그렇고 그런 좆만 한 청춘들이 모여서 소주병을 깠다. 어떻게 술자리가 만들어졌는지는 기억에 없다. 그즈음 상기 녀석과 민영이 녀석이 표시나게 붙어 다녔고 재용과 준 희와 태구는 그 둘을 위해서 술이나 같이 마시자고 했던 것 같다. 붙어 다니기 시작하면 사고를 치더라구, 상기 새끼 무슨 고민 있는 거 아니 냐, 민영이 새끼도 그렇지 무슨 일이 있으면 우리한테 까놔야 하는 거 아니니, 일은 무슨 일 걔네 아직도 사춘기. 그랬던 것 같다.

11월 그 저녁에 재용은 딱지를 뗐다. 일이 이상하게 꼬였었다. 꼬였었다고? 재용은 자학한다. 병신 새끼, 이제 와서 일이 이상하게 꼬였었다고 말하고 싶어지는 건 뭐야? 심각하게 술을 마셨었다. 뭐가, 무엇 때문에 그렇게 심각했었는지도 기억에 없다. 기억에 없다는 말은 거짓이다. 황재용, 생까지 말고 다 말해 버려, 말한다고 해서 누가 뭐랄 것도 아니잖아.

이미 지난 일이다. 기억에는 파르스름하게 떠오르는 마디도 있고 거짓말처럼 부서져 내려서 이 빠진 마디도 있다. 이 빠진 마디를 기억해 내야 한다. 모두의 기억 속에서 잊혀지기를 소망했던 바로 거기에 너의 실수가 들어 있어. 다그치지 말아요, 나도 기억해 내려고, 그런데 지금 실수라고 했나요? 그것은 실수가 아니었을 것이다. 재용은 담배를 한 모금 빨아 들이킨다. 재용은 불붙은 담배를 튕기고서 손깍지를 끼우고 뒷머리를 받치며 몸을 뒤로 눕힌다. 편안하다.

재용은 아무 계집애나 올라타지는 않는다. 재용에게 모욕당한 계집애가 느닷없이 울부짖어도 재용은 유유하게 교복을 갖춰 입고 자리를 뜰 수 있다. 재용이 너는 냉혈동물이다, 어쩌면 그렇게 짓밟아 버릴 수 있지? 떠들지들 마, 나는 아무 구멍에나 좆대가리 끼우고 펄떡거릴 수 있는 너희들이 존경스러워, 나는 그게 안 돼. 그날 준희는 심하게 토했다. 소주가 안 받으면 먹지 말아, 아냐 괜찮아, 정말 괜찮겠어? 태구의 방에서 중딩이들이 소주를 나발 분다고 해서 싫은 소리 하러 올 주인은 없었다. 비단 태구의 방뿐이겠는가. 그 옥상과 지하주차장과 노래방과 천변공원과 모모한 드보크에서 오늘도 용감한 중딩이들은 소주를 마신다. 지네끼리 모여서 말도 별로 하지 않고, 데미소다로 입가심

하면서 소주를 마시고, 담배를 피운다. 속눈썹에 상기 맺혀 있는 눈물을 반짝이며 준희는 웃고 소주를 훌훌 털어 넣었다.

그리고 희영이 누나가 왔다. 태구가 희영이 누나를 방 밖으로 이끌었다. 태구 너 왜 이러는 거야, 누나 사실은, 사실이고 뭐고 빨리 쟤네 방에서 내보네, 한 번만 어떻게 넘어가 줄 수 없는 거야? 다툼은 이미 끝나가고 있었다. 민영이 위악스레 이죽거렸다. 태구 저 새끼, 숫제 애원을 하는군. 밖이 조용해졌다. 재용은 제 앞의 소주병을 들어서 소리 없이 삼켰다. 준희가 모로 쓰러지는가 싶더니 잠이 들었다. 민영아 담배 남았지? 희영이 누나, 그날 미안했어요. 재용은 손깍지를 풀고 일어나 앉는다. 압박붕대를 풀어서 대충 말아 가방에 넣는다. 재용은 자리에서 일어난다.

그날 기수가 그 자리에 없었던 것은 우연이었을까. 기수가 있었다면, 그랬다면 몇 가지는 달라졌을 것이다. 기수가 있었어도 아무것도 달라지지 않았을지도 모른다. 재용은 생각했었다. 기수가 있었다면 그날 우리는 소주만 마시고 곱게 집으로. 재용은 눈을 감는다. 고개를 흔든다. 지금 무슨 생각 하는 거야? 구름빵집에는 기수가 없었다. 재용이 아니니? 몰라보게 컸구나. 기수 아직 안 왔습니까? 해거름이 돼야 오던데, 왜 한동안 걸음을 안 했니? 기수한테 물어도 통. 그랬습니다. 어머니, 기수는 끝까지 저를 옹호해 주었습니다만, 저는. 기수가 오지 않는다. 재용은 울진으로 갔고 둘은 두 달 남짓 만나지 못했다. 해방감과 허전함. 기수가 오면 나는 기수에게. 기수가 와서 기수가 나를 흠씬 두들겨 줬으면. 기수가 오지 않으면 좋겠다. 기수가 오기 전에 피해 버릴까. 나는 기수에게 그것에 대하여 말할 수 있을까. 나는 기수가 싫다. 재용은 허리를 곧추세워 우뚝 선다. 나는 기수를. 기수가 이리로 오고 있다. 임마, 나는 너를.

"뭐해? 불러도 못 알아듣고."

그가 왔다. 교복 차림 그대로 바이크를 끌고서 왔다. 재용은 담배를 피우고 싶다. 혀가 깔깔하다.

"오래 기다렸지? 미안하다."

"아니, 내가 일방적으로."

"집에서 기다리지 그랬냐? 어머니도 왔다가 금방 가더라고 나한테 볼멘소리 하시던데."

"여기가 좋아. 전에 여기서."

"저녁 안 먹었지? 집으로 가자. 기다리시겠다고."

"그냥, 어디 가서."

준희가 자고 있는 옆에서 상기와 민영과 태구와 재용은 소주를 마시고 담배를 피웠다. 희영이 누나, 누나는 부엌에 있었다. 간헐적인 수돗물 소리와 도마질 소리. 그때 추웠던가, 기억이 나지 않는다. 태구의 자취방, 누나와 함께 써서 여학생 냄새가 나는. 태구 녀석을 놀려 주곤 했었다. 아침에 눈 뜨면 혹 누나 이불 속에 들어가 있지는 않냐? 설마 그뿐이겠어? 부럽다 부러워. 희영이 누나에 대한 악의 없는 장난말들이 오가곤 했다. 희영이 누나 평상에서 톱이라며? 아냐, 톱은 무슨? 그리고 희영이 누나가 콩나물국을 끓여서 들여왔다. 미안해요 누나. 미안한 짓을 왜 하니? 너희들 오늘 다시 봤다. 누나 같은 사람도 없을 거예요. 너희들 집에는 어떻게 갈래? 괜찮았다. 희영이 누나는 교복을 갈아입었고 재용이는 후루룩거리며 국물을 떠먹는 한편으로 슬쩍슬쩍 소주병을 기웃거렸다.

"나도 하나 줘라."

기수가 손을 내민다. 재용은 기수에게 불을 붙여 준다. 아무리 자연스러운 척해도 손놀림이며 담배를 문 입술이며가 새롭고 어색하다. 연기를 삼키지 못하고 새의 부리처럼 입술을 세워 훅훅거린다. 재용은 기수가 고맙고 안쓰럽다.

"돌림빵을 놨었어."

"놀 만하면 놔야지."

놀 만하면 놔야 한다고? 기수 너 돌림빵이 뭔지 알아? 쩨쩨하고 야비하게 구는 새끼 끌어다가 개처럼 밟아 버리는 것, 그렇게 그 새끼를 매장시켜 버리는 것, 그래 놀 만하면 놔야지. 재용은 웃는다. 어두워진 남대천 가에서 재용은 웃고 기수는 잘 빨리지 않는 담배를 들고 쩔쩔매고 있다.

상기가 희영이 누나에게 달려들었다. 희영이 누나가 상기를 밀어내려고 하다가 기진하여 늘어졌다. 그 사이 태구가 일어났다. 저 새끼가 우리 누나를. 상기가 희영이 누나 위에서 고개를 돌렸다. 민영과 재용은 미친 듯이 소리 지르며 날뛰는 태구를 잡아 눕히고 손으로 입을 막고 팔다리를 제압하느라고 정신이 없었다. 입을 막아야 해, 누가 듣기라도 하면 끝장이야. 상기 씹새끼, 너 책임 져야 해. 태구의 분노한 몸뚱아리에 제 몸을 싣고서 재용은 겁이 났고 그럴수록 소리를 지르게 하면 안 된다는 외곬생각으로만 치달았다. 태구는 한순간 축 늘어졌고 재용은 보았다. 이미 옷가지가 흐트러진 채 눈물을 흘리고 있는 희영이 누나 위에서 교복 바지와 속옷을 엉덩이 밑까지 내린 상기가 꿈틀거리고 있었다. 상기 새끼, 웬 엉덩이가 저렇게 작아? 재용은 자신의 생각에 어이없어졌다. 옆에서 민영과 태구가 일어났다. 상기가 무릎을 꿇은 자세로 바지를 여몄다. 희영이 누나는 누운 채로 얼굴을 감쌌고 태구는 앉은 채로 점차 울음소리를 높여 갔다. 상기 너 우리 누나를. 상기가 태구에게 주먹을 날렸다. 제발 조용히 좀 해 씹쌔야. 상기가 민영에게 눈짓을 했다. 너도 해. 태구가 다시 날뛰기 시작했다. 상기와 재용이 태구를 잡고 있는 동안 민영이 누나 위로 올라갔다. 민영은 쉽게 끝내지 못했다. 빨리 싸고 내려와 새꺄. 안 나오는 걸 어쩌란 거야, 씨팔. 민영 다음은 재용이였다. 어쩔 수 없었다. 어쩔 수 없었다고? 재용이 너 졸라 웃긴다. 그때, 민영이가 희영이 누나 위에서 꿈지럭거리고 있을 때에, 그걸 쳐다보지 않는 척 힐끔힐끔 쳐다보면서 너 그때, 꼴려 있었잖아. 황재용, 좀 솔직해지시지. 그랬다. 재용은 그때 꼴려 있었고 민영이 누나에게서 떨어져 나오자마자 누나에게 달려들었다.

"바이크? 웅희가 줬어."

"웅희가?"

애지중지하던 바이크를 넘겨받을 만큼 친했었니, 웅희하고? 재용은 새삼스러워진다. 웅희는 자발적인 이지메 상태를 기꺼워하는 녀석 아니었던가. 잘난 녀석이 잘난 체하는 것, 그것만큼 싫은 것도 없는 일이라서 모두는 웅희를 따돌렸었다. 기수야 웅희 녀석이 잘난 체하는 것을 너그럽게 소화하는 편이라서, 그래서 웅희는 더 속을 다치곤 했었고, 재용들은 그런 웅희를 멸시하며 통쾌하게 여겼었다. 기수가 웅희에게 너그러울 수 있었던 것은 기수가 웅희보다 여러 방면으로 뛰어났다는 사실에서 기인했다기보다는 기수의 성품이 그만큼 유연했기 때문이라고 봐야 한다. 열다섯 살 열여섯 살 먹은 중학생 주제에 뛰어나면 얼마나 뛰어나고 처지면 또 얼마나 처지겠는가. 웅희는 자신의 그 사소한 결락을 못 견뎌 하는 반동으로 그렇게 잘난 체하면서 호두껍데기 안에 웅크리고 있었을 것이다. 열일곱 살 먹은 재용은 열다섯과 열여섯 시절을 어리석었던 시절이라고 생각한다. 그러면 지금은? 지금 나는 현명한가? 어림없다.

재용이 누나에게서 몸을 일으켰을 때에, 잠든 준희를 제외한 상기와 민영과 태구는 말없이 둘러앉아 있었다. 태구는 횡경막의 수축을 불규칙한 콧김으로 뿜어내면서 아프고 지친 몸을 벽에 기대고 있었다. 땀과 눈물. 비닐 장판이 눅눅했다. 그리고 태구가 단추와 소매가 뜯겨나간 윗옷과 속옷을 벗었다. 민영이 태구를 막았다. 비켜, 비키잖음 다 죽여 버리겠어. 태구는 소주병을 집어 들었고 민영이 움찔하는 사이에 희영이 누나의 몸 위로 올라갔다.

"보고 싶었다."

"재용이 너 얼굴이 좀 상했다. 객짓밥 먹기가 마땅찮은 거야?"

재용은 입맛이 까다롭다. 아무 계집애나 올라타느니 딸딸이를 치는 편이 깔끔하다고 생각한다. 그래, 사실을 말하기로 하자. 그 11월 밤,

그 일이 있은 뒤로, 재용은 한 번도 여자와 섹스하지 않았다. 상기와 민영과 태구는 그런 재용을 의심하고 비난하고 윽박지르고 달랬다. 한 번 하기가 어렵지 일단 봇물이 터지면 걷잡을 수 없이 맞닥뜨려지게 되는 것이다. 그것이 도둑질이든 거짓말이든 미성년자의 섹스든. 그런 상황들이 재용들에게 다가왔다가 지나가고 다시 다가오는 것이었다. 그 속에서 재용은 점점 입맛이 까다로운 존재로 소문이 나고 있었다. 높은 눈, 콧대 센, 매너 좋고 과묵한.

"희영이 누나를 만났어."

그것은 이명耳鳴이었을까, 바다에 추락하는 새의 소리였을까. 가게 앞 자판기에서 막 커피를 뽑아들고 돌아서는 사람, 희영이 누나. 어디 가서 담배를 피우려고 재용이 자리에서 일어나는 참이었다. 희영이 누나가 다가왔다. 재용은 탁자에 팔꿈치를 괴어 턱을 받치고 솔밭과 모래사장 너머를 바라보고 있었다. 스러져 가는 폭풍. 미열. 희영이 누나가 재용의 손에 컵을 쥐여 주었다. 다시 커피를 뽑아 온 희영이 누나가 재용을 의자에 앉히고 자기도 옆 의자에 앉았다. 옷깃이 날렸다. 커피 싫어해? 누나, 나 담배 피우고 싶어. 피우렴. 재용은 연기를 깊이 빨아들인다. 기수는 남대천을 향하여 헛팔매질을 한다.

재용들에게 그 밤은 없었다. 평상을 졸업한 희영이 누나는 평해를 떠났고 재용들은 3학년이 되었고 다시 11월이 왔다. 기껏 도망간 곳이 거기였어, 직장 구하고 방 얻어서, 월송 바다 후포 바다가 보고 싶어지면 이리로 와서, 아무에게도 말하지 않고, 커피 마시고 돌아가는 거지 뭐, 몰라보게 컷네, 구레나룻께가 뽀얗더니, 울지 마.

"네게 말하고 싶었어. 네게 말하면 어쩌면."

"재용아, 나 담배."

기수는 묵묵히 담배를 피운다. 그것처럼 쉬운 일도 세상에는 없다. 말들을 안 해서 그렇지 흔해 빠진 이야기라고 말해 버리는 당신은, 홀로 상처 위에 입김 호호 불면서 자책하는 재용에게 지나가 버린 일은 지나가 버린 일일 뿐이니, 그만 힘내라고, 야무진 쇠톱 하나 건네려는 것인가.

8

수세미 시렁

성희는 작년에 이곳으로 왔다. 그리고 잘 가꿔진 채마밭 한 떼기를 물려받았다. 뒤란으로 기름한 빈터에 깨끗한 채마밭 한 필.

전임자는 약장 관리며 문서대장 정리 등에 문제가 있었고 진료실이며 침실 따위에도 잔신경을 쓰지 않아, 대체로 어수선하고 우중충한 관리인이었다는 인상을 주었다. 인수인계가 끝나고 전임자가 떠난 뒤, 성희는 기운을 내서 먼지를 털고 걸레질을 했다. 남이 살던 세간살이들에 붙어 있는 꺼림칙하고 언짢은 녹과 때와 지문. 성희는 이내 지쳤고 곧 체념했다. 천천히 해야지, 서두르면 안 돼.

그리고 뒤란에 이르러 채마밭을 발견했다. 그것은 수틀처럼 놓여 있었다. 두벌솎음은 했을 상추와 쑥갓과 아욱, 지주목이 가지런히 꽂혀진 옆옆에 화초처럼 심긴 오이와 가지와 고추와 토마토, 담장에 비껴

세운 푸나무 줄기를 타오르기 시작하는 호박과 넝쿨 콩. 보아라, 돌멩이 한 돌도 지푸라기 한 올도 떨어져 있지 않았다. 성희가 미처 알아차리지 못했지만 더 볕바른 쪽으로는 도라지며 더덕이며 머위 같은 산채들이 가꿔지고 있었다.

왜 채마밭 이야기를 하지 않은 것일까, 혹시 마을 주민 가운데 누군가가 보건지소 터에 농사를 짓고 있는지도 모르지. 그랬었다. 그러나 채마밭은 역시 전임자가 일구어 가꾼 것이었다. 자신이 거두지 못할 작물들을 그토록 알심 있이 뿌려 보살펴 준 마음을 성희는 성심으로 받아들였다.

채마밭은 살아 있었다. 하룻밤 사이에도 몇 뼘씩이나 키가 자라는가 하면, 봉오리가 생겼나 보다 싶었더니 꽃 피었다. 마른자리마다에 열매가 맺히고, 망울처럼 새알처럼 나날이 식구들이 불어났다. 잘못 부러뜨린 어린 오이를 먹어 보았는지, 목젖을 적시는 유쾌한 삽미를 알고 있는지. 성희는 박과와 가짓과에 드는 풀들이 피우는 꽃들의 작고 옅은 자태에 감동하기도 했다.

그리고 걱정거리가 생겼다. 가지 한두 개를 밥물 잦혀지는 솥에 두어 쪄먹기도 한두 번이고 토마토 싱싱한 속살을 후루룩 빨아 마시고 던져 버리기도 한두 번이지, 채마밭은 성희가 먹어 치우는 속도를 단번에 따라잡고도 멈출 줄을 몰랐다. 이것들을 다 어떻게 처리한담, 따서 둘 데도 없는데.

춘양 할머니가 있었다. 산 저편에서 이편으로 시집온, 혼자 사는 할머니였다. 약을 얻으려고 와서도 아픈 관절을 하소연하러 와서도, 대처에서 잘들 살고 있다는 자식들 이야기를 하면서 은근히 자존심 상해 하는 말투를 숨기지 못하는 여느 주민들에 비해, 성희에게 살갑게 대해 주었다. 호박은 둥글고 얇게 썰어 말리고, 가지는 꼭지를 남기고 쪼개어 빨랫줄에 걸어 말리고, 오이는 소금으로 절이고, 풋고추는 씻어 밀가루에 굴려서는 쪄서 말려라. 그리 가르쳐 주고는 제대로 하고 있는지 점검까지 해 주었다. 겨우살이 양식으로 요긴한 터였다.

그래도 뒤란은 미처 따지 못한 열매와 잎채소로 소란스러웠고, 성희는 어쩔 줄 모르고 종종걸음을 했다. 춘양 할머니가 새로운 제안을 했다. 나 줘, 나 주면 팔아다 줌세. 성희는 그제서야 한 시름을 놓았다.

춘양 할머니는 채마밭 한 모서리에 옥수수 씨앗을 묻어 주기도 했다. 제 밭에서 따 먹는 거하고 얻어먹는 거하고 뭐가 더 맛있을지는 두고 봐야 할 문제였지만.

어느 비 그친 저녁답에는 모종을 한 움큼 챙겨 와서는 꽃대가 올라간 아욱을 뽑게 하고 그 자리에 들깨 모종을 해 주고 갔다.

들깨는 뿌리를 맞추는 게 아니라 머리를 맞춰 심어야 서로 층하 없이 자란다는 것, 웃자라서 키만 껑충한 놈들도 줄거리를 우직우직 꺾어 심으면 탈 없이 뿌리를 내린다는 것, 사이를 뚝뚝 띄워 심어야 근심 없이 가지를 쳐서 무성해진다는 것, 들깨 모종한 자리에 열무 씨 몇 낱을 떨어뜨려 놓으면 아주 맞춤이라는 것.

춘양 할머니는 성희의 오죽잖은 호미질을 참아 넘기지 못하고 결국 자기 손으로 꼭꼭 들깨 모종을 해치워 버렸다. 열무 씨 몇 낱 던져 두는 것도 빼먹지 않았다.

그렇지 않아, 천 선생은 제 손으로 다 했어. 농사는 거저야. 때 안 놓치고서 씨 넣고 풀 매 주면 알아서 크고 알아서 이삭 나오고 하잖아.

성희는 자기 힘으로 채마밭을 가꿔 보리라고 마음먹었다. 전임자처럼은 못하겠지만 너무 축나면 밉상이리라는 생각도 들었다. 아욱도 심고 상추도 심어야지, 모종을 얻어다가 오이와 가지와 토마토와 고추도 심고, 이랑 하나엔 감자를 심자, 남은 자리에 완두콩을 심어 볼까, 복숭아하고 과꽃도 심어야겠네, 창 앞으로 수세미 시렁을 올려서 그늘을 봐야지.

성희는 그렇게 새봄을 맞았다. 그리고 오늘 아침에는 담장 밑에 구덩이를 하나 팠다.

신통하네, 지금이 호박씨 넣을 때라는 건 어떻게 알았을꼬?

어제 창미네가 하는 거 봤어요.

옳거니, 그러면 되는 거야. 남들 하는 거 따라하면 다 괜찮아. 밝은 눈은 뒀다가 그런 데 쓰는 거야. 내 집에 가서 거름이나 한 삼태기 떠 와야겠네.

좀 깊다 싶게 구덩이를 팠다. 그리고 춘양 할머니가 가져다준 재와 옥수숫대 썩힌 거름을 섞어 넣고 흙을 골랐다. 늦서리 맞히지 않으려면 이렇게 하라며 대오리와 비닐 조각도 가져다주었으니, 성희가 한 일이라고는 구덩이 파고 씨 묻은 게 전부였다. 그래도 성희는 대단히 큰일을 해낸 것 같은 기분이었다. 씨앗은 제 키의 두 배만 흙 덮어 주면 돼.

왜 두 배지요?

다들 그래 왔으니까 그렇겠지 왜는 왜겠어? 너무 얕이 묻혀도 깊이 묻혀도 안 좋아, 물도 마시고 숨도 쉬어야 하니까. 옳지, 그 정도면 됐네.

성희는 생각보다 더디게 싹터 오르는 호박 구덩이 앞에서 초조하게 서성거릴 것이다. 또 모른다, 너무 궁금한 나머지 흙살 아래로 손가락을 넣다가 연둣빛 줄거리를 분지르는 재난을 겪을 수도 있다. 그 며칠 후에 마침내 솟아오른 호박의 밑동가리와 떡잎 앞에서 기쁨으로 탄식하리니, 성희는 생명의 첫 비밀이 얼마나 연약하고 살뜰한 것인지 알게 되리라. 성희는 제 앞으로 어떤 놀라운 아침이 찾아올 것인지 아직 모르고 있다.

9

—

설탕절임

"잘 됐지?"

희일이 태구에게 눈길을 준다. 태구는 말없이 고개를 끄덕이며 출입구 쪽으로 신경을 쏟다. 태구는 생수병을 들어 컵에 따른다. 조금 흘린다. 태구는 흘린 물과 생수병이 놓였던 자리에 동그랗게 찍혀진 물을 손으로 문지른다. 탁자가 지저분해진다. 태구는 마주앉아 있는 희일이 마뜩찮다. 자식, 잘 나가다가 막판에 와서 쫀쫀하게 구는 건 뭐야, 꼭 이렇게까지 해야 하겠어?

태구는 희일이 세호와 하빈을 한번 봤으면 한다고 말을 건네 왔을 때에 오늘 같은 사태를 예견했어야 했다고 생각한다. 그때 급한 마음에 그래 보겠다고 한마디 했던 것이 이처럼 난처한 자리로 이어져 버린 것이다. 희일이 담뱃갑을 탁자에 놓았다가 다시 들어 은박지를 찢는다. 긴 손가락, 손톱. 느릿느릿하다. 태구는 외면한다. 언제부터, 하루에 얼마나 따위? 궁금하지 않다.

"피울래?"

희일이 묻는다. 태구는 의자 깊이 몸을 둔다.

"끊었어."

희일이 성냥을 켠다. 유황 냄새가 퍼진다. 태구는 우울해진다. 그것은 노심초사했던 일을 어쨌든 끝냈다는 마음가짐에서 왔을 것이다. 다음 순간, 태구는 강인하게 반발한다. 아직 끝나지 않았어, 일의 핵심은 지금부터야. 그러나 일은 태구가 뜻하지 않았던 방향으로 흘러 버렸다. 세호에게 말하지 않았더라면, 말하지 않고 넘어갔더라면. 희일이 미덥지 못한 것은 아니다. 아마도 희일은 세호와 하빈이 불쾌하지 않게 위무해 줄 것이다. 태구는 그럴수록 세호에게 미안하다.

출입문이 열리고 기수가 들어온다. 표정이 맑다.

"반장, 네가 불렀냐? 오늘, 무슨 날이냐?"

기수가 왔구나. 태구는 벌써 마음이 침착해진다. 오고 싶으면 오라고, 지나가는 말을 했었다. 별건 아니고, 그냥 한번 보자. 기수는 시간을 맞춰서 왔다. 물을 마시는 모습이 서두른 기색이다.

"놀랐잖아, 이기수."

"놀라다니? 정작 놀란 건 내 쪽인데."

"내가 오라고 했어."

태구가 나선다.

"네가? 그렇다면 역시 기수였다는 거니?"

"무슨 소리들이지?"

"아냐, 기수는 그냥 불렀어."

희일이 새로 담배를 빼어 문다. 한결 경솔해진 동작이다.

"그런데 희일이 너, 걔네들을 보자는 이유가 뭐냐 굳이?"

태구가 희일에게 짐짓 시비를 가려 보자는 투로 나온다. 영문도 모르고 불려 나와 앉아 있는 기수가 그에게는 납 팬티 같은 무게로 기력을 솟아나게 하는 것이다.

"그건 나를 믿지 못하겠다는 거 아냐? 당사자들을 네 눈으로 직접 확인하겠다는 것은?"

태구의 어세가 강경해진다. 목소리가 갈라진다.

"조금 있으면 반장이면 다냐는 말도 나오겠다?"

희일이 기수에게 담뱃갑을 내민다. 기수가 서슴없이 받는다. 태구는 놀란다.

"기수 너?"

"재용이 만났다, 얼마 전에. 재용이한테서."

"재용이한테? 재용이가 왔었다구?"

태구는 멈칫했다. 재용이 녀석은 또 왜, 왔으면 보고 갈 것이지.

"그게 뭐 좋은 거라고."

희일이 끼어든다.

"괜찮은데 뭘. 내가 당사자들 보고 싶다고 한 건, 단순한 호기심이었어. 나도 네가 그렇게 순순히 나올 줄은."

"단순한? 순순히?"

태구는 기가 딱 막힌다. 태구는 화가 난다.

"그때, 내가 거절했다면?"

"그런가 보다, 그게 좋겠지 하고 말았겠지."

"그럼 내가 걔네들한테 말도 못 하고 끙끙거릴 때에, 없었던 일로 하자고 말해 줄 수도 있었잖아?"

"끙끙거리고 있는 건 몰랐고, 고민하고 있구나 하는 정도였어. 그렇다고 내가 먼저 없었던 일로 하자고 하기도 그랬고. 인정한다, 호기심 지금도 있어."

"자식, 더럽게 솔직하네."

태구는 단념한다. 희일의 저러한 말투가 많은 경우에 효과적이었음을 이미 알고 있지 않은가. 자율학습 시간이었다. 희일은 미리 학급회의를 갖겠노라고 허락을 얻어 놓은 터였다. 한 시간 동안 선생님들 출입을 금한다는 첨언까지. 그리고 회의가 있었다. 희일의 공식적인 문어체가 울렸다.

"예고해 드렸던 대로 학급회의를 개회하겠습니다. 오늘의 의제는 하나입니다. 그 하나의 의제가 상정되어 제가 바라는 방향으로 가결되기를 기대합니다."

그때까지만 해도 태구는 희일의 셈속을 몰랐다. 태구는 희일의 기법적인 배려에 곧 입을 벌리고 말았다.

"우리 반 학우 중에 한 명이, 그 학우의 이름은 모릅니다. 그 학우가 최근에 작은 사고를 쳤습니다."

희일은 그렇게 주목을 끌고는 지체 없이 다음으로 넘어갔다.

"사고라고 했지만, 그것은 사고라고 하기에는 하찮은 일입니다. 우리들 가운데 누구라도 그런 일을 저지를 개연성이 있으니까요. 그래도 일처리가 좀 미숙했던 부분이 있었던 것은 사실이었으므로 작은 사고라고, 저는 말하고 싶습니다. 그 학우가, 자신의 여자친구에게 임신을 시켰습니다."

태구는 소리를 지를 뻔했다. 지금 뭐하자는 수작이지? 태구는 눈으로 세호를 찾았다. 세호는 나를 뭐로 볼 것이며.

"학우 여러분에게 제안합니다. 그 여학생의 수술비용을 우리 반에서 염출했으면 합니다. 이에 대해 의견 발표해 주십시오."

"원칙적으로 찬성합니다."

반대 의견도 나왔다. 그 쪽이 좀 우세한 듯했다. 그러나 거수 결과는 찬성이었다. 그것도 일방적인 차이가 났다. 의사진행발언이 있었다.

"그 학우의 이름은 의장도 모른다고 했습니다. 정말로 모를 수도 있겠습니다만, 이 자리에서 스스로 나서 주기를 바랍니다. 사실 의장 말처럼 사고라고 하기에도 쑥스러운 일을 가지고 익명을 요구하는 것은 온당하지 않다고 봅니다."

세호야 안 돼. 태구는 경황하여 손을 들었다. 희일이 태구의 손을 묵살했다.

"그 의견은, 접수하지 않겠습니다. 그 학우는 사실 오늘의 회의와 전혀 무관합니다. 저는 그 학우에게 나서지 말아 달라고 당부합니다. 그것만이 그 학우의 사정을 알게 되어 저에게 그 수습책을 상의해 왔던 학우의 선의와 염려에 상응하는 길이겠습니다."

희일의 희망과 맞물리며 회의가 진행되었다. 짓궂은 농담이나 장난스러운 희언도 없었다. 그것은 희일이 짜놓은 주도면밀한 시나리오였으리라. 아니면 세상 이법에 어두운, 그런 탓으로 오히려 순수한 열일곱 살들의 자긍심을 희일이 절묘하게 활용한 결과였거나. 태구는 차츰 냉정해지고 있었다. 기수의 발언이 이어졌다.

"일종의 곗돈이라고 생각합시다. 보험료라고 생각해도 좋겠습니다. 앞으로 또 누군가에게 비슷한 일이 생기게 되면, 오늘 일에 비춰서 해결하도록 하면 어떨까요. 다음에는 가급적이면 제가 보험금 혜택을 받아 볼 생각입니다만."

회의 분위기가 경쾌해졌다. 사실 후포고등학교 1학년 1반은 그때 사뭇 멋있게 일을 처리하고 있었다.

"우리 반이 총 47명이니까 만 원씩 걷으면 되겠습니다."

"만 원씩이면 너무 많습니다."

"일률적으로 강제하지는 맙시다."

"오늘 회의에서 이루어진 일체의 안건과 그 결론에 대해서는 대외비를 지켜 주십시오."

그렇게 회의가 끝났다. 모두 만족한 얼굴들이었다. 우리끼리 우리 문제를 해결해 낼 수 있었다는 그 새로운 경험은 잠깐 사이에 모두를 성장시켰다.

회의가 끝나고 희일이 제자리로 돌아가면서 비로소 본색을 찾아 한마디 떠들었다.

"누군지 좋겠다. 재미 보고 손 씻고."

교실이 왁자해졌다. 그게 왜 손이야? 손이 아니면, 발이냐? 발 쪽에 가깝다고 봐야 하겠지?

그 다음날, 희일은 태구에게 30만 원이 든 봉투를 줬다.

"벌써?"

"자식들 쓸 만하더라. 다 군소리 없이 냈어. 나 이 짓거리 자주 해야 하지 싶다."

"고맙다."

"네가 고마워할 건 없잖아. 너 그동안 고생 많이 했다. 너 같은 친구도 흔치 않을걸. 나도 사고 치면 태구 너한테 부탁할게."

그런 말이 오간 끝에 희일이 말했다.

"근데, 깜박 아빠가 될 뻔했던 녀석 말이지, 한 번 볼 수 없을까? 돈이 좀 남았거든. 다음 주말쯤 어때?"

태구는 성냥을 켠다.

"끊었다며?"

"냅둬."

"그럴 줄 알았다. 언제 빼 무나 했지."

태구는 세호에게 희일의 이야기를 하지 못했다. 할 수가 없었다. 내성적인 고집쟁이 녀석, 어쩌다가. 처음에 세호에게서 하빈과의 일을 전해 들으면서 태구는 무엇인지 신선하고 재미있었다. 와, 이 자식이 스트라이크를 던졌잖아 싶었다. 이제껏 태구 자신은 물론이거니와 주변의 누구로부터도 임신을 시켰노라는 말이 나오지 않았었다. 태구는 세호를 다그쳤고, 재미있는 일만은 아니라고, 자칫 세호 녀석이 딴마음을 먹을지도 모른다고, 어떻든 세호의 마음을 다치우지 않고 일을 매듭지어야겠다고 생각했다. 희일에게 운을 띄운 것은 희일의 수완을 익히 알고 있었기 때문이었다. 희일은 기대 이상으로 잘 해 주었다. 그러나 이 자리를 나는 모면하고 싶었다. 세호 녀석, 상처 입을 텐데. 태구는 좌불안석이다. 그런데 세호는 왜 이렇게 늦는 거야, 아예 안 왔으면.

"같이 갈 거니?"

"하빈이 싫대."

"혼자 보낼 거야?"

"그게 좋겠지? 저도 저지만 그게 무슨 좋은 일이라고."

"수술비 어떻게 마련했는지, 말하지 마라."

"알았어."

"힘내. 다 잘 될 거야"

"글쎄, 아무래도 미안해서."

"하빈이한테? 설마 나한테는 아니겠고."

"고맙다."

"쓸데없는 소리 말고 일요일에 좀 보자. 강구 그 집에서 2시."

"일요일? 강구?"

"그래. 하빈이하고 같이 와라."

"하빈이하고 같이?"

"괜찮을 거야, 그쯤이면. 하빈이가 이상하게 생각하지 않도록, 조심할게."

"그래 볼게. 잘 안 되면 혼자라도 갈게."

희일이는 기수와 다른 이야기를 한다. 기수도 알게 되겠구나, 기수를 괜히 부른 건가, 저 녀석 줄담배를. 태구가 일어난다. 출입문을 열고 복도를 지나고 계단을 내려와 계산대 앞으로 간다. 희일과 상의했던 것들을 확인한다. 태구는 요의를 느낀다. 태구는 세수를 한다. 고개를 드니 세면기 앞 거울 안에 광대뼈 붉거진 얼굴이 있다. 여태구, 너무 안달하지는 마, 최선은 아니었지만 그런 대로 탓할 만한 구석도. 태구는 물을 움켜 뒷목 부근에 떨군다. 세면대 옆 횃대에서 수건을 잡아 뺀다.

태구가 돌아오니 세호와 하빈이 앉아 있다. 기수가 하빈에게 희일을 소개하려는 중이다.

"이쪽은 최희일. 우리 반 반장이야."

"만나서 반갑다. 나만 모르고 있었잖아. 안세호 너, 아닌 것처럼 굴더니."

희일이 녀석 넉살은 알아줘야 해. 그러나 세호와 하빈은 긴장하고 있다. 나를 원망하는 거야. 태구는 마음이 급해진다. 희일이 말을 잇는다.

"아닌 것처럼 굴더니, 알고 보니 실속은 저 혼자 차리고."

태구는 희일의 한 마디 한 마디가 뜨끔뜨끔하다. 그에 비해 세호는 무연한 얼굴이다. 기수는 빛나는 상상력으로 무슨 일이 있었는지 간취했으리라.

"평중 동기라고? 세호하고는 물론 애인 사이겠고?"

하빈이 소리 없이 웃으며 세호 쪽을 본다. 태구는 안심한다. 세호도 그렇지만 하빈도 생각했던 것보다는 나쁘지 않은 얼굴이다.

세호. 태구네 패는 아니었지만 어쩌다 어울리면 어색하지 않게 무리 속으로 들어와 있곤 했었다. 술이 센 편이었고 말수가 적었다. 3학년 내내 기수가 태구네 패에서 멀어져 갔고 그 자리에 몇몇 아이들이 들락거렸었다. 세호도 그 중의 하나였다. 자기 이야기를 주절거리지도 않았고 불평꾼이기도 아니었다. 알 수 없는 존재감이 있었다.

평중 2학년으로 서연학원에 나가는 몇몇이서 농구팀을 짰었다. 버저비터스. 세호는 학원 수강생이 아니었지만 지치지 않는 체력과 볼 키핑 능력 그리고 거의 완전한 수비력 등을 평가받아 스카우트되었다. 예상보다 좋은 스카우트였다. 세호에게 멤버십까지 요구하지는 않았다. 유니폼과 경비 일부를 지원받아서 야심만만하게 나섰던 대구 출정에서 버저비터스는 4회전까지 진출했다. 그리고 졌다. 패인은 세호에게 있었다. 세호가 개인 플레이로 일관한 것이다. 세호는 변명하지 않았다. 그러나 자신의 돌출행동이 패인이었다고 인정한 것도 아니었다. 평해로 돌아오는 차 안에서 원장과 상담실장이 버저비터스의 선전을 격려해 줬으나 세호에게로 향하는 분노와 배신감을 상쇄할 수는 없었다.

1회전을 가까스로 이기고서 2회전이 시작되었을 때에, 세호의 스타일이 달라졌음을 태구는 직감했었다. 태구는 그냥 두고 보았다. 연습 때처럼 섬세한 플레이를 주문하기에는 농구 풍토가 거칠어졌음을 태구는 보았고, 세호가 독단적인 스타일로 달라진 것은 변화한 풍토에서 살아남기 위한 본능에서 비롯했으리라고 어렴풋이 추정하고 있었다.

세 게임을 이긴 것은 세호의 활약이 있었기 때문이었다. 그러나 태구는 세호를 편들지 않았다. 버저비터스의 고유성을 잃어버린 사실을 승패보다 더 뼈저려 하는 것은 순진했다. 불온함이라는 내부의 결함을 지니고서도 버저비터스가 2개월 동안 더 모였던 것은 무엇 때문이었을까. 그것은 단지 습벽이었을지도 모른다. 세호는 그 뒤로도 태구네 패들과 간혹 어울렸고 여전히 말수가 없었다.

태구네가 패거리 의식을 가지게 된 계기가 있을까. 우리의 삶이 구겨져 버리게 된 바로 그 실마리를 더듬더듬 찾아냈을 때에, 우리는 냉혹한 마음으로 묶여진 실 끝을 잡아당길 수 있을까.

국어 강사가 있었다. 세계는 설명문으로 이루어져 있다, 가장 좋은 논설문은 가장 설명문스럽다, 설명문과 비설명문의 경계는 없다, 가치중립은 우리에게 봉쇄되어 있다, 착해야 공부 잘한다.

그와 놀러 간 적이 있었다. 특별한 일은 없었다. 버스 타고 강릉에 가서 영화를 봤고 공기총을 쐈고 오락실에 가서 시간을 죽였고 밤에 노래방에 갔고 술을 약간 마셨고 이튿날 선교장에 가서 사진을 찍었고 평해로 돌아왔다. 그에게 영향을 받고 있다고 태구는 생각했었다. 칠판에 판서하고 공책에 옮겨 적고 설명하고 자습하는 주입식 교육을 그는 인류가 고안해 낸 거의 유일한 학습방법이라고 했다. 거의 유일할뿐만 아니라 가장 효과적이고 인문적이라고도 했다.

태구네가 패거리 의식을 가지게 된 실마리가 그 국어강사에게 있었을까. 아닐 것이다. 그와의 강릉행 또한 아무것도 아니었다. 그런데 태구네가 패거리였던가? 패거리가 뭐지? 무목적적 조직체? 세호는 태구네 패거리가 아니었다.

"태구야, 넌 진하빈 알지?"

"알지, 왜?"

"내가 걔하고 한 번 잤거든."

"진하빈하고? 잤어? 그 도도한 계집애, 어떻게 넘어뜨렸지? 세호 너, 여간내기 아녔구나."

"문제가."

"문제? 진하빈이 같이 도망가재? 하루라도 안 보면 못 살겠다데? 아님 애라도 생긴 거야?"

"그래."

"뭐야?"

"2개월이래, 알아봤는데."

"그러면 졸업식 때?"

"그 전이야."

"확실해? 너희들 진짜 잤냐?"

"모르겠어. 그 날, 잘 안 돼서 창피했는데. 잘 안 들어가더라구. 겨우 밀어 넣었나 하면 빠지고, 억지로 끼워 보려고 해도 그게."

"처음이었지?"

"그러다가 어떻게 넣긴 넣었는데, 금방 끝났어. 나중에 보니까 이불에다 쌌더라구."

"이불에다?"

"눈치 못 채게 치우기는 치웠는데."

"그게 스트라이크가 됐구나. 축하한다, 안세호."

태구는 세호와 하빈을 이윽히 바라본다. 하빈이 소리 내지 않고 콩소메를 떠 마신다. 세호는 한 스푼 뜨더니 그만이다. 태구는 슬몃 미운 생각이 드는 것을 애써 누른다. 어쩌겠느냐, 그렇잖음 구질구질하게 찌푸리고 있어야 속이 시원하겠다는 것이냐.

태구는 희일의 존재를 의식한다. 호기심이니 뭐니 했지만 다 알고 있었던 게 아닐까, 다 알고 있으면서 세호의 마음 빚을 가볍게 해 주려고 일부러 이런 자리를 만든 게 아닐까. 태구는 희일이 지겨워진다.

"세호 어디가 좋았지?"

"몰려다니지 않고, 말없고."

태구는 귀를 세운다. 몰려다니지 않는 세호의 모습이 좋았다고?

"그런 정도라면 세호가 아니라도 얼마든지."

"혼자 평행봉 하는 걸 봤어. 아무도 보는 사람이 없는데, 완전히 지칠 때까지 내리지 않고."

세호가 얼굴을 붉힌다. 세호도 처음 듣는 말일 것이다.

"기수, 태구하고는 안 친했고?"

"별로. 나 같은 건 안중에도."

"진하빈, 네 쪽에서 도도하게 나온 거였잖아?"

태구는 쾌재를 부른다. 파이팅 이기수.

"내가 도도했다고?"

"그렇잖고?"

"기수 너야말로, 여자애들 여럿 울려 놓고선."

태구는 알고 있다. 계집애들하고 언쟁해서 이길 수는 없다. 그래도 기수가 나서 준 것이 태구로서는 뜻밖이었다. 기수는 질투하고 있는 것일까, 혹은 하빈의 천연스러운 행동거지에서 불쑥 반감이 솟구친 것일까. 하빈의 말도 그르지 않은 것이, 기수가 여자애들을 여럿 울린 것은 엄연한 사실이었다.

"관두자. 목소리 높여서 미안하다."

기수가 수그린다. 더 하면 흉해진다. 그것을 기수는 아는 것이다. 최희일, 네가 정리해.

"왜 계속하잖고? 기수도 하빈이도 옳은 말 한 거 아니니?"

태구는 희일의 통찰에 감탄한다. 희일은 정묘한 끊음질을 보여 주고 있다. 입으로 그리고 손으로. 사과 소스가 향긋하다. 태구는 느긋해진다. 하빈에게 잘해 줘야겠다고 생각한다. 세호가 있다지만, 어디까지나 혼자 아닌가 말이다. 뒤처리를 말끔하게 하지 못한 점도 달리 생각하면 재미있다. 도도한 계집애가 풀 죽어서 다니는 것도 보기 좋지는 않다.

솔직하게 말해서 하빈이 잘못한 것은 없다. 세호하고 있었던 일이야 얼마든지 이해할 수 있다. 민감한 성격으로 늦지 않게 수습할 수 있었으니 그것도 다행이다. 태구들이 나서지 않았더라도 하빈과 세호는 문제에 슬기롭게 대처했을 것이다. 오히려 태구와 희일이 세호와 하빈의 사생활에 뛰어들어서 간섭했던 것이라고 봐야 하지 않을까. 태구는 스스로 놀란다. 하빈의 자궁 안에 잠시 머물렀다가 무참하게 스러져 버린 아이, 그 아이를 하빈은 낳았어야 했다. 그 밖의 모든 절차와 설명과 계획과 정전正典 들은 사악한 것이다. 태구의 놀라움의 내용은 대체로 이와 같은 것이었다. 놀라움은 안타까움을 낳는다.

평행봉을 잘하는 소년이 있었다. 그 소년이 평행봉 하는 모습을 몰래 지켜보면서 사랑을 느낀 소녀가 있었다. 어느 날 소년과 소녀는 서투르고 순결한 밤을 맞았고 이슬처럼 아이가 맺혔다. 계절이 선물처럼 왔다가 갔다. 그리고 소녀를 닮아 청초하고 소년을 닮아 옹골찬 아이가 태어났다.

"좀 더 먹지 그래."

세호가 하빈에게 걱정 어린 말을 건넨다.

10
—
친화력

이기수 군, 보라.

나는 너를 사랑한다. 아버지로서가 아니라 한 남자로서 한 남자인 너를 사랑한다. 산소가 쇠에 입술을 대듯 사랑한다. 너의 눈빛과 너의 입김에서 나는 옅은 담배 냄새와 너의 무례한 정중함을 사랑한다.

그리 오래 전의 이야기는 아니다. 나는 막 제대한 복학생이었다. 스물다섯이었다. 우리들 생의 가장 눈부신 시절을 이 나라의 남자들은 연금된 채로 지나게 되는데, 그곳에는 나름의 기율이 있어서 나처럼 방탕한 기질을 소유한 자들에게는 일정한 치병소의 역할을 하기도 한다. 그 곳에서 나는 조정되었다. 즐거운 추억이다.

나는 방탕한 사람이다. 대체로 방탕은 억제를 수반한다. 억제 없는 방탕이나 방탕 없는 억제는 심미적일 수 있으나 폭력이나 고립으로 흐르기 쉽다. 그 곳에서 나는 피투被投의 편안함을 발견했다.

살인이나 모욕은 언제 한번 해 볼 수 있는 행위가 아니다. 이미 행해진 살인이나 모욕은 취소할 수 없다. 취소한다고 말할 수도 없다. 마음이 여려서, 연습이 부족해서, 도구가 부실해서, 불운이 겹쳐서 이들 행위가 미수에 그치더라도 용서받지 못한다. 뿐더러 놀림과 비웃음의 한복판에 외롭게 서 있어야 한다. 살인이나 모욕은 세심하고 신중하게 계획되고 한 치의 어긋남도 없이 진행되어야 하는, 특별한 행위이다. 나는 아름다운 살인과 모욕에 관한 몇몇 사례들을 제시할 수 있다.

그곳에서 나는 시키는 대로 했다. 열정이 식어 버린 시대에 그곳에 연금되었던 탓으로, 내게 살인이나 모욕의 행위를 시키는 자는 없었다. 여기에 서서 저쪽에서 무슨 일이 일어나는지 예의 주시하고 무슨 일이 일어나면 무슨 일이 일어났다고 즉각 보고하라 하는 따위의 임무들은 내게 쉽고 지루했다. 열정의 시대였다면 나는 유능한 살인자, 비범한 모욕꾼이 되었을 것이다.

나에게 어떤 행위를 하라고 시키는 자에게도 시키는 자가 있었다. 그도 끝없는 피투의 얼개의 일부였다. 그는 자신이 시키고 있는 것의 내용을 모른다. 몸소 하지 않고 시키는 자의 비애이다. 보이지 않는 곳에서 비둘기처럼 날아온 한 줄의 명령문. 살아 있는 비둘기의 깃털을 뽑으면 거기 깃뿌리에는 피 묻은 살점이 붙어 있다.

나는 살이 찌고 있었다. 나를 억압하여 정화시켜 주는 장소에서 나는 무엇인가 쓸모 있는 사람이 된 것처럼 우쭐했다.

나는 너에게 이해를 구하지 않는다. 이해한다고 섣불리 말하지 말아

라. 나는 너의 이해가 아직은 불필요하다. 스물다섯이 되도록 나는 나의 방탕의 칼날이 얼마나 예리하고 제멋대로인지 모르고 있었다. 그곳에서 조정되었다고 했는데, 사실은 강화되었던 것이 아니었을까. 대장장이의 아들이 풀무질을 하면서 단단해지듯이. 나는 그곳에서 나의 조야한 본성을 다만 감추고 있었던 것일까.

방탕이라는 어휘를 나는 도덕적 문란함, 마음이 들떠서 걷잡을 수 없음, 외부의 자극을 받은 최외각전자가 흥분하는 상태 등의 의미로 사용한다. 비유는 난폭한 자객이라서 듣는 이를 비굴하게 만든다. 비유를 자제하겠다.

그 스물다섯의 어느 날에 현숙희 씨, 나의 아내이자 너의 어머니인 사람, 그를 만났다. 너는 정신적인 히피가 얼마나 위험한지 아느냐. 나는 그를 사랑했다. 타인을 불안에 빠뜨려 버리는 싱코페이션에서 소년 같은 엉덩이까지.

현숙희 씨가 말했다. 아이를 지우지 않고 낳겠다고. 그 아이가 너다. 나는 그의 결정에 감사하고 있다. 그가 아이를 낳겠노라고 했을 때, 나는 내심 그러지 말기를 바랐다. 혼인이라든지 부양이라든지 하는 당연히 따르는 과정들이 감각적으로 싫었다. 내가 스물여섯 살 먹은 학생이라서 사정이 여의치 않았다는 것은 부차적이었다. 나는 현숙희 씨를 설득하지는 않았다. 현숙희 씨는, 네가 어떤 이유를 들어 설득하거나 위협하더라도 너의 동의나 협조 여부와 관계없이 나는 아이를 낳아 키우겠다, 라고 내게 말했다. 기수 너에게 불굴의 기상이 있다면 현숙희 씨로부터 온 것이라고 봐도 좋다.

벌채상한선

세상의 아버지들은 자식들에게 자신이 가지고 있는 대부분의 빛과 열을 쏟아 붓는다. 그럼에도 어떤 자식들은 끝내 도롱뇽 상태에 머물러 있으면서 아버지들의 얼굴에 끈적끈적한 발자국을 찍기도 한다. 내가 아버지로서의 책임을 방기했음에도 너는 수려하게 자랐다. 너는 어떻게 그럴 수 있었지?

너는 나를 비난했다. 현숙희 씨를 자유롭게 놓아 주는 척하면서 사실은 방치하고 있다고 했다. 너의 비난을 받아들이겠다. 너는 너 자신에 대해서는 말하지 않았다. 끝까지 논리적인 자세를 허물어뜨리지 않는 모습이 보기 좋았다. 내가 없는 자리를 대신 채워 주었던 존재가 있었는지, 아버지라는 존재는 한 사람이 성장하는 데에 불가결한 요소가 아닐지도 모르겠다만, 이것은 내가 무책임했던 것에 대한 변명이 아니다. 나는 내가 없어도 잘 돌아가는 조직체를 대하면서 낭패감이나 열패감 따위를 느끼는 나이를 지났다. 내가 없었어도 나무랄 데 없이 자라서 나를 비난하게 된 너에 대한 우호적인 감정일 뿐이다.

너는 내게 세 식구가 함께 살자고 했다. 함께 산다는 것이 어떤 것인지 나는 안다. 함께 식사하는 것, 비슷비슷한 시간에 일어나서 하루의 날씨를 서로 예측해 보는 것, 아파하는 식구에게 약과 물수건을 가져다주는 것, 망가진 울띠를 같이 고치는 것, 허튼 무법자를 합심하여 물리치는 것 등이 함께 사는 이들이 그리는 그림들이다. 더 이상은 아니다. 이 문제에 대해서 나는 네게 확답할 수 없다. 더 생각해 보고서 의견을 모으도록 하자. 현숙희 씨에게 우선권이 있다는 것도 잊지 말자.

그때 너를 지워 버리고 싶어 했던 것에 대하여 정식으로 사과한다.

사과를 받아 주기를 희망한다.

사랑한다.

이채군 씀.

이채군 씨께.

어제 학교에서 돌아오니 어머니께서 편지 몇 통을 주었습니다. 그 편지들 속에는 제가 기다리던 편지가 있었습니다. 이채군이라는 이름으로 내게 보내진 첫 편지를 저는 읽고 또 읽었습니다. 그 편지를 쓴 이는 글씨가 좋고 글이 요연한 사람입니다.

어머니는 편지가 오면 제 방 책상 위에 놓아둡니다. 그러나 어제는 직접 건네주었습니다. 그의 글씨구나, 그가 아들에게 무슨 할 말이 있나 보구나 했을 것입니다. 그것이 전부는 아닙니다. 어머니가 편지를 제게 직접 건네주었다는 사소한 변화에서 저는 어머니가 제게 보내는 복합적인 신호를 판독해야 합니다. 어제 저는 발양망상에 젖어 있었습니다. 그러므로 어머니가 발신하는 모스 부호를 번역하고 있을 여력이 없었습니다. 오늘 집에 가서 어머니께 말씀드릴 겁니다. 편지가 왔다고, 보고 싶으시다면 보여 드리겠다고. 아마 어머니는 편지를 보지 않겠노라고 말하겠지요. 저는 편지를 책상 위에 놓아둘 겁니다. 그래도 어머니는 읽지 않겠지요.

어머니가 띄우는 모스 부호가 어떤 내용인지 저는 어렴풋이 짐작할 뿐입니다. 좁고 길고 캄캄한 구멍 속에 팔을 집어넣었다 빼면 검지 끝에 극소량의 분말이 묻어나옵니다. 저는 그것을 바라보고 냄새 맡고 혀끝에 대어 맛을 봅니다. 그러는 사이에 분말은 빠른 속도로 분산합니다. 저의 정성분석은 언제나 실패합니다. 그러나 저는 좁고 길고 캄캄한 구멍 하나를 가지고 있습니다. 마음만 먹으면 저의 팔을 집어넣을 수 있는 구멍입니다. 저는 걱정하지 않습니다. 발신을 하다 하다 지치면 오래 전에 그랬듯이 어머니는 저를 패시겠지요.

그의 편지는 썩 잘 쓰였지만 저를 당황시켰습니다. 그의 무쌍한 솔직함에서 왔을 당황스러움을 저는 즐겁게 받아들였습니다. 나의 아버지는 달라야 한다고, 그가 평범하고 덤덤한 남자라면 나는 그를 멸시하겠다고, 저는 언제부터인지 생각해 왔습니다. 편지 문면으로 판단하건데, 다행히 그는 평범하고 덤덤한 남자는 아닌 듯합니다.

그는 편지에서 한 아이를 지우고 싶었다고 했습니다. 지우고 싶었던 아이가 자라서 글을 읽을 수 있게 되었고, 그 아이는 자신을 지우고 싶었노라는 대목에 이르러 통쾌하게 웃었습니다. 그가 한 다른 말들, '나는 그의 결정에 감사하고 있다' '사과를 받아 주기를 희망한다' 등에 비하여, 지우고 싶었노라는 말이 가지는 르포르타주적인 울림이 제게는 더 인상적입니다.

한 사람이 있습니다. 그는 이 편지를 읽는 이도 알고 있는 사람입니다. 제가 평해로 왔던 처음부터 그는 저의 한 발짝 옆에 있었습니다. 그는 제가 자전거 타는 법을 터득하도록 도와주었습니다. 그는 저에게 이원수의 동시들이 어떻게 진실하고 얼마나 슬픈지 말해 주었습니다. 그는 저에게 무서울 때에는 아무도 모르게 살짝 울어 보라고, 그러면 마음이 좀 개운해진다고 가르쳐 주었습니다.

그는 저를 데리고 다녔습니다. 그가 일직 근무하는 학교에도, 그가 곧잘 가서 거닐던 향교에도, 경주로 책 사러 가는 날에는 함께 버스도 탔습니다. 그는 은수 형이었고 지수 누나였고 큰아버지였습니다.

그는 저에게 자신의 책들을 남겨 주었습니다. 현숙희 씨와 이채군 씨가 그러했듯이 그도 저에게 책들을 주고 갔습니다. 열 살 아이에게는 너무 딱딱해서 안에 들어 있는 과즙을 맛볼 수 없는 책들을 현숙희 씨도 이채군 씨도 또 그도 저의 머리맡에 놓아두었던 까닭을 저는 아직도 잘 모릅니다. 자기가 정말로 좋아하는 책이라면 남겨 놓지 않았을 것이라고 저는 생각했습니다. 그 생각은 지금도 마찬가지입니다.

그들이 두고 간 책들은 나의 것이 아니다, 그들은 언제고 책들을 찾아갈 것이다. 저는 그렇게 생각했습니다. 그들이 찾아가기 전에 책들을 읽어야겠다고 생각하지도 않았습니다. 열 살, 열한 살, 열두 살 무렵에 저는 욕구불만으로 가득 차 있었던가요? 그것은 책만 남겨 놓고 자기들의 앞길을 내처 걸어간 그들에 대한 야속한 마음이었던가요? 그 책들 가운데 몇 권이 저의 눈을 끌었습니다. 결국 그들이 옳았는지요. 은유와 역설과 반어를 삼제하더라도 뜻이 온전히 통하는 텍스트들을 저는 되풀이해서 읽었습니다. 그것은 학습을 위한 독서도, 취미로 하는 독서도, 죽음으로부터 멀어지기 위한 독서도 아니었습니다.

열일곱 살이 된 지금쯤 어떤 세 사람이 각각 사서 읽고 모아 놓은 책들로 가득 찬 서재 하나를 제가 물려받았더라면 더 좋았을까요? 그들이 거쳐 갔던 길을 저는 크게 다르지는 않겠지만 분명 다른 걸음걸이로 걸어갈 것입니다. 그 책들에 대한 소유권은 이제 저에게 있습니다. 그들이 읽어 나갔던 순서를 비틀고 거슬러서 저는 그 낱낱의 얼굴들에 저의 뺨을 대겠습니다.

제가 이채군 씨, 현숙희 씨의 남편이자 저의 아버지인 사람, 그에게 같이 살자고 했던 제안은 저의 이기적인 마음에서 나왔습니다. 현숙희 씨를 방치하고 있지 않느냐고 말했던 것을 후회했습니다. 제가 정말 말하고 싶었던 것은 현숙희 씨와는 감촉이 다른 스킨십을 제가 바라고 있다는 것, 한 번도 걸어가 보지 않은 통로를 지나 저쪽으로 가 봐야겠다는 것이었습니다.

그는 아버지의 책임을 방기했노라고 말하고 있습니다. 그의 말은 사실과 다릅니다. 그는 괜찮은 아버지였습니다. 그의 무상한 출현, 그 빈도의 비정형성과 그 방법의 정형성, 그럼에도 그는 언제나 저와 함께 있었습니다. 그 골짜기에서 투쟁하고 있는 빨치산처럼 그는 어느 날 왔다가 금세 가 버리는 사람이었지만, 저는 그가 앉았던 돌과 그가 만졌던 문고리와 그가 입었던 버뮤다 팬츠와 그가 이야기했던 책과 개념과 사람들을 항상 만났으니까요.

아버지란 무엇입니까? 자신이 가지고 있는 유형무형의 것들을 자식에게 쏟아 붓는 존재를 말합니까? 그는 왜 그러는 것입니까? 혹시 그것은 자기기만이고 자기만족이 아닙니까? 저는 이채군 씨가 저를 적당히 버려두었던 점에 대하여 감사하고 있습니다. 같이 살게 되어 매일 낯을 대하고 서로의 악습과 편견에 익숙해지더라도 그는 저를 적당히 버려두겠지요. 그렇다면 스킨십은 무엇이고 통로는 또 무엇입니까? 그것들은 새로이 마주친 욕망의 꾸러미인가요? 아마도 그렇겠지요. 그가 저를 안아 줬으면 좋겠습니다. 그와 함께 박쥐의 동굴에 들어가 보고 싶습니다.

자전거 타는 법을 터득하게 해 주고 잘 찍은 사진과 정교하게 그린 그림과 주어 서술어가 맞물리는 문장들로 이루어진 책들을 남겨 주었던 사람이 있습니다. 그를 7년 만에 다시 만났습니다. 그는 이채군 씨의 친구이고 현숙희 씨의 애인이고 저의 옛 삼촌입니다.

삼촌이라고 해.

삼촌 아니잖아요.

아님 어때? 부르면 그만이지.

그래도.

그럼 뭐가 좋겠어? 형? 아저씨? 선생님?

삼촌이 제일 낫겠어요. 그렇게 부르죠 뭐.

한번 해 봐.

음, 어, 천천히 할게요.

좋아 내가 기다려야지. 나는 삼촌이니까.

칫.

저는 그를 삼촌이라고 부르고 싶습니다. 제가 그를 삼촌이라고 부르게 해 주십시오, 아버지.

저 검도부에 들었습니다.

이기수 드림.

이기수 군, 보라.

편지 잘 쓰더구나. 나는 편지 쓰는 재미로 살아가는 사람을 몇 명 알
고 있다. 편지 같은 것 쓰지 않고도 잘 사는 사람보다는 잘 살지는 못
해도 편지 잘 쓰는 사람을 나는 좋아한다. 너의 이야기, 현숙희 씨의
이야기, 삼촌의 이야기가 담긴 편지를 읽고 또 읽었다. 네가 편지를 잘
써서 기뻤다. 나는 남들이 비본질적이라고 여기는 어떤 단면들에서 기
쁨을 얻는 사람이라서, 잘 꾸려진 이삿짐 트럭이나 잘 씻긴 아스팔트
길 따위들에서 안식을 느끼기도 한다. 편지 쓰는 일을 비본질적이라
고 보는 것은 아니다. 한 장의 편지를 쓸 때에도 우리는 그 종이와 봉
투 위에 자신의 편집감각을 불어넣는다. 그것은 본능에 속한다. 농부
가 자신의 밭 한 모퉁이에 꽂혀서 자라는 고욤나무를 뽑아 버리느냐
그대로 두느냐 하는 것과 비슷하다. 편집이 잘 된 편지는 그 내용과 무
관하게 읽는 이를 감염시킨다. 물론 편집감각이란 내용을 보다 정확
하게 전달하려는 무의식이므로 대부분의 잘 쓰인 편지는 내용과 편집
이 고루 울린다. 좋은 내용의 글이 서툰 편집을 만나는 것과 빼어난 편
집이 터무니없는 내용의 글을 만나는 것 중에서 너는 무엇을 고르겠느
냐. 너의 편지는 첫째 편집이 좋았다. 너의 편집감각을 여럿에게 보이
고 싶었다.

너는 앞서 했던 제안을 거듭 확인해 주었다. 그에 대한 나의 의견을
아래에 쓰기로 한다.

너는 이성구 씨를 나의 친구라고 했다. 너의 관찰은 그르지 않다. 나

는 그를 좋아하고, 그도 아마 나를 좋아하고 있을 것이다. 서로 좋아하고 있는 둘을 가리켜서 친구라고 하는 것은 우리들 사이의 오랜 관행이므로 그는 나의 친구이다. 칼새는 도요새를 친구라고 생각하고 있는데 도요새는 칼새를 친구가 아니라고 생각한다면, 칼새와 도요새 중에 누가 더 현명한 것일까. 우리는 이렇게 누추한 질문도 하면서 살아간다. 칼새는 도요새를 밀잠자리만큼 좋아하고 도요새는 칼새를 갯지네만큼 좋아한다면, 누가 누구를 더 좋아하는 것일까. 내가 칼새고 이성구 씨가 도요새라면, 그리고 그들이 친구 사이라면, 그들은 어떻게 지낼까. 나는 나대로 하늘 꼭대기에서 잠자고 이성구 씨는 이성구 씨대로 하구 모래톱에서 잠자겠지. 친구란 서로의 울타리를 존중해 주는 이들을 가리키는 말일 것이다. 울타리를 넘어서게 되면 어떻게 될까. 경계와 도피와 공격이라는 공식으로 다 설명되지는 않을 것이다. 어떤 칼새와 도요새 짝은 애인이 되기도 할 것이다.

너는 이성구 씨를 현숙희 씨의 애인이라고 했다. 너의 이 진단 또한 그르지 않을 것이다. 내가 보기에도 이성구 씨는 현숙희 씨의 애인 같더구나. 이성구 씨는 재주도 좋지, 친구의 아내를 애인으로 삼았으니 말이다. 현숙희 씨는 복도 많지, 남편의 친구를 애인으로 삼고도 남편에게 얻어맞지 않으니 말이다. 이렇게 정리해 놓고 보니까 좀 이상하다는 생각이 드는 게 사실이구나. 그런데 더 이상한 것은 이제까지 이성구 씨와 현숙희 씨와 나 사이의 관계를 한 번도 이상하다고 생각한 적이 없었다는 것이고, 너에게서 이성구 씨는 현숙희 씨의 애인이라는 말을 듣고서야 좀 이상한 것 같다고 생각하고 있는 내가 뭔가 잘못된 것이 아닐까 하면서, 나는 지금 혼란에 빠져 있다. 처음부터 다시 생각해 보면 어떨까.

울타리를 넘어선 어떤 칼새와 도요새 짝은 애인이 되기도 한다고 나는 말했다. 이성구 씨와 현숙희 씨도 처음에는 칼새이고 도요새인 채로 있었을 것이다. 그러다가 친구가 되었고 어느 때인가 울타리를 넘어가서 애인이 되었을 것이다. 누가 누구의 울타리를 넘어갔는지는 중요하지 않다. 어쩌면 동시에 자기 울타리를 넘어서 울타리와 울타리의 중간에서 번개처럼 만났을 수도 있다. 그렇게 그들은 애인이 되었다. 여기까지는 이상한 점이 없다.

이제 그들은 애인이다. 애인 사이이므로 애인처럼 지낸다. 애인처럼 지낸다는 것은 어떤 것일까. 안 보면 보고 싶고, 보면 좋고, 좋아서 안고 싶고, 안으면 하나가 되고 싶어져서 섹스를 나누기도 하는 사이를 애인이라고 한다. 여기에서 섹스를 강조할 필요는 없다. 섹스는 가장 중요한 것도 최종적인 것도 아니다. 그것은 하나의 간절한 몸짓에 지나지 않는다. 서로의 합의 아래 자신과 상대의 아름다움에 못 이겨 나누게 되는 섹스 또한 하나의 몸짓이다. 여기까지도 이상한 점은 없다.

이성구 씨와 현숙희 씨는 애인 사이라고 너는 진단했고 나는 그것이 사실일 거라고 시인했다. 너는 내게, 그런데도 당신은 아무렇지도 않단 말입니까, 라고 말하고 싶은 것이냐? 대답하겠다. 아무렇지도 않은 것은 아니지만 그렇다고 크게 신경 쓰이는 일도 아니다 그것이 내게는. 이렇게 말하고 있는 내가 너는 이상한 것이냐?

너는 이성구 씨를 삼촌이라고 했다. 그는 네게 자전거 타는 법을 터득하게 해 줬고, 이원수 시의 아름다움과 슬픔을 일깨워 줬고, 무서움을 이기는 유일한 방법을 알려 준 사람이다. 그런 이를 삼촌이라고 부르는 것은 자연스러운 일이다. 그가 너를 데리고 다니면서 네게 해 줬던 것들, 네가 편지에 쓰지 않았지만 그는 너를 조카처럼 아니 자신이 낳은 자식처럼 여기며 아버지가 자식에게 주는 아마 최상의 것들을 너에게 주었을 것인데, 그것들을 흠뻑 빨아들이며 무럭무럭 자라던 너의 여덟 살과 아홉 살 그때에 나는 어디에 있었는가. 그 아이가 자라서 앞으로도 그를 삼촌이라고 부르게 해 달라고 하는구나. 어쩐지, 이성구 씨는 헛장사를 한 게 아니냐.

그런 생각을 한 적이 있다.

나중에 나중에

고요한 시절이 오면

잘생긴 아들을 낳으리라

아들이 자라

착실한 소년이 되면

함께 목욕탕에 가리라

싫다는 아들에게

등을 밀어 달라고 하리라

할 수 없어서 나의 등은 밀었어도

아들은 내게 제 등을 맡기지 않으리니

나중에 나중에

내가 늙고 아들이 장성하면

다시 목욕탕에 가리라

싫다는 나에게

아들은 등을 돌리라고 하리라

할 수 없어서 나의 등은 맡겼어도

아들은 내게 제 등을 밀게 하지 않으리니

나중에 나중에

고요한 시절이 오면

이성구 씨를 아버지라고 부르게 될까 봐 걱정이 되더냐? 내 혼잣생각이다만 네가 이성구 씨를 아버지라고 부르게 될 가능성은 희박하다. 정말로 이성구 씨를 아버지라고 불러야 하는 때가 올 수도 있다. 그러면 아버지라고 불러라. 한 명의 아버지보다 두 명의 아버지가 낫지 않겠느냐. 좋은 삼촌 하나를 잃어버리게 된 너는 두고두고 유감이겠지만 말이다.

너와 현숙희 씨와 내가 함께 사는 문제는 너와 나 사이의 현안으로 좀 더 두고 보기로 하자. 조만간 현숙희 씨를 만나서 의사를 타진해 보겠다. 나로서는 이기수 군을 끌어안고 잠잘 수 있고 현숙희 씨에게 무안당하는 날이면 이기수 군에게 담배를 얻어 피울 수 있는 기회를 놓치고 싶지 않다. 너도 공작 차원의 활동에 나서 주기를 바란다. 공작금은 편지와 함께 부치겠다.

편지를 써 다오.

이채군 씀.

이채군 씨께

체육관 부속실 책상에서 편지를 쓰고 있습니다. 저는 이곳이 처음부터 마음에 들었습니다. 몇몇 부원들은 이곳의 어둔 분위기에 눈살을 찌푸렸고 더 먼저 냄새를 맡고는 질겁을 했습니다. 이 냄새는 소금 냄새입니까, 강한 어깨 아래의 부드러운 겨드랑이 부위에 숨어 있는 아포크린 샘이 분비하는 체액 냄새입니까. 이 냄새는 긴 시간 동안 고여 있으면서 단속적으로 쌓이고 응결되어 벽과 천장과 바닥에 스며들었는가 봅니다. 문이란 문을 다 열어서 환기시켜도 다음 순간이면 냄새는 곧 거만한 맹금처럼 날개를 펴는 것입니다. 맹금의 날개는 해를 가리기도 한다지요.

저는 이곳의 조적組積을 좋아합니다. 죽도들이 줄지어 세워져 있는 칼 틀의 맞은편 벽에는 호구護具를 수습하여 못에 나란히 걸어 놓았습니다. 그것들은 거기에 걸려서 건조됩니다. 냄새의 진원인 셈입니다. 저는 못에 걸려 있는 일습의 호구들을 쳐다보면서 혼자 웃고 있습니다. 일습이라고 해야 철망 씌운 호면護面 하나에 호완護腕 한 켤레와 동胴 한 벌이 전부입니다. 그것을 수습하여 여며 놓은 솜씨가 제각각입니다. 그들 하나하나는 서로 독립된 인격체 같습니다. 네모 긴 책상이 하나 있고 등받이 없는 긴 나무의자가 하나 놓여 있습니다. 단련복들이 가지런하게 개켜져 있고 약간 떨어져서 간단하게 씻을 수 있도록 샤워 커튼이 쳐져 있습니다. 이러한 것들이 모두 제자리에 놓였습니다. 제자리에 놓인 사물은 사물 본연의 제 모습을 의연하게 보여 줍니다.

검도부원이 된 지 한 달이 되었습니다. 그동안 저는 청소만 했습니다. 널빤지 마감의 체육관 바닥은 닦아도 닦아도 검은 때가 가시지 않습니다. 저까지 모두 여섯 명의 신입부원들은 고학년들의 서슬에 주눅이 들어 있습니다. 그러나 저는 몇몇 선배들의 허세에 깃들어 있는 조바심을 알고 있습니다. 저는 그들을 딱해하지 않습니다. 저도 그들과 똑같은 성격의 조바심에 휩싸인 적이 있었고 그것을 무마하기 위해서 호기와 허세를 부렸었으니까요.

신입부원들이 불만을 터뜨리는 날이 어서 오기를 저는 기다리고 있습니다. 신입부원들은 기합을 받겠지요. 끝까지 눈빛을 반짝이는 신입부원에게는 그에 합당한 응징이 따를 것입니다. 저는 입사의식入社儀式의 날에 그들의 기세에 눌리지 않아야 합니다. 그들이 지쳐서 쓰러지거나 제가 힘이 부쳐 기진하거나 간에 저는 가장 평온한 자세로 그들의 응징을 수용해 내야 합니다. 아마 저는 그럴 수 있을 것입니다.

그의 눈은 열추적미사일처럼 끈질깁니다. 엉클린 것들을 대하는 순간, 그는 단번에 그것들을 분류해 버립니다. 곧잘 감상에 빠져서 오히려 믿음직한 그 구조주의자에 의하면, 아무리 유치한 분류일지라도 미분류보다는 열 배 낫다지요. 그의 분류 능력을 훔치고 싶습니다. 그것을 훔쳐 내려면 어떻게 해야 합니까. 좋은 시구들을 입에 머금을까요?

좋은 그림과 풍경들을 눈에 담을까요? 논쟁과 대화와 명상에 시간을 고루 분배할까요?

그는 저를 안심시켰습니다. 저는 제 속마음을 그에게 다 들켜 버린 듯하여 무색해졌습니다만, 웬일인지 그의 편지를 읽으면서 자꾸자꾸 안심이 되었습니다. 제가 했던 근심의 덩어리들은 그렇다면 무엇이었습니까? 스스로 지어 가진 환幻이었나요? 못난 마음에 스며든다는 섬망이었나요?

그는 나의 어머니를 현숙희 씨라고 부릅니다. 저는 그가 어머니를 달리 부르는 것을 한 번도 듣지 못했습니다. 두 분이 나누는 대화에서도, 집안 행사에서도, 대외적인 모임에서도, 심지어 아들인 저에게 어머니에 대해 언급할 때에도, 그는 현숙희 씨라고 합니다. 저는 그의 어법에 익숙해진 줄 알았습니다. 그리고 그의 현숙희 씨라고 부름에 깃들어 있는 어머니에 대한 배려를 따뜻하게 반추하기도 했습니다. 그런데 그가 제게 보낸 두 통의 편지 속에서도 그는 변함없이 어머니를 현숙희 씨라고 쓰고 있었습니다. 말과 글의 차이에서 오는 낯섦이었을까요. 생경하고 소원하다는 느낌이었습니다. 이 사람이 지금 나의 어머니를 장도리나 봄맞이꽃처럼 취급하는 것 같구나 생각하며 언짢아지기도 했습니다. 그런데 다시 생각해 보니, 제가 글로 쓰인 현숙희 씨라는 부름에서 이질감을 느낀 이유는 역시 스스로 지어 가진 환 탓이었던 모양입니다.

그에게 저는 그 환의 정체가 무엇인지 설명해야 합니다. 저는 남편 있는 여자가 애인을 가지고 있다는 사실이 싫었습니다. 저에게 자전거 타는 법을 터득하게 해 주었던 이가 어머니의 애인이었다니 하는 추인은 저의 기억까지 불순하게 변질시키는 것이었습니다. 저의 안에 도사리고 있던 순결에의 망집이 벌레처럼 기어 나왔고, 그것은 환이 되어 저를 둘러쌌습니다. 어머니의 애인이 어머니 곁으로 돌아왔다, 어머니는 그에게로 갈 것이다, 나는 그것을 무산시켜야 한다 무슨 일이 있어도.

그는 저의 환을 간단히 소멸시켰습니다. 너무나 간단한 작업을 하기란 영 재미없단 말씀이야 하면서, 그는 저의 순결 망집에도 착암기를 대고 싶어진 것일까요, 그가 제게 보낸 두 번째 편지에서 그는 저를 가엾어 하고 있습니다. 가엾어 하라지요, 그는 저의 아버지인걸요.

그는 말합니다. 순결이라는 것이 가장 중요한 덕목이라고 믿는 것은 망상이라고. 열광도 냉소도 아닌, 또한 열광이면서 냉소인 그 길을, 그는 위태롭지만 굴하지 않고 걸어가고 있습니다. 아버지, 저 아버지와 함께 목욕탕에 가고 싶습니다.

사랑합니다.

이기수 드림.

이기수 군, 보라.

일요일에 평해에 갔었다. 너는 나가고 없더구나. 너의 방에 들어가서 서랍을 열어 보았고 너의 표본상자들을 구경했다. 이제 화석이나 새 발자국 따위를 모으지 않는 것인지, 식물채집 철에는 지난여름의 털곰팡이가 말라붙어 있었다. 꺾은선그래프가 끊어진 날짜를 확인했다. 그 시기를 전후하여 네게 새로운 행성들이 다가온 것이겠다고 생각했다. 열두 살이었을 것이다. 네가 내게 백엽상을 요구한 때는.

백엽상을 갖고 싶어요, 온도계와 습도계와 기압계가 갖춰진.

백엽상을 왜?

기온을 측정하려구요.

백엽상이 없어도.

할 수야 있지만 저는 정확한 기온을 알고 싶거든요.

그런 생각이 든 까닭은?

어머니가 보시는 신문에는 평해 기온이 안 나와요. 울진, 포항, 대구, 영주, 울릉도는 나오는데. 평해도 울진군에 속하니까 울진 기온을 봐야겠죠. 그런데 제가 재는 기온하고 차이가 나요. 섭씨 2도나 3도 넘게 차이 나는 때도 많아요.

평해에서 울진까지 40킬로미터 남짓인데 그 정도 차이라면, 어떻게 해석해야 하나?

해석은 둘째 문제구요, 제가 재는 기온이 정확한지 아닌지부터.

그래서 백엽상이 있어야겠다?

예. 너무 비싸면 안 해주셔도 괜찮아요.

현숙희 씨한테 부탁해 봤니?

그럴 순 없죠. 생각해 보세요, 아버지. 백엽상을 세워서 정식으로 기온을 측정한다면 하루에 적어도 세 번은 백엽상에 가 봐야 하는데.

그렇겠지. 그런데?

해 뜨기 직전의 기온은 제가 잴 수 있지만 나머지 두 번은.

현숙희 씨 도움을 받아야겠군.

그럴 수밖에요. 백엽상 생각을 한 건 한참 전이지만, 어머니가 빵집을 내고 나서 아버지께 부탁하는 것도 그래서예요. 날마다 두 번씩을 어머니가 측정해야 하는데 백엽상까지 부탁하기도 죄송하고, 그것보다 저는.

현숙희 씨가 너의 속셈을 꿰뚫어보고서 백엽상을 설치해 주지 않을 경우를 피해야겠다?

예. 부탁드립니다.

좋아. 그 대신 조건이 있다. 두 가지.

뭐죠, 조건 두 가지가?

현숙희 씨에게 백엽상 이야기를 할 것, 그리고 하루에 두 번씩 기온을 재 줘야 한다는 것도 동의를 받을 것.

예. 그러겠어요.

또 하나. 이기수의 사설기상관측소는 최소한 1년은 성실하게 활동해야 한다.

그 조건도 받아드릴게요.

성실하게 활동한다는 것은 하루도 빠짐없이 측정하고 기록한다는 것이지만, 부득이하게 측정하지 못했을 경우 미측정이라고 기록해야 한다는 것을 알고 있겠지? 근사값을 계산해 넣는다거나 하면 안 된다는 것.

저를 바보 취급하시는 건가요?

옳아. 그 부분, 사과하겠다.

나는 너와 이런 정도의 이야기를 했었다. 현숙희 씨는 백엽상 옆에 우량계도 놓자고 제안했는데, 보아하니 너 이상으로 재미있어 하는 것 같았다. 백엽상은 아주 예뻤다. 소금창고와 담배건조막의 가구架構를 나는 사랑하는데, 너의 백엽상도 못지않게 사랑스러웠다. 구름빵집 안채의 정원 장식물로서 그보다 더 좋은 게 있을까 싶었다. 가장 좋았던 것은 내가 예상했던 것보다 비용이 헐하게 들었다는 거였다. 우량계도 묻고 잔디도 새로 사다가 심었는데도 돈이 꽤 남았었다. 남은 돈을 어디에 썼더라, 모눈종이를 샀던가, 아닌 척 시침을 떼었던가, 기억이 없다.

너는 평해의 최저기온과 최고기온 그리고 상오 10시의 기온을 3년 이상 측정하고 기록했다. 내가 지난 일요일에 너의 방에서 본 모눈종이 뭉치에 따르면, 1993년 5월에서 1996년 9월까지였다. 내가 상상했던 것보다 훨씬 긴 시간을 너는 기온과 강수량을 재어 기록하고 있었다.

너의 측정기록은 평해기후지平海氣候誌를 위한 1차 자료가 될 것이다. 3년 4개월이라는 그 시간들은 너에게 무엇이었는가. 중세의 연대기 작가들, 그들은 수도원의 필사승이기 일쑤였다. 그들은 고도의 집중력과 놀라운 대담성으로 지상에서 일어나는 모든 유의미한 사건들을 기록했었다. 종교적인 동기만으로 그들의 작업을 이해하기에는 그들은 세속사에 심각한 관심을 쏟고 있었다. 그들을 지속적으로 매혹시켰던 것은 지식에 대한 사랑이었을까. 그들은 지식인이었다. 쓸모없는 지식을 사랑하는 사람을 지식인이라고 한다고 오웰은 말한다. 쓸모없는 지식은 없다. 그가 쓸모없는 지식이라고 할 때 그는 지식의 상대어로서 정보를 겨냥하고 있다. 해석되고 정리되어져서 구체적이고 실제적인 문제에 일정하게 도움이 되는 지식을 정보라고 한다. 오웰적인 의미에서 이기수 너는, 지식인인가? 열렬한 정보 수집가인가? 지식을 정보로 가공하는 기술자인가? 정보마저 지식의 테두리 안으로 끌어들이려는 음울한 근본주의자인가? 열일곱 살 고등학교 1학년 학생에게 나는 지금 무슨 수작을 걸고 있느냐. 너의 측정지들을 보고서 마음의 동요가 있었다. 그러고 싶다면, 3년 4개월에 걸치는 너의 측정기록을 정리해 보는 것도 좋겠다.

평해에서 이성구 씨를 만났다. 3년 전 내가 산막에 있을 때, 그가 나를 찾아왔었다. 그때나 지금이나 여전히 젊고 좋은 얼굴이었다. 이성구 씨가 올해 서른여덟인데, 좋은 얼굴이나 아직도 정색한 언행을 보면 갓 서른이 된 남자 같다는 느낌을 갖게 한다. 산막으로 나를 찾아왔을 때 그는 내게 현숙희 씨를 좋아해도 되느냐고 물었었다. 이미 좋아하고 있으면서 그는 굳이 그런 질문을 왜 했을까. 물론 나는, 이성구 씨가 현숙희 씨를 좋아하는 것에 대하여 어떤 식으로도 관여하고 싶지 않다고, 좋아하면 그만 아니냐고 대답했었다. 우리는 그런 이야기를 하면서 목재 운반용 삭도를 탔다.

그는 전날 밤 느지막이 산막에 와서 불편하게 잠을 잤었다. 우리는 눈 쌓인 산판에서 태어나자마자 헤어졌다가 우연히 해후한 일란성 쌍생아처럼 어슬렁거렸다. 일란성 쌍생아는 각각 떨어져서 성장해도 똑같은 것들에 흥미를 가진다는 속신이 있다. 그러한 속신을 사람들이 이야기하면서 신기하게 여기는 것도 어쩌면 우리, 그러니까 가장 진화했다고 믿어지는 생물종인 우리의 한 본질이기는 하겠으나, 나는 그러한 속신을 경시하는 쪽에 있다. 내가 그 산판에서 이성구 씨에게 강한 친화력을 의식하게 된 배후에는 어떤 기류가 흐르고 있었던 것일까. 그것은 우리, 그러니까 학살 이후 자기부정과 싸우느라고 많은 것들을 허비해 버린 한 무리의 회색분자들이 공유하는 우스운 동질감이 아니었을까.

이성구 씨가 그런 말을 했었다. 학교를 옮기면서 이기수 군에게 주고 가야겠다며 책들을 골라 놓았더니 이기수 군의 방에는 같은 책들이 이미 꽂혀져 있더라는, 그 책들은 현숙희 씨와 이채군 씨가 읽은 것들이었는데 자신이 읽은 것들과 상당 부분 포개지고 있었다는, 방해석의 복굴절 같더라는. 왜 아니겠느냐? 그 시기를 지난 이들은 모두 일란성 쌍생아처럼 닮아 버렸다. 그들은 아직까지도 자의식미분화 상태이다. 나는 그날 현숙희 씨가 이성구 씨에게로 가 버린다고 해도 세 사람의 삶은 그다지 변화하지 않으리라고 생각했었다. 그런 일이 실제로 일어날지도 모르니까 준비하고 있어야지 하는 마음을, 너는 이해하겠느냐? 그와 나는 앞으로 더 자주 만나게 되겠지. 이성구 씨를 만나기 위해서도 평해로 가는 것을 서둘러야겠다는 생각이다.

현숙희 씨는 나의 제안에 뜻밖이라는 듯이 잠깐 침묵했지만 선선하게 동의해 줬다. 가끔 찾아오면 그렇게 좋았었는데 이제 무시로 안 들어와서 속을 썩게 되는 것 아니냐는 말을 하더구나. 어떤 재봉새가 그렇게 풀잎을 잘 엮을까 보냐. 전에 성희 이모가 썼던 방을 나더러 쓰라더구나. 따지고 보면 현숙희 씨나 나나 같은 지붕 밑에서 함께 지내게 된 것은 처음인 셈인데, 어떤 작위와 불편이 따르더라도 참아야겠다고 나는 생각하고 있다. 우리 집안 사람들이나 나의 이런 푸념과 넋두리를 들어 주겠지? 아무려나 작전을 성공시킨 것을 축하하겠다, 이기수 군.

너의 편지를 한 번 더 받을 수 있으려는지. 현숙희 씨가 그러던데 너 요즘 현숙희 씨하고 맞는 채널이 없다면서? 그것도 작전의 일환이었나? 변조된 채널을 회복시켜야겠구나. 입사의식은 치렀느냐?

사랑한다.

이채군 씀.

아버지께.

저 기수입니다, 아버지. 아버지께서 쓰시게 될 방을 오늘 도배했습니다. 어머니께서 도와주셨고 마침 김상기라는 중학교 때 친구가 찾아왔다가 거들어 줬습니다. 그런데도 생각보다 힘들었고 시간도 상당히 걸렸습니다. 다 해 놓고 보니 잘 된 것 같아서 기분이 좋았습니다. 저는 아직 이런 정도입니다, 아버지. 내가 빚은 송편이 제일 맛있는 것 같고 내가 고른 물건이 제일 좋은 것 같은, 철부지 소년입니다. 도배를 해 놓고서, 그래도 나니까 이 정도가 됐지 다른 사람이라면 어림도 없다고 속으로 으쓱거렸습니다. 제법 귀엽죠?

이성구 선생님을 뵙고 이야기했습니다. 선생님을 뵌 것은 한 달도 더 전이지만 최근까지 제가 선생님에게 품고 있던, 아버지께서도 알고 계시는, 칼 융 류의 콤플렉스 때문에, 선생님과 마주치면 제가 슬슬 피했었습니다. 제가 먼저 다가가서 선생님께 이런저런 이야기를 시작하니까, 선생님은 아주 좋아하셨습니다. 삼촌이라고 부르며 종달새처럼 귀찮게 굴던 리듬이 불현듯 떠올랐습니다. 이제 이성구 선생님께 삼촌이라고 하면서 매달리기는 어렵겠지요.

선생님은 제가 선생님께 뜨악하게 대해서 좀 상심했었다고 말씀하셨습니다. 그게 벌써 몇 년 전이냐 하시면서, 제가 선생님에게서 어떤 정서적인 끌림을 느끼지 못하는 것도 당연한 일이라고, 저와 다시 시작해야겠다고 생각했노라셨습니다.

벌써 8년이나 되었군.

한 번 오셨었잖아요, 95년 1월인가 그쯤에요.

그것을, 기억하고 있군.

제가 여기서 책을 읽고 있는데 선생님께서 들어오셔서는 악수를 한 번 하자고 하셨었어요. 저는 빼고서 안으로 들어갔고.

흐음.

그때 제가 읽고 있던 책이 뭐였는지, 모르셨지요?

글쎄, 전혀.

『비글호 항해기』요.

선생님은 감회 어린 표정이셨습니다. 그럴 만도 한 것이, 『비글호 항해기』는 이성구 선생님께서 저에게 주고 가셨던 책이었거든요. 이런 말씀은 아버지께 한 번도 드린 적이 없었는데, 사실 아버지나 어머니의 책들보다는 이성구 선생님의 책들을 저는 먼저 읽기 시작했습니다. 아버지와 어머니의 책들이 무차별적으로 모여든 군중 같았다면 이성구 선생님의 책들은 식구나 이웃사람 같은 느낌이었습니다. 제가 읽기에는 이성구 선생님의 책들이 더 쉬웠다고 말하는 것이 옳겠지요. 요즘 아버지와 편지를 주고받으면서, 그때 이성구 선생님께서 저에게 책을 주시면서 심사숙고하셨었구나 하는 만각에 이르렀습니다. 생각하면 저는 좋은 사람들에게 좋은 영향을 받으면서 열일곱의 봄까지 왔습니다.

「죽은 시인의 사회」에 나왔던 배우 이산 호크가 생각납니다. "나는 정말 가난하게 살고 싶었다"는 그의 말에서 느껴지는 섬찟함을 저는 넘어설 수 있을까요? 이산 호크의 영악함보다는 농구선수 데니스 로드맨의 자유로운 위악이 저는 더 좋습니다. '당신에게 10억 원이 생긴다면?' 따위의 유치한 질문들은 우리에게 언제까지나 유효한 것인지요. 데니스 로드맨에게 '당신이 신이라면?'이라는 유치한 질문을 했더니, 그는 '내가 신이라면, 세상의 모든 사람들에게 1주일간의 완전한 평화를 줄 것이다'라고 대답했다는 기사를 읽었었습니다. 데니스 로드맨의 대답은 혹시 그들 사이에 오래 전부터 있어 온 교리문답이나 모범답안이 아니었을까 하는 느낌이 들기도 하지만, 저는 그 대답을 읽으면서 데니스 로드맨이 좋아졌습니다. 모범답안을 암송한 것이면 어때, 그가 바로 그 답안을 제시했다는 사실이 중요한 거야, '모든 사람들에게 1주일간의 완전한 평화'라니, 데니스 로드맨은 영원을 이야기하기에는 겸허한 성품의 소유자일 거야, 무엇이 그를 그렇게 만들었을까, 아픈 기억이나 가난했던 시간이나 절망에 겨워 죽고 싶었던 순간들을 그는 용케 이겨 내고서 멋진 악동이 되었구나. 이산 호크도 데니스 로드맨도 자기들이 걸어온 길 위에서 좋은 사람들을 만났겠지요.

그들에게서 좋은 영향을 받고 부단한 노력을 기울인 끝에 오늘의 이산 호크와 데니스 로드맨이 되었을 겁니다. 아버지, 저는 이산 호크가 걸어간 길을 걷고 있는 것입니까?

아버지께서는 저에게 작전에 성공한 것을 축하한다고 하셨습니다. 또 최근에 어머니와의 대화 채널에 문제가 있었던 것도 제 작전의 한 고리가 아니었느냐고 하셨습니다. 이제 저는 아버지께 말씀 드릴 수 있습니다. 아버지께서 평해로 오시게 돼서 저는 정말 기쁩니다. 아버지 말씀대로, 저는 성공했습니다. 세 식구가 함께 살게 되면 제가 제일 좋을 겁니다. 아버지와 어머니, 당신들은 떨어져 있어도 함께 지내도 별반 달라지지 않을 분들입니다. 작전이 있었다면, 그 작전은 제가 저를 위하여 짜고 실행에 옮긴 것이겠습니다. 성공한 일의 뒤에서 작전의 음습한 냄새가 난다, 작전이 있었지 않았느냐고 묻지 않고 작전 성공을 축하해 주신 아버지께, 저는 깊이 감사하고 있습니다.

아버지.

저는 아버지께서 보내 주신 편지들에서 아버지의 내면풍경을 보았습니다. 저의 미숙한 더듬이는 아버지의 내면풍경의 미로 앞에서 이내 지쳐 버리곤 했습니다. 그래도 저는 쓸쓸하게 벌려진 아가리로 아직껏 연기를 토하고 있는 몇 개의 분화구를 확인하고서 기뻤습니다. 제 작전의 진짜 승부처는 이 부근이고, 축하받기에는 아직 이른 시간입니다. 저는 마음을 굳게 먹을 겁니다. 식어 버릴지도 모르는 거의 모든 분화구를 저는 거칠게 쑤실 겁니다. 너 지금 뭐하고 있는 거야? 연기만 말고 이글이글한 불길을 토해 보란 말야, 이 바보야.

저는 체육관 바닥을 청소하고 있었습니다. 걸레에서 맑은 물이 나오도록 하려면 손으로 걸레를 주물러 줘야 합니다. 세상에서 가장 깨끗이 빨린 걸레로 체육관 바닥을 밀면서 저는 점점 무아지경에 빠집니다. 칼질과 걸레질은 결국 같은 것이라는 사실을 깨달으라고 그들은 새내기들에게 걸레질만 시키는 것일까요. 칼을 빼어 든 이의 자세와 걸레질하는 이의 자세, 그 아득히 먼 거리를 저는 단숨에 건너뛰고 싶습니다.

그가 저의 걸레질하는 옆을 지나면서 한마디 던지는 것입니다. "그래, 열심히는 하는군." 저는 굽혔던 허리를 펴고 밀대를 칼처럼 짚으며 그를 바라보았습니다. 황재국, 검도부 2학년, 새내기들에게는 눈길 한 번 안 주는 강호의 실력자입니다. 저는 밀대를 던졌습니다. 그리고 꾸민 목소리로 말했습니다. "열심히 하면 열심히 하는 거지, 열심히는 하는군? 열심히는 하는데 표시가 안 난다는 겁니까?" 아버지, 그러나 아무 일도 일어나지 않았습니다. 그는 저를 잠시 바라보다가 말없이 평상시 걸음으로 체육관을 나갔습니다. '뭐야?' 싶어진 저는 밀대를 주워 들고 다시 걸레질을 했습니다. 저의 도발은 모욕을 당했습니다. 당분간은 걸레질이나 하고 있어야겠습니다.

아버지께서 오시면 보여 드릴 것들이 있습니다. 그것들을 정리해 놓고 있겠습니다. 사랑합니다.

기수 드림.

11

—

싸움꾼

은수는 신서를 사랑한다. 신서는 스마트하다. 그의 코드에는 하나씩의 이미지가 저장되어 있다. 너도밤나무 가지에 쌓이는 눈, 정액이 분출하는 떨림, 의도를 담은 염산 캡슐, 약한 마음에 와 닿는 의심들. 이미지들은 순혈하고 가혹하다.

은수는 신서의 이미지 앞에서 옷을 벗는다. 은수는 뼈대가 나긋나긋하다. 그의 살에 입술을 대 보라. 그의 알몸을 상상해 보라. 은수의 애틋한 사랑을 아는 사람이 있을까? 은수는 제 사랑을 들킬까 봐 두리번거린다. 한 번도 남들에게 말한 적이 없다.

융이라는 이름의 청년이 있다. 작년 이른 봄에 그는 은수를 신서에게 데려 갔었다. 얘가 신서야, 보기보다 예민하니까 그런 줄 알고, 잘해 봐. 은수는 신서의 어깨에 손을 얹었다. 신서는 가만히 있었다. 은수는 한참 동안 그대로 있었다. 은수가 어깨에 손을 얹었을 때에 신서가 냈던 소리를 은수는 그 뒤로 잊지 않았다. 그렇게 은수는 신서를 사랑하게 되었다.

우리는 사랑을 어디에서 만나게 되는가? 도서관이나 붐비는 시내버스 안이나 반더포겔 캠프나 서바이벌 게임 필드의 흐너진 참호 등에서 우리는 우리의 사랑을 만나게 된다. 은수가 신서를 만난 곳은 벚나무 우듬지가 내려다보이는 동아리방이었다. 우리의 사랑은 어떤 책일 수도 있고 물푸레나무 언덕일 수도 있고 가문이나 조국일 수도 있다. 신서는 이미지이다. 소리 이미지의 성채城砦이다. 신서는 은수가 의인화시킨 이름이고 보통 신시사이저라고 하는 악기이다. 그러니까 은수는 신시사이저 주자이다. 은수는 노래패 파랑새에 들어서 신시사이저를 맡게 되었다. 그리고 사랑하게 되었다.

은수는 지금 동아리방에 있다. 은수뿐이다. 그는 자신의 내면 제일 구석진 방에 걸려 있는 거울을 마주하고 있다. 거울 속에 웬 청년이 있다. 은수가 거울과 거울 속의 청년을 처음으로 의식하게 된 때가 언제인지는 아무도 모른다. 입맛을 다시고 혀로 입술을 핥고 윗니로 아랫입술을 깨무는 것은 어딘지 낯설고 두렵기 때문이다. 은수는 눈을 감는다. 거울 속의 청년의 모습이 더 뚜렷해진다. 그는 은수처럼 온순하게 생겼다. 표정이 화사하다. 그것이 은수는 마음에 걸린다. 저게 나란 말야? 설마.

은수는 생각한다. 그들은 내 어디가 예뻐서 회장으로 만든 것일까, 뭐 하나 야무지게 못 하는 내가 호락호락해 보였나? 세미나에서 중언

부언하는 것을 활력이라고 봤나? 툭하면 집으로 내려가 버리고 동기들 구박하고 선배들 우습게 여기고, 옛날 얘기 하는 자식들 정말 맘에 안 들어 어쩌다 한번 찾아와서는 싫은 소리 하는 게 선배라지만 걔들은 말 똥처럼 닮았어 음색까지 똑같지 않냐. 옛날 파랑새가 아니네, 파랑새 같은 건 내 인생에서 복숭아 과즙 한 모금 정도의 의미밖에 없다고 떠들고 다녔는데 어쩌자고 그들은 나를 이리로 떠밀어 버린 것일까?

우리는 은수를 만난 적이 있다. 여름이 오면 반바지 차림에 청결한 창포 즙을 뿌리고 빈 공원 나무 그늘 아래에 무릎 세우고 앉아 담배를 피우는 녀석들이 있다. 넘치는 정력을 말하기 난처한 방법으로 소모시키는 녀석들이기는 해도 다가가 말을 시켜 보면 그럴싸한 인생관의 소유자들임을 알게 된다.

은수도 그런 녀석들 중의 하나이다. 은수는 소리 이미지에 민감하게 반응한다. 이마의 빗방울 같은 흉터, 발목의 차꼬 자국 같은 이미지를 만나면 감당할 수 없는 녀석이로구나 하면서 그들을 코드 안으로 되돌려 보낸다. 그는 폐활량이 작다. 삶은 쌀 한 줌과 오이 반 개로 아침을 먹는 은수의 식습관은 풀무치처럼 가볍고 향긋하다. 그렇더라도 그는 그저 그런 청춘의 하나일 뿐이다. 그렇게 아무렇지도 아무러하지 않지도 않은 청춘이 노래패 파랑새의 새 회장이 되었다.

익숙해진 코드만 만지작거리는 단계가 누구에게나 온다. 어떤 이들은 그 단계에 이르러 스스로를 사살한다. 총알구멍 안에서 그는 다시 태어나기도 한다. 다 그런 것은 아니다. 반짝거리는 총알을 자신의 녹슨 마음 쪽으로 날려 보낼 수 있는 사람은 많지 않다. 그러한 몇몇 사람이 싸움꾼이 된다. 안심이 안 된다고 생각하는 사람이 있고 질 게 뻔한 싸움을 거는 사람이 있다.

졸업 선배에게서 소개를 받았다면서 지하철 노조에서 한 사람이 파랑새에 왔었다. 지난 첫겨울이었다. 융, 은수의 선배이자 은수를 파랑새 새 회장으로 선출하는 데에 모종의 작전을 세웠던 청년이 은수를 불렀다. 은수는 그를 좋아하기도 하고 싫어하기도 한다.

"지하철 노조에 밴드가 있어요?"

"있음 안 되니?"

"안 될 것까진 없겠지만 그래도 느낌이 어울리지 않잖아요. 풍물패라면 모를까."

"느낌 같은 소린 집어치워. 우리의 느낌은 우리가 생각하고 있는 것보다 훨씬 더 기득권자들이 주입해 놓은 가짜 규범에 지나지 않는 경우가 많아. 은수 너도 그리고 나도. 시답잖은 소린 그만하자. 시간 낼 수 있지?"

"시간 낼 수 있지? 시간 내 줘. 시간 내야 돼. 시간 내."

"있어, 없어?"

"내야죠. 누구 말씀이신데 제가 감히."

융은 은수의 대꾸 속에 꼬부라져 있는 미늘 같은 것에 신경 쓰지 않았다. 그런 것에 일일이 신경 쓰다 보면 일을 못 한다고 그는 생각하는 것이다. 어떤 경우에는 하찮게 생각했던 미늘이 일을 결정적으로 그르치기도 하지만 융과 같은 태도는 대부분의 경우에 일정한 성과를 낳는다.

은수와 융이 이야기하는 동아리방으로 파랑새 식구들이 몰려들었다. 밖은 춥고 모두들 스산한 마음이기 때문일까 겨울이 오면 동아리 방은 대합실이 된다. 그들은 어디론가 가는 버스를 기다리고 있다. 은수는 아직도 도망갈 생각을 하는 것이었고 버스가 늦어지고 있었다.

"안 가면 안 되나요?"

"선배 소개로 왔다고도 했지만 그렇지 않더라도 적극적으로 나서야 해, 그런 일에 우리는."

"하필 왜 나지요?"

"너말고 또 누구 있니?"

"그동안 뭐하셨어요? 신서 좀 키워 놓잖고?"

"이은수. 너 잘 못 할까 봐 그러는 거지?"

"내가 공연 망치면 어떡해요? 연습 기간이 긴 것도 아니고."

"그렇지? 역시 은수는 무리겠지?"

"그래요. 재형 선배는 알아요. 내가 얼마나 헤매는지."

"걱정 마, 이은수. 거기 가 보면 알겠지만 너 정도 감각이면 얼마든지 맞춰 낼 수 있어."

은수는 부담스러웠다. 그래도 재형이 은수는 무리일 거라고 말했을 때 은수는 속으로 반발했었다. 재형 선배, 나는 안 된다고? 재형은 융처럼 단호하지 않지만 융보다 음험한 사람이었다. 은수의 말투에서 자신의 말에 대한 반발 심리를 읽어 내고 그는 은수 모르게 웃었다. 불쌍한 은수는 결국 지하철 노조 밴드에 합류하게 되었다. 누가 선배를 이기겠는가, 후배는 선배의 밥이다. 이 말이 누가 후배를 이기겠는가, 선배는 후배의 밥이다라는 말과 어떻게 다르고 어떻게 같은지 모르는 사람은 없다.

겨울 동안 은수는 용병이었다. 지하철 노조 밴드와 노래패 파랑새 사이에 놓인 구름다리를 지나 지하철 노조 밴드 스튜디오에 도착하면 하루 일을 마치고 모여든 노조원들은 은수가 옆에 있든 말든 가라앉은 목소리로 투쟁 계획을 짜는 것이었다. 은수는 거기에서 무엇을 보았을까? 뭔지 모르지만 보기는 봤을 것이다. 그는 첫경험 전문가다. 기다려 봐, 방금 전에 지나갔던 자리, 그래 바로 거기야, 거기 좀 눌러 줘, 세게. 몸의 어딘가에 숨어 있다가 우연한 기회에 자극받아서 비로소 알게 되는 성감대가 있다. 겨울이 지나 파랑새로 돌아온 은수는 융과 재형에게 다음과 같이 말했다.

"융 선배가 그랬잖아. 은수 네 타건은 거칠고 불손해. 재형 선배는 완곡하게 지적했었어. 밋밋한 것보다는 낫지만 조금만 온유해지면 좋겠군, 생긴 것 같잖게 은수 네 소리는 터프한 맛이 지나쳐. 나 선배들 말 들으면서 그게 무슨 소린지 몰랐었어. 이제 아느냐고? 선배들하고만 할 때는 나 별짓을 다 했잖아. 디자인을 입력시켜 놓고도 안심이 안 돼서 스스로에게 막 화내고. 잼세션 한 곡 하고 나면 흠뻑 젖어서 볼 만했었고. 그러는 것도 나쁘지만은 않겠지만 나 많이 조신해졌어. 기본음만으로 자제할 수 있어, 이제. 나 거기로 일부러 보냈던 거 아녔어요? 무엇인가를 샘플링해 보라는 것이었구나 하는 생각을 했어요, 거기서."

지하철 노조 밴드라고 있다. 노조원들에게 용기를 불어넣는다는 소명의식과 음악을 하고 있다는 자부심이 일말의 충돌도 일으키지 않는 친구들이다. 영화 「전선은 있다」 보았는가? 영화 찍은 친구들은 지하철 노조도 지하철 노조 밴드도 아니다. 「전선은 있다」 괜찮은 영화다. 아이템을 잘 잡았다. 비장하고 비정한 맛이 있다. 그 영화에 은수가 나온다. 야구 모자를 눌러 써서 얼굴을 잘 알아볼 수 없지만 신시사이저 연주하는 친구가 은수다. 실루엣이 근사하다. 파랑새에 있을 때하고 분위기가 다르다. 처음에는 딴사람인 줄 알았다. 조신해졌다더니 정말인지도 모른다. 조신해진 사람이 나 조신해졌다오 말한다는 게 좀 뭣하기는 하지만. 그래도 잘 보면 다른 친구들하고 느낌이 조금 다르다. 선입견인가? 영화 속에서도 그에게서는 새콤한 풋기가 느껴진다. 그것은 어쩔 수 없을지도 모른다. 지하철 노조 밴드 사람들이 가지고 있는 협기를 은수는 아직 자기 것으로 재구성하지 못하고 있었던 것이 아닐까? 은수는 어디를 가더라도 무슨 말을 듣더라도 어떤 책을 보더라도 그것들을 곧잘 흡수해 낸다. 흡수 능력은 폐활량과 별 관계가 없다. 둥근 물방울이 일그러진 물방울을 끌어당기는 것처럼 온 바다의 산호들이 밤마다 조금씩 자라는 것처럼, 은수도 지하철 노조 밴드에서 그들의 호협스러움을 배웠을 것이다.

노래패 파랑새의 회장이 되었다고 해서 은수가 표변한다면 우스운 일이겠지만 그는 별반 달라지지 않았다. 여전히 청소 담당이고 일지 담당이다. 그리고 보면 융과 재형은 사람 보는 눈이 있었던 모양이다. 그들은 고글을 쓰고 있었다. 은수는 정치외교학과 학생이다. 그는 재수를 했었다. 길고 긴 인생에서 1년쯤 재수해 보는 것도 좋은 경험이 된다고 어떤 사람들은 이야기하곤 하는데 그게 정말일까? 은수가 정치외교학과에 들어간 것에는 여러 측면의 고려가 있었겠지만 제일 크게 영향을 미친 것은 수능 성적과 재수까지 했다는 자격지심이 아니었을까?

그는 대학을 교양 과정이라고 생각하기도 한다. 20대 초반에 쌓아두지 않으면 물 건너가 버리는 게 교양이라는 특이한 견해를 그에게 주입시킨 사람이 있었을까? 그는 나중에 마다가스카르 공화국에서 농무관을 하고 있을지도 모른다. 그때에 그는 대학 시절에 쌓은 교양의 덕을 볼지도 모른다. 교양이라는 게 뭐 덕 보자는 무엇은 아니겠지만. 아무려나 은수에게서는 품위랄까 분별이랄까 하는 것이 감지되기는 한다.

은수는 학생처에 와 있다. 그의 옆에는 명현이 있다. 콧날이 서고 눈빛이 맑은 명현은 앞머리를 붉게 물들였다. 그는 기형도 팬이다. 그들, 노래패 파랑새 사람들은 오늘 해거름에 사회관 앞에서 연주회를 열었다. 무대가 좋았다. 사회관은 몇 년 전의 화재를 씻어 내지 않은 채여서 보기에 흉물스러웠으나 연주회 그림으로는 그만이었다. 은수의 착상을 명현이 적극적으로 부추겼고 예상했던 것보다 결과가 좋았다. 은수는 '사회관 앞에서 30분 동안 연주회를 엶'이라고 일지에 썼다. 그리고 이리로 왔다. 학생처 사람이 들어온다. 얼굴에 수심이 가득하다.

"파랑새 아직도 있나? 왜 그런 짓을 저지른 거지? 거기말고도 얼마든지 공연할 수 있잖아."

"악기 돌려주십시오. 그래서 왔습니다."

"당분간은 안 되겠어."

"안 돌려주면 우리도 생각이 있습니다. 우리가 어떻게 무경우하게 취급받았는지 광고할 겁니다."

"그럴 필요 없을걸. 벌써 다들 알고 있을 텐데. 그래도 조용하잖아? 공연히 힘 빼지 말라고. 리스트에서 파랑샐 삭제할까 어쩔까 하고 있는 참인데 나 여기 있소 하고 나서는 건 뭐지?"

"악기 돌려주십시오."

"몇 가지 대답을 해 주게. 공연을 오늘 날짜로 잡은 이유는 뭐지?"

"날짜를 잡아요?"

"의도가 보여. 12년 전의 방화사건을 추념하기에는 거기가 맞춤이라고 생각했겠지?"

은수는 신시사이저 주자이다. 노래패 파랑새 회장이다. 노래도 웬만큼 되고 곡도 만든다. 한 달에 한 번 정도 고향에 가서 군대 가는 친구들 송별회에 참석하고 후배들을 본다. 후배들에게 환영받는 편은 아니다. 만나면 파랑새 얘기만 하는데 누가 좋아하겠는가. 파랑새는 구식 동아리이다. 이름부터 그렇다. 학생처 사람의 말에서 짐작했겠지만 얼마 전까지만 해도 파랑새는 싸움꾼 집합소였다. 노래 잘하는 사람이 싸움도 잘한다. 동아리방에 가면 그 시절에 선배들이 모아 놓은 악보들이 있다. 다 현장에서 불려진 것들이다. 누가 시를 쓰고 곡을 붙였는지 까마득해진 손수건들이다. 선배들이 울면서 불렀던 노래들을 은수들은 캐비넷 속에 파일링해 놓았다.

파랑새는 여름 동안 세미나도 열어야 하고 농활도 가야 하고 조직력 강화 훈련도 해야 한다. 은수는 마음이 바쁘다. 그는 선배들보다 잘 해

내지는 못할지라도 못하지도 않을 것이다. 바쁜 틈을 내서 그는 남도에 가기로 했다. 명현이하고 고등학교 친구 신재하고 셋이서 지리산 동쪽을 걸어 다니기로 했다. 개마고원이나 캄차카 반도였다면 얼마나 좋을까?

8월이 오면 이 나라의 참나무 숲에서 술 냄새가 난다. 사슴벌레나 하늘소 같은 갑충들이 갉아 놓은 수피 틈으로 수액이 흘러나온다. 그 우물에서 얼마나 많은 것들이 목을 축이는지 아는가? 참나무는 그들에게 공평하게 수액을 분배해 준다. 참나무는 숙주이다. 은수와 명현과 신재는 남도에서 길을 잃을 것이다. 그리고 그들은 자신과 타협하지 않은 싸움꾼을 만날 것이다 머지않아.

은수는 신서를 사랑한다. 그는 무엇인가가 되고 싶은 것이다. 무엇인가가 되어 안에 담고 싶은 것이다. 신서가 자신의 코드 안에 하나씩의 이미지들을 담고 있는 것처럼. 그 이미지들을 합치기도 하고 따로따로 세우기도 하고 겹쳐 놓기도 하는 것처럼. 신서에게, 신서야 은수가 널 사랑한대 라고 말하면 신서는 뭐라고 할까? 알고 있었어, 혹은 은수가 누군데?

12

—

능수조팝나무

깊다.

재국은 검은 얼음 속으로 들어선다. 문을 닫는다. 체육관 내강內腔은 어둡고 무겁다. 그러나 재국은 어둠과 어둠의 살피에서 산란하는 빛의 입자를 본다. 그들은 창문을 가린 커튼을 젖히고 들어와서는 어둠을 휘젓고 다니는 것이다. 완전한 어둠은 없다.

재국은 책가방을 풀어 던진다. 허리를 굽혀서 신발 끈을 푼다. 신발을 벗고 플로어 위로 올라선다.

재국은 서슴없이 플로어의 중앙으로 걸어간다. 어둠 너머에 내벽이 있고 강철 트러스의 천장이 있고 자신의 두 발이 있다. 재국은 가로세로 10미터의 네모 구획선 안으로 들어간다. 폭 10센티미터의 백선을 재국은 밟지 않는다. 백선을 범하지 않기 위해서 보폭을 고칠 필요는 없다. 플로어에 올라서서 모서리 백선을 넘기까지 서른한 걸음이다. 재국은 가로 1미터 세로 30센티미터의 흰 네모 위에 이르러 자세를 바로잡는다. 대지 위에 선 남자가 된다.

재국은 앞을 본다. 이미 한 남자가 와 있다. 재국과 같은 자세이다. 그는 암흑이거나 허공이다. 재국은 그의 눈을 찾는다. 그는 눈이 없다. 아니 그는 온몸이 눈이다.

재국은 그에게 인사한다. 재국은 칼을 뺀다. 겨눈다. 재국은 고요하게 눈을 감는다. 재국은 움직이지 않는다. 암흑의 칼날이 그의 머리 위에 놓일지라도 그는 거기 있다. 그는 물속의 바위이다. 물 먼지가 쌓인다.

어느 순간 재국은 짧은 숨을 들이킨다. 무엇인가를 기다린다. 재국은 눈을 뜬다. 칼을 거두고 숨을 뱉는다. 재국은 이마에 번져 나온 땀방울을 훔쳐서 뿌린다. 한결 부윰해진 체육관 내부를 빠른 눈길로 핥는다. 재국의 신경이 부속실 출입문에 가 부딪힌다.

안에 누가 있다.

문틈으로 빛 싸라기들이 쏟아져 나오고 있다. 재국은 성큼성큼 걸어가서 문을 연다.

책상에서 무엇인가 하는 사람이 있다. 1학년이다. 등에 표정이 없다. 문을 열고 들어서도 모를 만큼 몰두해 있다. 재국은 그의 옆으로 다가가 선다. 그제야 고개를 든다. 눈길을 피하지 않는다. 자리에서 일어난다. 일어서고 나니 그의 키가 재국보다 크다.

재국은 그를 알고 있다. 무골武骨은 아니었다. 그러나 어딘지 뻐센 분위기가 있었다. 매사에 너무 진지하게 임하거나 장난스럽게 대하는 이들이 자기도 모르게 갖추게 되는 독존의 냄새가 감돌았다. 재국은 냄새의 뿌리를 알고 싶었다. 재국은 그를 단련복들이 쌓여 있는 구석으로 이끈다.

"갈아입어. 지금."

그는 서두르지 않고 재국의 지시를 따른다. 교복을 벗어 책상 위에 놓고 단련복을 찾아 입는다. 그 사이에 재국도 단련복으로 갈아입는다.

"내 수건 써."

그는 사양하지 않는다. 수건을 두르는 손길이 느릿느릿하다. 그러나 헛된 동작은 없다.

재국은 그에게 갑과 갑상을 입게 하고 호면을 쓰게 하고 호완을 끼게 한다. 재국은 그에게 죽도를 잡게 한다. 재국은 그를 대련판 위에 세운다.

"시작해."

그가 죽도를 쳐들고 재국에게 달려든다. 재국은 작은 동작으로 그를 피한다.

그가 몸의 방향을 틀어 다시 재국에게로 향한다. 재국은 칼을 슬쩍 피하면서 그를 구획선 쪽으로 압박한다. 선을 넘지 않으려고 애쓰며 그의 자세가 흐트러진다. 재국은 물러난다. 그가 주춤주춤 다가선다. 처음보다는 신중해진 모습이다. 그가 재국에게 칼을 휘두르고 재국이 그것을 피하거나 막아 내는 일련의 동작들이 단속적으로 이어진다. 그는 실망하지 않는다. 죽도를 잡은 팔이 조금씩 내려온다. 숨소리는 벌써 거칠어졌다. 그는 초조해진다. 그럴수록 그의 동작은 마구잡이가 된다. 제국은 죽도를 꼬느고 그의 허리를 타격한다. 다시 머리를 타격한다. 숨 돌릴 사이 없이 격자 부위들을 찌르고 벤다. 오른손목을 쳐서 그의 죽도를 떨어뜨린다. 죽도 끝을 그의 가슴에 대고 경제적인 힘을 가하여 쭉 밀어 버린다. 그가 넘어진다.

재국이 그에게 다가가 손을 내민다. 그는 재국의 손을 외면한다. 그는 재국이 선 옆으로 기어서 자신의 죽도를 주워 들고 일어선다. 그는 다시 재국에게로 향한다. 재국은 정성을 다하여 그의 허리를 내려친다. 그가 왼 무릎을 바닥에 찧는다. 왼손이 허리께에 가 있다. 그러나 오른손으로는 죽도를 잡고 있다. 죽도에 자신의 몸 전체를 의빙한 자세이다. 재국이 그에게 다가가 손을 건넨다. 그가 재국에게 왼손을 내민다. 일어선다. 그는 칼을 던져 버리고 재국에게 달려든다. 의표를 찔렸군. 재국이 넘어진 위로 그가 몸을 덮쳐 온다. 그가 간단없이 재국을 타고 누르며 자신의 호면을 재국의 호면에 부딪는다. 재국의 눈과 그의 눈이 마주친다. 그가 몸을 일으킨다. 재국이 일어나 죽도를 찾아든다. 재국이 자신의 대련판 위에 선다. 그가 재국의 동작을 따른다.

옷을 갈아입으면서 재국은 그의 쪽을 살핀다. 그는 분이 풀리지 않았다. 재국은 교복 단추를 단정하게 여미고서 그에게로 다가선다. 그는 재국이 다가가도 하던 동작을 계속할 뿐이다. 이렇다 저렇다 말이 없다. 그러나 그의 눈초리에는 푸른 광채가 묻어 있고 손은 가볍게 경련하고 있다.

"수건 돌려줘야지."

그가 재국 쪽으로 고개를 돌린다. 그러나 눈의 초점은 재국으로부터

아연 멀다. 그는 재국에게 복잡한 감정을 가지고 있는 것이다. 그 감정은 육체적인 부끄러움으로 인하여 점점 사나워지려는 참이다. 마지막에 나를 제압해 놓고도 화가 풀리지 않는 모양이로군. 마지막 공격이 속임수였다고 자책할 필요는 없다. 그것은 재국의 방심을 정확하게 파고든 회심타였다.

"젖어 버렸어."

"괜찮아."

그는 단련복을 벗은 채로 자신의 허리를 살핀다. 재국의 마지막 타격이 그의 허리에 굵은 낙인을 찍어 놓았다. 칼에 정성을 쏟아야 칼자국이 선명해진다. 재국은 만족한다. 십수 번의 가격이 있었지만 단 한 차례의 타격만이 그의 허리에 흔적을 남겼다.

"이리 와 봐. 찬물로 씻어 보자."

"됐어."

그는 재국을 뿌리친다. 그는 교복을 입는다. 호구들을 수습하여 벽에 건다. 재국은 그를 바라보면서 마음이 훈훈해진다.

합숙훈련에서 빠지고 싶다고 밝히자 주장은 말없이 고개를 끄덕였다. 재국으로서도 뜻밖이었으나 그 사실이 알려지자 몇몇 부원들이 반발했다. 주장은 부원들의 반발에 개의치 않았다. 결국 재국이 빠진 채로 합숙훈련이 시작되었다.

"근육이 붙었어."

진우가 오른쪽 팔목을 꺾으며 어깨를 폈다. 재국이 보기에도 진우는 단단해졌다. 그것이 진우의 조심성을 풀어지게 했는지 눈에 띄게 활발해졌다. 합숙훈련이 끝나면 대개는 자신감이 생긴다. 몇 차례의 대련을 거치는 동안 그 자신감이 터무니없는 것이었음을 알게 되지만 자신감이야 일단은 충만해도 좋은 것이다.

여름방학이 다가오면서 상급생들은 은근히 공포 분위기를 조성했다. 깨끗하게 소독한 새 피로 혈관을 채워 주겠다는 말도 있었다. 재국은 처음부터 합숙훈련을 염두에 두지 않았지만 정작 자신의 의향을 주장에게 밝힌 것은 방학이 시작되기 1주일 전이었다. 주장이 허락하지 않았더라도 재국은 자신의 계획을 실행에 옮겼을 것이다. 주장은 재국의 의향을 묵시적으로 방관함으로써 주장의 권위를 지켰다. 주장은 재국이 합숙훈련 체질이 아니라는 것을 알고 있었을까. 세상에 체질은 없다. 그런 것이 있다면, 그런 것이 있어서 사사로운 의리가 살얼음 끼어 있는 길바닥들을 피해 디뎌야 한다면, 그것은 융통성도 무엇도 아닌 불모이고 야만일 것이다. 문제는 체질이 아니다.

재국은 장엄한 경치를 보고 싶었다. 장엄하기만 하다면 어디라도 무엇이라도 괜찮으리라는 마음이었다. 주섬주섬 짐을 챙기면서도 딱히 정해진 곳이 없었다. 죽도를 들고 잠시 망설였다. 나는 폼을 잡고 있구나 싶어졌고 칼에 대한 미련을 툭툭 털어 냈다. 재국은 집을 나와서 울릉도행 배표를 끊었다.

여름방학이 끝나고 연승전이 있었다. 부원들이 긴장했다. 여름훈련의 결과는 연승전에서 어떤 식으로든 나타나게 된다. 몸만들기에 성공한 부원이 대련에서는 일격에 허물어지기도 한다. 이제까지의 서열이

뒤죽박죽이 되어 버린다. 그렇게 정해지는 서열은 암묵적으로 1년 동안 유지된다. 더구나 외부와 겨루는 연승전이었다. 주장은 오더의 첫머리에 재국의 이름을 올려놓았다. 부원들은 알 만하다는 기색들이었다. 천천히 수건을 쓰고 있는데 창은이 재국에게로 다가왔다.

"칼 눌리지 마. 눌렸다 싶으면 기가 오르는 친구야."

주장이 창은을 제지했다.

"쓸데없는 소리."

상대의 자세는 완전했다. 재국은 얼핏 아름답다고 생각했다. 상대가 이어걷기 걸음으로 자신과의 거리를 좁혀왔다가 같은 족법으로 후퇴했다. 너의 완전한 자세는 선천적인 것이었구나. 재국은 상대의 아름다움을 수긍했다.

재국은 숲속을 헤맸다. 섬은 수직의 근성을 무성한 수목으로 감추고 있었다. 섬에 머물러 있던 동안 며칠을 제외하고 내내 비가 내렸다. 비가 쏟아지다가 우뚝 그치면 이내 철사 같은 햇살이 젖은 잎사귀들을 꿰뚫었다. 수목들이 보아구렁이처럼 끊임없이 자랄 수밖에 없을 성싶었다. 재국은 인적 없는 계곡으로만 숨어들었다. 점성 높은 용암이 급격히 식으면서 형성한 섬은 괴물의 이빨이나 발톱 같았다. 넘치는 생기를 주체하지 못하고 울퉁불퉁하게 비틀리며 자라는 수목들에게 재국은 정을 붙일 수가 없었다. 괴물의 이빨과 발톱에 치태나 때처럼 상감되어 버린 수목들이었다. 생나무 울짱을 끊고서 숲속으로 들어가 뒤를 돌아보면 자신이 끊어 놓았던 덩굴이며 관목 부스러기들이 어느새 스스로 접합해 버리고는 시침을 떼고 있었다. 재국은 거대한 괴물의 초록빛 배 속에서 울적했고 배가 고팠다.

재국은 상대의 아름다운 발놀림에 홀려 있었다. 재국은 목이 말랐다. 무서웠다. 재국은 새된 목소리로 소리쳤다. 누구 없어요? 누구 없어요? 누구 없어요? 상대가 재국의 머리를 노리고 들어왔다. 상대의 칼이 재국의 왼쪽 어깨를 스쳤다. 순간 재국과 상대의 코등이가 덜컥 부딪혔다. 상대의 체중을 몸으로 받아내면서 재국은 은은한 체취를 맡았다. 재국은 왼발을 뒤로 빼면서 자신의 코등이를 세우는 기분으로 겨드랑이의 힘을 뺐다. 됐다는 느낌이 왔다. 재국은 오른발을 빼어 거리를 유지했다. 재국은 기합을 넣으며 후려친다는 느낌으로 동작을 만들어서 상대의 머리를 내려쳤다. 걸렸다.

상대는 몸을 젖혔다. 재국의 칼은 무의미하게 허공을 가르고 정지했다. 손목에서 힘이 빠져나가는 서슬에 상대가 다시 체중을 실어 왔다. 상대는 나의 길을 파악하고 있다. 재국은 궁지에 몰렸다는 느낌이었다. 재국에게는 시간이 필요했다. 주심이 원위치를 지시했다.

완벽한 기회였다. 상대는 그것을 아무렇지도 않게 무산시킨 것이었다. 재국은 숨을 고르며 상대를 주시했다. 이미 다 자라 버린 듯한 체구지만 상대는 아직 소년이었다. 코등이 다툼을 하며 맡았던 상대의 체취는 분명한 식물성이었다. 재국은 최소한 지지는 않을 것이라고 생각했다.

유효타격이 없는 채로 연장전이 끝났다. 재국은 지지 않았다. 두 부심이 재국의 우세를 판정했다. 주심은 상대에게 깃발을 들어 주었다. 대기석으로 돌아와 앉자 주장이 재국의 귀에 대고 으르렁거렸다.

"그건 뭐였지? 원숭이 같은 소리가 들리던데."

창은이 다가와서 수건을 건넸다.

"고마워."

"잘했어 재국아. 저쪽은 유망주 강민이었다구."

주장은 여전히 마땅찮은 낯이었다. 강민 이후의 상대들은 재국의 맞수로서 손색이 드러났다. 간단한 기술로 유효타격을 쌓아 한판을 만들어 냈다. 재국이 다섯 명째 물리치고 나자 어느 쪽 할 것 없이 동요가 일었다. 상대편 진영에서는 오더를 다시 확인했다. 어디에 잘못이 있었는가.

재국이 선 단애 꼭대기까지 포말이 날아올라 잘게 쪼개지고 있었다. 숲이 주는 중압감을 견디지 못하고 바닷가로 쫓겨 내려온 자에게 친절을 베풀어 줄 바다는 아니었다. 재국은 어렵게 우묵하고 평평한 자리를 골라 고체연료에 불을 붙였다. 뇌우가 갈마들고 있었다. 재국은 쭈그려 앉은 자세로, 풀을 끓이는 양철 컵에 얹은 돌멩이를 누르고 있었다. 커피를 마시고 나서 다시 계곡으로 들어갈 것인지 순환버스를 탈 것인지 결정할 것이었다. 재국의 마음을 아는지 물은 쉬이 끓어오르지 않았다. 미지근한 물에 타는 커피는 질색이었다.

재국은 얼마든지 기다릴 수 있었다. 재국은 상대가 찔러 오는 칼을 안쪽으로부터 누르는 반동으로 상대의 머리를 가격했다. 재국의 칼끝이 상대의 머리를 긁고 지나갔다. 깃발이 하나 올라갔다. 깃발은 그릇된 판단을 자인하는 듯 우물쭈물 제자리로 돌아갔다. 그리고 재국은 보았다. 단애로부터 멀지 않은 바다 복판에 물기둥이 솟고 있었다. 해수면 근처까지 내려온 적란운 덩어리의 밑바닥을 교란시키고 있는 깔

때기 속으로 파고들면서 물기둥은 단애를 비껴 급격하게 기울어지는 중이었다. 용오름이었다. 재국은 오른쪽 허리를 허용했다. 인두에 덴 듯한, 짜릿한 감각이 허리에서 온몸으로 번졌다. 자리에 돌아와 호면을 벗었다. 주장이 호면을 받아 주었다. 재국은 흠뻑 젖어 버린 수건을 밀어 올리며 재채기를 했다. 관자놀이께가 욱씬거렸다.

"물어 보고 싶었다."

코끝이 맵다. 능수조팝나무의 꽃이 가까이에 있다.

"왜 내게 말을 놔 버린 거지?"

대답이 없다.

"말해. 왜 말을 놓기로 한 거야?"

어디선가 나무상자들이 썩고 있다. 선창 부근?

"그래 보고 싶었어."

나무상자들은 젖었다.

"앞으로도 놀 건가?"

"아마."

아버지가 행주로 칼자루를 닦는다. 행주를 네모지게 접어 넙치의 대가리 부분에 놓는다. 넙치가 온순해진다. 도마 위에 놓인 생체.

"원한다면."

재국은 소스라친다. 나는 네가 내게 말을 놓기를 원하고 있었구나.

아버지의 칼질은 단순하다. 그는 회칼질을 하는 인생을 상상하지 못했을 것이다. 양식 넙치를 발라 내는 그의 손놀림에는 감출 수 없는 서

먹함이 묻어 있다. 그의 마음은 아직도 숙수가 아니다. 재국은 아버지의 마음을 안다. 알고 있을 뿐 그 마음에 휩쓸리지는 않는다. 수족관 바닥에 가라앉아 있는 넙치를 뜰채질하여 건져 올리는 아버지의 모습에 재국은 이미 익숙해져 버렸다. 3년이라는 시간은 아버지와 재국에게 생업의 흡습성이랄까 침투력이랄까가 서로 다르게 각인되었다. 아버지는 아직도 밤마다 게통발을 끌어올릴 것이다.

"걱정 마. 남들이 들을 땐 조심할게."

"왜 그래야 하지? 남들이 들으나 안 들으나."

"놔 버리라고?"

이런 발칙한 인사를 예사로이 지껄이는 녀석에게 나는 왜 화가 나지 않는 것일까. 재국은 하릴없이 땅바닥을 찬다.

코끝이 맵다. 능수조팝나무는 향을 보려고 심지는 않는다.

"그럴 순 없지. 네 체면도 있고, 공연히 말 나면 나만 피곤해질 거고."

"좋아. 네 맘대로 한번 해 봐. 한 가지만 물어 보자. 말을 놓으려고 작정을 하고 있었던 거야? 아무래도 그런 것 같은데."

아버지는 제일 빠릿빠릿한 놈을 고른다. 남의 살을 맛뵐 바에야 그것은 너무나 당연한 것이다. 정작 재국 앞에 내놓을 때에는 대충 꾸며서 밀어 놓지만, 재국은 아버지의 용심을 모르지 않았다. 재국이 먹어 치우는 넙치와 오징어에는 이석耳石과 먹물만이 아니라 아버지가 쏜 뇌파가 얼비쳐 있었다. 횟집을 내자는 어머니의 말에 아버지는 경악 반응을 보였다. 여자들의 소견은 때로 남자들의 턱을 덜컥거리게 한다. 그러나 남자들의 턱을 톡톡 두드려 맞추는 것도 여자들이다.

벌채상한선

어머니는 아버지로 하여금 고깃배를 처분하게 했고 숫돌 닳리는 소리를 싫도록 듣게 만들었다. 아버지가 내세운 명분은 어머니를 어리둥절하게 했는데, 무슨 일이 있어도 후포 사람들에게 당신이 만진 어물을 먹이지는 않겠노라고 선언했던 것이다. 어머니는 아버지의 말뜻을 새겨들었다. 후포 사람이 아니라면 밥장사를 하든 상어 지느러미를 불려 팔든 상관없다는 소리로 알겠다고 응수했던 것이다.

"처음부터 작심했던 건 아냐."

"처음부터 작심하는 사람은 없지."

"그렇겠다. 그날 네가 나를 수치스럽게 만들었어. 너의 탓이 아니라는 건 알고 있었지만, 울컥 부아가 치미는 거야. 그때 생각했다. 너를 친구로 삼든가 아주 버성기게 굴든가 하겠다고."

"그날 일이라면 나도 인상적이었어. 웬 녀석이 상급생 앞에서 분수도 모르고."

"나는 그때, 네가 나를 징치해 주기를 바랐어. 그렇게라도 해서 너하고 엮였으면 좋겠다고 내심 기다리고 있었어. 너의 진면목을 알고 싶었어. 너에 대해서 떠도는 이야기들이나 1학년들에게는 일말의 관심도 두지 않는 것 같은 너의 거만스러움도 나는 좋았어. 그런데 너는 나의 도발을 우습게 만들어 버렸어."

재국은 능수조팝나무를 찾는다. 코끝이 매운 까닭을 다시 어디에서 취하겠는가 말이다. 바보 녀석아, 보아하니 의도적으로 도발해 오는 게 분명한 새내기에게 휘말린다면 황재국 이름이 부끄러워진다.

"오늘 고마웠다."

어머니는 아버지의 명분을 흔들지 않았다. 후포 사람이 아닌 외지인들을 상대로 장사하는 편이 도리어 실속 있다는 점에서 어머니의 셈평은 적중해 버렸고, 아버지의 회칼은 살점을 앗긴 넙치가 너울너울 헤엄쳐 다니더라는 소문이 돌 만큼 절륜해지기만 했다. 그런 아버지가 재국이 보는 앞에서는 항용 서툰 칼질로 일관하는 것이다. 자기 확인의 희미하고 질긴 그늘이 아닐까 보냐, 재국의 눈앞에서 자동적으로 연출되고 있는 아버지의 퇴행이 최근 들어 재국에게는 부쩍 살뜰하게 여겨지는 바 있었다.

"뭐가?"

"수건 빌려준 거."

"그게 다야?"

"오늘 내게 해 준 거 전부."

"갚아라. 지금."

재국은 그의 어깨를 잡아 길섶으로 민다. 느닷없는 공격에 그는 길옆의 능수조팝나무 무더기 위로 쓰러진다. 능수조팝나무 줄기가 후두둑 후두둑 꺾인다.

코끝이 맵다. 그가 붙들고 있는 옷소매에 끌려서 재국도 그의 위로 넘어진다.

재국이 그를 타고 누르는 자세가 된다.

재국이 그에게 묻는다.

"네 이름이 뭐니?"

벌채상한선

13
—
눌이재집

눌이재집서訥彝齋集序

눌이재訥彝齋 이록李綠 선생은 전주인全州人이다. 1923년 당산棠山 선생의 차자次子로 출생했다. 초명初名은 성진惺辰이다. 17세에 어머니가 돌아가니 깊이 슬퍼하며 1년간 베옷을 벗지 않았다. 이때에 「선씨행장宣氏行狀」을 지었다. 20세에 관례를 올리고 자字를 두원杜園이라 했다. 이때에 비로소 눌이재라 자호自號하였다. 26세에 평산인平山人 익한瀷의 장녀 신씨申氏와 혼인하였다. 신씨에게서 상군尙軍과 채군彩軍의 두 아들을 보았다. 따님들은 영姈과 경璟이다. 28세에 전란을 당하여 와중에 적비赤匪의 모략으로 아버지가 돌아갔다. 이후 선생은 경학經學과 시작詩作에 전심專心하였다. 1981년에 돌아가니 향년 59세였다.

이록 선생의 저작은 거의 한자漢字로써 이루어졌다. 이러한 사실은 선생이나 선생의 저작에 일정한 결함이 된다. 어語와 문文의 일치는 이미 당위가 되어 버렸으며, 이런 점에서 선생의 저작을 시대착오적인 이매망량쯤으로 보는 견해들이 더 우세한 듯싶다. 이 문제는 비단 선생의 경우에만 해당하지는 않는다. 이른바 개화開化 이후에 이루어진 한문 저작들 대부분이 이러한 혐의와 함께 치워져서 골방과 다락에서 스러져 가고 있다. 이미 산일散佚되고 멸실滅失되어 버린 것이 기하이겠는가. 바라기는 정리 편집 인쇄 열람되지 못하고 있는 이들 문사철류文史哲類가 후손들의 서궤 속에서나마 온존해 주기를 빌어마지 않거니와, 일월日月의 광망光芒을 입어 그 뜻이 옳이 해독되고 반향될 날을 기약함이다.

선생이 국자國字에 등한하였다 함은 주지의 사실이거니와, 선생의 유고 가운데 국자로 이루어진 것은 총 14편에 불과하고 그나마 신문사의 청탁으로 이루어진 시론時論이 전부이다. 선생이 자신의 저작들을 국자화하는 데에 관심이 없지 않았다 하나, 그 일에 매진하기에는 선생의 성정이 담담정정하였던 까닭으로 여의치 못하였고 불의에 돌아가게 되니 끝내는 저와 같은 모습으로 남겨진 것이다.

나는 선생의 문장을 좋아하였다. 선생의 문장에 대한 욕심으로 비례非禮를 저지르기도 했으니 곧 선생의 서독書牘들을 손에 넣으려고 여러 번 무리無理를 감행했었다. 선생이 돌아간 뒤에는 나름으로 선생의 저작들을 모아 보기도 했다. 그러나 나의 게으른 성벽과 번다煩多한 세사世事가 맞물려서 이도 휘지비지 시들해졌다. 결국 선생과 선생의 저작에 대한 나의 흠모는 의심스러운 것이었다고 해야 하겠다.

그러던 중에 후학들 사이에서 선생의 문집을 펴내자는 소리가 들려왔다. 그들은 대부분 선생의 문하門下라 할 만한 이들이었다. 선생이 돌아가기 직전까지 열었던 심탄서실芯灘書室을 거쳐 간 후학들의 모임에서 시작된 논의는 점차 뼈와 살을 갖추었고 재작년 11월에 정식으로 간행위원회가 조직되었다. 선생과 교분이 있었다는 이유 등으로 해서 내가 위원장이 되었는데 실상 나는 후학들이 다 지어 놓은 집에 슬쩍 들어가 앉아 버린 꼴이었다.

나의 미욱함은 끝이 없다. 등심초 우거진 여울목으로 가면, 선생은 고즈넉하게 앉아 있고, 그다지 미덥게 여겨지지 않는 청년들 몇몇이서 열띤 토론을 벌이고 있었다. 그 청년들이 이제 국학계國學界의 중진으로 성장하였다. 선생이 심탄서실을 열고 있을 때에 나는 세勢와 이利를 좇아 부유하였다. 소소한 성취가 없지 않았으나 이제 와 생각하면 한결같이 부질없는 노릇이었다. 당시 나의 눈에 고루하게 보였던 선생의 도모들이 오늘 저들을 있게 한 쐐기이자 거멀못이었음을 나는 이제야 짐작하고 있다. 선생에 대한 찬탄과 선망은 날로 깊어간다.

눌이재집간행위원회는 대체로 순탄한 행보를 보였다. 이 또한 선생의 음덕이라 할 것이다. 우선 선생의 저작들을 모으는 일에서 우리는 뜻밖의 사태를 맞이하였다. 적잖은 시간과 노력을 기울일 양으로 준비하고 있는 우리 앞에 만족스러울 만큼 꼼꼼하게 수집되고 정리된 자료가 제시되었던 것이다. 현부인과 영식들의 원려遠慮와 세정細情으로 이룩된 자료는 우리를 감동시켰다. 사소한 누락을 보완한 우리는 교정

校訂 작업에 착수하였고, 이 작업도 예상보다 일찍 마무리되었다.

이에 우리는 현대 국문체로의 번역을 생각하게 되었다. 이 문제에
는 설왕설래가 있었다. 국문화하는 과정에서 선생의 뜻이나 문조文藻
를 다칠지도 모른다는 염려가 그것이었다. 이러한 염려에도 불구하고
번역을 하기로 결정한 데에는 대다수 위원들의 찬동과 더불어 선생이
자신의 저작을 국문화하려고 시도했었다는 증언이 중요하게 작용하였
다. 이에 위원들이 번역에 나섰고 번역 원고에 대한 교감은 강치운姜致
運과 김창재金昌宰가 담당하였다. 번역 내역은 다음과 같다.

> 시詩 107수 - 강치운
>
> 서書 36편 - 홍순기洪淳基
>
> 서序 6편, 명銘 9편, 논論 3편 - 소태영蘇泰泳
>
> 상량문上樑文 6편, 전傳 3편, 제문祭文 7편, 애사哀詞 2편, 행장行狀
> 1편, 만사輓辭 25편 - 김우빈金愚彬
>
> 심탄시화芯灘詩話 - 김창재
>
> 잠현시화岑縣詩話 - 윤근한尹根漢
>
> 눌이재수록訥彝齋隨錄 - 정승무鄭勝戊
>
> 탄현일기炭峴日記 - 이상군李尙軍
>
> 기타 - 김창재

지난 2월 26일에 번역 원고에 대한 최종 윤독을 마쳤고, 전체 원고
를 출판사로 넘긴 것은 3월 2일이었다.

선생의 저작은 일견하여 소략해 보이기도 한다. 이는 선생이 저작보다는 교육에 더 치중했었다는 사실에서 기인한 것으로 이해해야 하겠다. 또한 인문의 기운이 이미 기울어 학자와 선비의 목소리에 더 이상 귀 기울이는 이가 없게 되어 버린 세태의 탓도 크다. 문폐文弊가 이 나라에 끼친 해악에 대해서는 지나칠 정도로 강조되어 왔다. 선생이 활동한 시기는 이 문폐의 해악이 강조되는 시기와 함께하였다. 합리合理라 호도된 계량과학과 민주民主라 숭상된 군중정치의 조류潮流는 민도民度의 저질 평준을 초래하였으니, 선생의 생애는 신고간난의 연속이었다 아니할 수 없다.

이러한 속에서 「탄현일기」의 불편부당한 기록이 이루어지고 「단재선생전丹齋先生傳」의 깊은 분노가 뜻을 얻고 「삼민주의를 논함論三民主義」이라는 높은 방략이 제시된 것이다. 이것들이 쓰이지 못하였음은 아까운 일이다. 그러나 어떤 글과 정신은 땅에 묻혀서도 끝끝내 살아남는다.

선생의 가르침을 받을 후학들이 저기 있고 선생의 저작이 시운을 만나 여기 묶이매, 선생이 평생을 두고 천착했던 사상의 편린이나마 전달할 수 있게 됐으니 무엇을 더 바라겠는가. 이날 뒤에 보다 정치精緻하고 순정純正한 이가 있어 선생의 저작들이 본래의 빛을 회복하게 되기를 천학비재한 번역자들은 감히 걸대乞待하는 것이다.

1943년에서 1945년에 걸치는 시기에 선생은 중국에 있었다. 선생의 연수 21세에서 23세까지의 청년기에 해당한다. 이 시기 선생의 행적에 대해서는 알려진 바가 거의 없다. 선생의 전 생애로써 미루어 보건대, 이 시기에 선생은 항일전선의 어느 한 지점에서 헌신하고 있었다고 봐야 할 것이다.

그러나 선생은 이 시기에 대한 기록을 남겨 놓지 않았다. 이 시기를 전후하여 쓰인 저작들이 생애 어느 시기보다 많았던 사실에 비추어 봐도 이 시기의 공백은 부자연스럽다. 선생은 이 시기 자신의 활동에 별 의미를 두지 않으려고 애쓴 듯하다. 그리고 그러한 선생의 노력은 우리가 알다시피 성공적이었다.

우리는 이 부분에서 질문을 제기하고자 한다. 질문은 한 가지이다. 곧, 이 시기와 이 시기 직후의 선생의 정신적 궤적은 어떠했는가 하는 안타까움에 다름 아니다. 이에 일정한 대답을 할 수 있을 때 우리는 우리가 잃어버린, 정신의 치열한 싸움판의 한가운데로 진입하게 될지도 모른다. 너무나 철저하게 비어져서 오히려 형형히 빛나는 이 시기를 말해 주는 자료를 찾아내고자 했던 우리의 노력은 아무런 보답도 받지 못하였다.

앞에 적었듯이 선생은 전란의 와중에 아버지를 여의었다. 공산주의자들의 소행이었다. 그러나 선생은 이 일로 인하여 반공의 기치를 들지는 않았다. 선생의 이러한 처신은 한때 세인의 반감을 부르기도 했었다. 자신이 맞은 불행으로써 격물格物을 행하지 않았으니 군자의 길을 걸어갔다고 할 수 있으리라.

혹자는 공백으로 남겨진 이 시기가 선생의 미혹기迷惑期였으리라고 추정하기도 한다. 그러나 나는 그러한 견해를 따르지 못한다. 그 시기를 미혹기로 보려는 이는 선생의 진정眞情을 알지 못하는 이라고 생각한다. 선생의 지극했던 자중자애를 알고서야 이 시기 선생의 행적에 대한 추찰이 그 형체를 갖추게 될 것이다. 우리가 미처 찾아내지 못한

묵적墨跡이 있을진대, 그 속에는 이 시기를 밝히 비추는 선생의 육성이 여실히 담겨 있으리라고 우리는 기대할 뿐이다.

『눌이재집』을 엮으면서 우리는 수다한 이들에게 선생의 풍모에 대해 질문을 던지곤 했다. 이는 우리들 자신이 선생에 대한 일관된 인식을 결여하고 있다는 반증이기도 하다. 우리의 질문에 접한 이들의 답변도 결코 일치하지 않았다. 그것은 극단을 넘나들었다. 선생의 차자次子 채군의 반응은, 놀라지 말라 '이록 선생은 유가적儒家的 무정부주의자 아니었을까요?'였다. 선생은 큰 나무로서 여기에 있는 것이다.

이제 선생에 대한 연모戀慕는 우리의 곁을 떠난다. 『눌이재집』이 오늘 피폐한 이 나라의 풍정 속에서 올곧게 수용되기를, 더불어 선생이 궁구했던 바들이 다채롭게 해석되고 침투되기를, 나아가 선생의 저작의 무의와 향기가 두루 향유되기를 기대한다.

1998년 5월 30일
김창재 지識

발문跋文

제가 선친의 저작들에 마음을 둔 것은 여러 해 전이었습니다. 저는 다만 선친의 저작들을 빠짐없이 모으겠다는 마음이었습니다. 선친은 당신의 저작들을 정연하게 갈무리해 두지 않았습니다. 그렇다고 거칠게 가꾼 원두밭처럼 산란한 것도 아니었습니다. 어쩌면 저의 황망하고 분별없는 눈매와 손길이 선친의 저작들을 훼손시키고 말았는지요. 물동이 안에서 버석거리던 감나무 잎들을 정리하면서 저는 저어하고 또 저어했습니다. 선친이 남긴 저작들에 일점일획도 보태거나 빼거나 하지 않았고 구부러졌다 싶은 부분을 편답시고 부목副木을 처맨다거나 하는 짓도 하지 않았습니다. 당연한 것을 가지고 웬 생색이냐며 나무라는 선친의 노기 어린 음성이 들리는 듯합니다. 저의 용렬함은 이렇듯 한이 없는가 합니다.

저작들을 모으는 한편으로 저는 찬찬히 읽어나가기로 했습니다. 무엇을 먼저 읽느냐 하는 데에서는 망설임이 없었습니다. 그것은 「탄현일기炭峴日記」입니다. 당신의 연치年齒가 불혹不惑을 넘어선 1963년부터 1981년까지의 기록입니다. 저의 얕은 소견으로는 당신의 심회를 조람하기에 그중 맞춤이리라는 예단이었습니다. 문장을 해득하기도 용이할 것이라고 꾀를 낸 것이기도 했습니다.

저의 생각은 크게 잘못된 것이었습니다. 당신은 「탄현일기」에서 제가 예상했던 노변정담류를 배제하고 있었습니다. 「사서각자론莎書刻字論」과 같은 혁신적인 주장들이 있었고 반체제적인 입장에서 쓰인 격문들도 있었습니다. 저는 무엇보다도 당신이 이야기하고 있는 내용들을 바로 알고 싶었습니다. 그래서 아주 무디게나마 번역을 해 보기로 했습니다. 번역 작업은 더뎠고 오류투성이였습니다. 그러는 가운데 저도 모르는 사이에 문리가 트일 뻔하기도 했으니 저의 작업은 나름으로 뜻이 없지 않았습니다. 하지만 당신의 일기를 읽고 옮기고 추상하는 작업들은 역시 저 혼자만의 호사였습니다. 당신을 생각하며 노간주나무 둘러쳐진 격오간隔奧間을 떠올리고는 했습니다만, 밤 깊어 당신의 소매 속으로 침잠하게 되면 저는 내내 안온했습니다. 그 위에 경경불매耿耿不寐의 힘을 얻었습니다.

선친의 저작들을 인행印行하자는 전언을 접하고서 저는 염치를 생각했습니다. 당신의 생전에 판을 뜨지 않은 것은 마땅한 일이었다, 당신이 돌아간 지 십수 년 만에 모꼬지하게 되었으니 이도 떳떳한 일이다, 후윤後胤들에게 짐 지우지 않음도 옳은 일이다 하는 등으로 자신에게 유리한 측면으로만 치달리는 것이었습니다.

그래서 저는 집안 어르신들과 계내외界內外의 현준명철賢俊明哲들께 들었습니다. 그분들은 저의 염려를 씻어 주었고 여러 가지로 힘을 나눠 주었습니다. 저는 시름을 덜고서 선친의 앙엽철盎葉綴을 건네 드렸습니다. 선친의 도반道伴들께서 이미 와 계시고 선친이 아끼셨던 준언俊彦들께서 맑혀 놓으신 자리였습니다. 더욱이 선친의 저작들은 저나 저의 가족들의 것이 아니라는 책망까지 그분들은 제게 해주셨습니다. 이제 다 되었습니다. 『눌이재집』만이 아니라 선친이 남긴 친적親跡 일체를 저는 좀스러이 소유하지 않아도 좋게 되었습니다. 선친의 뜻도 이에서 멀지 않을 것입니다.

눌이재집간행위원회 위원장 어르신과 여러 위원들께 사례합니다. 이처럼 담정한 책이 만들어지기까지 슬기를 돋워 주고 너그러이 지켜봐 준 모든 분들께 사례합니다.

1998년 5월

불초不肖 상군尙軍 근지謹識

14

—

통뼈

농사꾼에게는 물 가둬 놓은 논을 바라보는 것보다 흐뭇한 정경도 드물다. 올차게 눌러 붙인 논두렁은 상고머리 깎은 아이놈 뒤통수처럼 햇발 아래 파르스름하게 빛난다. 어디 하나 어수룩한 데가 없는 뒤통수는 한 줌의 봇물도 흐리지 않을 태세이다. 기계로 드르륵 해치워 버릴 수 없는 일이 끝내 있게 마련이다. 그런 일들은 대체로 한꺼번에 서너 가지 동작을 섞어서 해야만 하는 일이거나 연약하고 섬세한 작물들이 다칠세라 조심조심 손가락을 놀려야 하는 일이기 십상이다. 그 중에서도 논두렁 붙이기만큼 힘든 일이 또 있을까 보냐.

힘은 힘대로 들고 물 먹은 흙은 생각처럼 말을 듣지 않아 자꾸만 볼품없이 뭉개지는데 아직 붙이지 못한 논두렁의 갯솜조직으로는 천금 같은 물이 다 새나가는 듯하여 마음만 바쁘게 허둥거리게 된다. 논두렁 붙이는 기계는 안 나오나 몰라, 틀림없는 베스트셀러감인데. 희일이 녀석이 싱거운 소리를 했었다. 녀석은 주말이나 방학 같은 때면 곧잘 손을 보태 준다. 그래 봤자 잔심부름이나 하고 경운기 옆자리에 앉아 애늙은이 아니랄까 봐 말참견이나 하는 정도지만 그래도 그게 어딘가. 희일이 녀석은 제 앞길을 본때 있게 헤쳐 나갈 것이다.

중해는 모판들이 시루떡 쪼개 놓은 것처럼 쌓여 있는 논두렁에 앉아서 없는 희일을 떠올리며 입매를 다물린다. 이장네처럼 논두렁을 시멘트로 발라 버릴까 어쩔까 싶어지기도 한다. 두렁콩을 못 부치게 되겠지만 여간 간편한 게 아니리라. 허실되는 흙도 그만큼 적을 것이다. 중해는 그럴 수는 없다고 생각한다. 아무래도 시멘트 바른 논두렁은 그의 정서와 어울리지 않는 것이다. 1년에 한 번 바짓단 걷어 올리고서 꾹꾹 논두렁을 밟아 주는 일이 자신에게나 논에게나 필요할 것이라고 생각한다. 그것은 중해의 생각이 옳다. 중해는 몇 년 사이에 농사꾼이 다 되어 버렸다.

곱게 써레질되어 있는 논에는 물기가 자작자작하다. 이앙기로 모를 내게 되면서 농사짓기가 수월해졌다. 그리고 두레를 모을 일도 함께 없어졌다. 중해는 쑥스러워진다. 논두렁에 앉아서 하고 있는 생각이 기껏 전설 같은 두레라니 싶은 것이다. 종일 심어야 한 마지기나 꽂을까 말까한 터수로는 이즈음 들어 누가 벼농사를 지을 수 있겠는가. 생각하면 순식간이었다. 들녘에서 두레패가 사라져 버린 것은. 뭐가 먼저였을까. 이앙기가 보급되기 시작한 것과 일손이 귀해져 버리다 못해 아예 눈을 씻고 봐도 보이지 않게 된 것은. 앞서거니 뒤서거니 하면서 모내기철 풍경이 썩 심심해졌다. 이앙기를 모는 사람 하나에 뒷시중 들어 주는 사람 하나면 하루에 스무 마지기에라도 너끈히 모를 낼 수 있게 되었다. 누가 뭐래도 발전이 아닐 수 없다. 두레패를 그리고 앉았는 중해가 쑥스러워지는 것도 그럴 법한 일이었다.

기계모라 해서 소출이 떨어지는 바도 아니었다. 심어 놓고 나면 못줄 띄워 심은 논의 경위지게 반듯한 그림에 비해 나란나란하지 못한 것이 또 사랑스럽지 않더냐. 허튼모만 심던 사람이 처음으로 줄모 심고 나서 놀라던 것이나 기계로 심어 놓고 나서 잡을 트집이 없으니까 뜬모 타박을 하는 것이나. 중해는 이웃 논을 살핀다. 이앙기가 올 시간이 지나 버렸다. 좀 늦어진다고 해서 오늘 중으로 끝내지 못할 것은 아니지만 그래도 일찍 마감 짓는 편이 한갓지지 않은가 말이다. 밤꽃 냄새가 밀려든다.

중해가 기성에 눌러앉은 지도 다섯 해가 되었다. 학교 졸업하고서 군대에 갔다 왔고 2년 동안 백화점 구매부에서 일했다. 청과물 담당이었다. 계약 재배가 일반적이었고 밭뙈기째로 입도선매해 버리기도 예사였다. 백화점 구매부에서 제일 발품을 타는 품목이 청과물이었다. 낯을 익힌다 신용을 쌓는다 하면서 제 딴에는 부지런히 쫓아다녔다. 그러나 백화점 쪽에서도 농사짓는 쪽에서도 앙앙불락이었다. 청과물은 어차피 백화점의 장식품 같은 것이니까 너무 애달아 말라는 소리도 들었고 어느 한 쪽도 비위를 맞추지 못하는 것이 잘하는 것이라는 소리도 들었다. 중해는 오기가 났다. 그래 두 번째 해에는 실적이 좀 있었다.

벌채상한선

청과물 구매는 신문기자들의 특종 경쟁과 비슷한 데가 있었다. 남들이 천 원에 파는 배추 한 포기를 보란 듯이 삼백 원에 진열할 수 있었을 때의 통쾌함은 상당한 기간 동안 여운을 남겼다. 그런 특종은 하루이틀이나마 백화점의 성가를 높여 주고 전체 매출액에도 좀 영향을 미쳤다. 제철 채소나 과일을 받아다가 싱싱할 때에 팔아 치우는 일에서 특종을 건진다는 것은 사술邪術에 가깝지 않겠는가 하는 느낌이 들기 시작했다. 그러던 차에 희일이 녀석을 떠안게 되었던 것이다. 중해는 아서라며 자신을 질책한다. 희일이를 떠안았다고? 내가 지금 분명 떠안았다고 생각했겠다? 중해는 공연히 두리번거린다. 점토벽돌처럼 굳은 논두렁을 뚫고 나온 속새풀에 눈을 준다. 먼 숲에서 여름 첫 새가 운다.

이앙기가 왔다. 이앙기와 함께 희일이 녀석도 왔다. 녀석은 우르르 제 친구들을 끌고 왔다. 요즘 녀석들은 스무 살만 넘어도 어딘지 수심이 엿보여 밉구나 싶건만 희일들은 훌쩍훌쩍한 키하며 굵직굵직한 목덜미하며가 하나같이 건장하고 순결하고 발랄해 보이는 것이다. 중해는 희일이 기특하다. 그리고 불현듯 창해 형이 그리워진다. 녀석들이 분분히 인사를 한다. 안녕하셔요? 안녕하셔요? 희일아 너희 아버지 너무 젊다, 이름만 아버지 아냐? 중해는 낯이 뜨겁다. 희일은 중해를 쳐다보며 싱긋싱긋 웃는다. 다행히 이앙기 일꾼이 다가온다.

"미안해. 생각보다 봉산리 일을 오래 끌었어. 물 빠지는 시간이 꼬박 한 시간이더라니까."

영철이 오른쪽 손삽을 내민다. 반창고가 붙어 있다.

"급한 마음에 논두렁 서너 군데를 무너뜨려서 물꼬를 내 버렸거든. 그러다 삽에 집혔어. 김영규 선생 다시 보게 되더라. 모낼 논에 흥건하게 물을 대는 건 뭐고 삽자루 하나 흔들리잖게 해 놓지 못하는 주변은 또 뭐지?"

"자기가 덜렁거려 놓고 남 탓하기는. 괜찮겠어? 찜찜하면 내가 할게."

"일없어. 봉산리에서도 했는데."

"반창고 붙인 솜씨가 여간 아니네."

영철이 손을 감춘다. 모르기는 해도 김영규 선생 사모님의 솜씨일 터였다.

서른을 넘기고서도 숫기 없기는 새색시와 한가지인 영철이 사모님에게 손을 주고 쩔쩔매는 광경이 눈에 선하다. 녀석만 한 진국도 없건만 여태 짝을 못 만났다. 중해는 속이 짠해진다.

"물 닿잖게 해. 모내기철도 막바지고 한데, 티내는 것 같다?"

"희일이 애들 하나 붙여 줘."

영철이 이앙기를 놓는다. 그러자 모판을 척척 갖다 올리는 품이 농사꾼 아들임이 분명한 녀석이 하나 있다. 영철이 흡족한 눈치이다. 곧 이앙기가 움직인다. 시작이 반이라고 중해는 벌써 마음이 가벼워진다. 그나저나 희일이까지 넷이나 되는 나머지 녀석들에게는 무슨 일을 시켜야 하나?

"어떻게 알았어, 모낸다는 건?"

"전화했었어, 삼촌. 숙모님이 그러더라. 오늘 모낸다고."

"그 사람은 공연한 소릴 해 가지고."

되도록 휴일을 비껴서 논일을 하려고 한다. 그래야만 희일이 녀석이 저도 거들겠다고 나서는 불상사를 피할 수 있다. 시골에서 자라는 아이들치고 논일 밭일 하지 않기는 어려운 것이고, 중해 자신만 해도 하기 싫어서 투덜투덜하면서도 형과 함께 아버지를 따라다니며 피사리부터 산밭 풀 뜯기까지 해냈었다.

그러나 지금은 사정이 다르다. 일거리 자체가 많이 단출해지기도 했거니와 자기 아이들에게 일 가르치면서 신명 내는 이들도 없다. 손을 덜 타게 된 밭이 거칠어지는 것은 어쩔 수 없지 않을까. 희일이 녀석은 중해가 일하고 있는 옆에 와서 놀곤 하더니 자연스럽게 일을 거들기 시작했다. 중해는 그렇지 않아도 울컥해지는 녀석이 일을 거드는 것이 안됐어서 만류하곤 했다.

그러다가 생각을 고치게 되었다. 녀석이 자신의 주위를 맴도는 것도 다 외롬을 이겨 내려는 몸부림임을 알아 버렸던 것이다. 운화와의 결혼을 서두르게 된 이유도 그쯤에 있었다. 결혼을 하게 되면, 그리고 아이가 생기면 녀석도 외롬을 조금은 덜어 낼 수 있으리라고 생각했었다. 기성 시골 구석으로 시집오게 되면 수건 씌운 모자 쓰고서 밭 매러 다녀야 한다는 심술궂은 말을 예쁘게 들었는지 운화는 중해의 색시가 되어 주었다. 또 모른다, 열두 살이 되어서 남들보다 일찍 사춘思春을 앓던 녀석이 한꺼번에 본 식구를 잃어버리고 말문을 닫은 채 어깨를 들썩거리던 모습에서 운화는 대지모성大地母性을 자극받았던 게 아니었을까. 나름대로 중해의 애를 먹이던 운화는 농사꾼의 아내가 되어 달라는 중해의 말에 언뜻 그러마고 제풀에 묻혀 버렸던 것이다.

중해는 운화에게 한 번도 묻지 않았다. 그때 왜 자신에게로 시집오겠다고 마음을 정했는지를 물을 필요가 없었다. 아니 묻지 않는 것이 운화에 대한 예의일 거라고 생각하고 있었다. 아무리 제 아내가 되어버린 사람이라고 해도 그에게는 지나간 한때의 맹렬했던 폭발음에 귀를 모으는 혼자만의 뒤꼍이 마련되어 있어야 한다. 그리로 가 보고 싶으면 허락을 얻어야겠지만 더 좋기는 뒤꼍에 대해서 이러니저러니 하지 않고 지내는 것이다.

운화가 중해와 혼인하겠노라고 하자 처남인 승모를 제외한 모두가 반대하고 나섰었다. 운화 저만 좋다면 어떤 반대라도 무릅쓸 수 있었겠으나 승모의 지지 의사가 적잖은 힘이 되었음도 사실이었다. 연애할 때에 운화는 간혹, 중해 씨는 나하고 사귀는 거야 승모하고 사귀는 거야 하며 잘잘못을 가려 보자고 대들기도 했었다. 그런 말이 가능할까? 아내보다 처남 될 사람이 좋아서 결혼하게 됐습니다, 라는. 그렇다면 운화도 중해에 대하여 예의를 지키고 있는 게 아닐까? 운화가 중해에게 시집온 것은 중해보다 어린 조카 희일에 대한 끌림이 결정적이지 않았을까? 중해는 생각한다. 만에 하나 그것이 사실이라면, 어느 신화시대인가 중해와 운화와 희일은 한 몸이었으리라. 그 몸은 시냇물이나 하늬바람 같은 것이었으리라. 애를 먹였던 게 틀림없는 사실이었어도 중해는 운화가 조카 거느린 농사꾼으로 살겠노라는 자신을 선택하게 될 것이라고 믿었었다. 어떤 아름다운 믿음에는 근거가 없다.

그 사이에 경일이와 주미가 태어났고 희일이는 중학생이 되고 고등학생이 되었다. 중해는 희일이 자라는 모습을 보면서 형 창해의 흔적을 확인하고는 했다. 한 사람에게 아버지의 유전적 자질이 얼마나 어떻게 발현되어 그의 생에 영향을 미치는지에 대해서는 의견이 가지런하게 모아지지 않고 있다. 그 아버지에 그 아들이라는 말은 사실일까?

그들의 걸음걸이나 모로 누울 때의 포즈 같은 것? 식성이나 옷치레 같은 것? 도덕 기준? 서로 닮아 있다는 것에서 우리가 느끼는 비겁한 안도감이라니, 우리는 이 더러운 복제의식으로부터 벗어날 수 없는 것일까?

어린 시절, 동네 아이들과 다투다가 주먹다짐이 오가게 되어 일방적으로 얻어맞는다거나 억울하게 오해받고 따돌림당하고 무시당하거나 하여 물새처럼 울먹이며 집에 도착하면, 창해 형이 나와서 사건을 수습해 줬었다. 수습해 줬었다고? 중해는 형의 일처리 방식에 대해 억하심정이 있었다. 창해 형은 중해가 울면서 집에 오면 일단 울음 우는 아우의 손을 잡고 아우를 슬프게 만든 당사자들을 찾아 나섰다. 그리고 앞뒤 사정을 들어 보고는 냉정한 판단을 내렸다. 중해는 기억한다. 창해 형의 판단은 거의 언제나 자신에게 불리한 것이었다. 중해 네가 잘못했어, 잘못됐다고 인정해, 제가 잘못해 놓고 우는 건 뭐야 등등의 정 떨어지는 발화들로 인하여 중해는 상처받았다. 창해 형은 몰랐을까? 우리는 스스로 잘못했다고 인정할 때에 울음을 터뜨린다는 것을. 그럴 때에 흘리는 눈물은 부당하게 취급받고 있다고 느낄 때에 흘리는 눈물과 염분 함유량이 다르다는 것을.

그러는 중에 중해는 터럭만큼 지푸라기만큼 또 버섯벌레의 날개판

만큼 깨달아가고 있었다. 창해 형과 같은 성분의 피가 자신의 핏줄에도 흐르고 있다는 것을. 그 성분을 가리켜서 도리라고 한다는 것을. 그러한 깨달음 뒤에 중해에게는 평화가 왔다. 창해 형만이 아니라 대부분의 사람들은 자기나 자기 가족과 관련된 불화와 분쟁이 생기는 경우에 최대한 냉정해지려고 한다는 것, 똑같은 잘못이었다고 판단되는 경우에는 물론이고 남들보다 작은 잘못이기는 해도 잘못한 것이 엄연한 사실이라고 판단되는 경우에도 제 잘못을 먼저 인정한다는 것, 남들이 잘못한 것이 명백하다고 판단되는 경우에는 더욱 조심스러이 일을 마무리하려고 한다는 것.

중해는 희일을 자신에게 주어진 뜻하지 않았던 선물이라고 여기고 있다. 희일이 없는 지난 5년은 상상할 수가 없다. 자신과 운화 사이에서 태어난 경일과 주미가 중해에게 주는 정감과는 자못 다른 이 마음을 무엇이라 부르면 좋을까?

희일은 저 혼자서 자랐다고 중해는 생각한다. 내가 해 준 건 하나도 없다. 녀석의 옆에서 농사짓고 있었을 뿐이다. 희일은 씩씩하게 자랐다. 형수를 닮아 억센 뼈대는 최씨 집안에 새로운 형질로 물려지리라. 중해는 벌써 자신보다 성큼 커 버렸을뿐더러 발목이며 가슴팍이며 보습살이며가 장정 티를 보이는 희일에게서 녀석의 외삼촌들의 모습을 본다. 창해 형과 형수가 아버지 어머니와 함께 어이없게 가 버린 뒤로 녀석의 외삼촌들은 녀석에게 극진한 정성을 쏟았다. 그 정성을 제대로 헤아렸다면 희일을 외삼촌들에게로 보냈어야 했으리라. 그때 중해는 운화와 토닥토닥 실뜨기를 하고 있었다. 두 손바닥 사이에 만들어지는 세모와 네모의 변환들, 하나의 폐곡선이 이루는 무한한 환치들.

그리고 중해는 기성으로 돌아왔다. 그래야 할 것 같았다. 그것은 집안을 일으켜 세워야 한다는 무서운 명령에 복종했던 결과였을까? 중해가 기성으로 돌아온다는 것과 집안을 일으켜 세운다는 것은 정언명령에 속하는 당위였을까? 선조들의 뼈에서 형광물질이 휘발되고 있는 산자락 아래의 마을에서 선조들이 개간하고 걸우어 놓은 논과 밭을 경작하여 배우자를 맞아들여 아이들을 낳아 가르치는 일. 중해는 명령에 복종했다. 복종은 운화와의 실뜨기보다 달콤했다. 더욱이 집에는 희일이 있지 않았던가. 열두 살 먹은, 집안의 장손이 시무룩하게 등 돌리고 서서 입 다물고 있지 않았던가. 중해는 자신의 결정을 떠올리면서 지금도 벅차오르는 가슴을 진정시키곤 한다. 자신이 한 일 중에서 그중 어설프지 않던 일이었다고.

중해는 희일이네를 모판 자리로 몰아넣는다. 로터리 엔진에 경운 가래 붙여서 몇 번 왕복하면 될 일에 희일이네 남는 손을 써먹자는 것이다. 일을 시켜야지, 모처럼 친구 따라 들에 왔는데 무르춤히 서 있게 할 수야 없지 않은가. 최중해 씨 의견에 찬성하오, 들에 왔으면 일을 해야지, 그런데 최중해 씨 너무 옳은 말만 골라 하는 것 아니오? 세상에서 제일 하기 쉬운 일이 옳은 소리 하기라고 하던데.

"와, 감촉 끝내준다."

물은 제 안으로 들어온 것들을 곯려 버린다. 그것을 물의 파괴성이라고 해서는 안 된다. 유기물이든 무기체든 가리지 않고 물은 제가 가지고 있는 산소 알갱이를 떼어서 붙여 준다. 그렇게 곯아 버린 것들은 또 다른 것들의 먹이가 되고 은신처가 되고 장난감이 된다. 못자리 흙도 두 달 남짓 동안 물에 잠겨 있으면서 곯을 대로 곯았다. 곯은 것은 부드러워진다. 그 부드러운 흙이 깨끗한 발바닥에 닿았다가 발가락 사이로 빠져나가면서 장딴지를 휘감아 조일 테니 어찌 감촉이 끝내주지 않겠는가.

희일들은 쇠스랑질을 한다. 흙탕이 튄다. 웃음소리가 솟구친다.

"조심해서 해. 발등 찍지들 말고."

해가 하늘마루에 닿으려고 한다. 중해는 영철을 부르고 희일이들을 나오게 한다. 점심이다. 모내고 벼 베는 따위로 큰일을 할 때에는 들밥 먹는 재미가 있는 것이어서 몸을 부려 일한 끝에 먹는 밥맛이 또한 일품이었다. 그러나 이즈음에는 들밥 광주리 이고서 동구와 얕은 개울과 산모롱이를 잼처 걸어오는 안식구들의 모습도 사라졌다. 편한 맛에 밥집에 시켜 먹거나 집에 들러 먹고 오거나 하는 것이다. 안식구들에게는 잘된 일이겠으나 중해는 들밥마저도 아쉬워진다.

중해는 제 경운기에 모두를 태운다. 경운기에 사람을 실었을 때보다 의기양양해지는 때도 많지 않다. 이런 기분에 그 많은 탈것들을 운전하는 이들이 험한 생업에 종사할 수 있는 것이겠지. 오늘은 다섯이나 되는 젊은것들을 실었으니 경운기도 물색 모르고 좋아하는 것 같다. 희일이 중해의 뒤에 와 붙는다. 웬 녀석이 희일을 부른다.

"반장, 아직 멀었나?"

"좀 남았어. 근데 왜?"

"아니, 너무 덜컹거려서 말이지. 정신이 하나도 없다."

"꼭 잡아. 튕겨 나가지 말고."

경운기의 빈 짐칸에 올라앉아서 움푹움푹한 농로나 둑길을 경험해보라. 그것 참 멋진 마차 여행이 된다. 중해는 속도를 늦춘다. 남의 집 귀한 아들 멀미하면 안 된다. 그런데 희일이를 반장이라고 불렀지, 아마. 교실에서나 반장이지 들에 나와서까지 반장이라고 부를 이유는 없는 것 아닌가. 영철이 끼어든다.

"희일이 고등학교 가서도 반장이니?"

희일은 고등학교에 들어가서도 반장이다. 중해도 그냥 있을 수 없다.

"중학교 때나 지금이나 뭐 반장 재목이라서 반장하겠냐? 성적 보고서 시킨 거겠지."

금세 반응이 온다.

"아녜요. 희일이 선거해서 정식으로 뽑힌 거라구요."

"삼촌, 성적으로 따지면 나 반장 못해."

"희일이 너보다 공부 더 잘하는 사람도 있냐?"

"바로 여기 있네요. 이기수라고, 나 같은 건 비교하는 것 자체가 무의미한 비범 소년."

중해가 돌아다본다. 아닌 게 아니라 재주 있게 생겼다. 중해는 섭섭해진다. 공부도 희일이 제일 잘하지 말라는 법이 어디 있는가 말이다. 고등학교에 가서 비로소 맞수를 만난 것이라면, 그래서 새롭게 분발할 수 있다면.

"희일아, 아버지 아녔어?"

"내가 언제 아버지라고 했나? 나 그런 적 없지, 삼촌?"

"어쩐지 이상하다고 했다. 이 엉뚱한 녀석 같으니."

"자기들이 지레짐작해 놓고서 덮어씌우기는. 어어 그만해."

이놈들에게 점심 먹이고서 고추밭이나 보라고 할까나. 중해는 속도를 더 줄이면서 경운기를 길섶 쪽으로 바짝 붙인다. 꾸벅 인사한다.

"안녕하셔요? 어디 다녀오시네요."

얼굴에 주름이 가득한 할머니 망양댁이 돌아보며 웃는다. 희일이도 큰 소리로 인사한다.

"안녕하셨어요, 할머니? 저 희일이예요."

망양 할머니는 뒤에 타라는 중해의 말에 손사래를 친다. 무서워서 싫다, 우리 할머니는. 중해가 다시 꾸벅 고개를 숙인다.

"저희 먼저 갈게요. 천천히 오세요."

"고맙구먼. 어서들 가."

중해는 알고 있었을까. 망양 할머니 앞에서 머뭇머뭇 인사를 차린 진짜 이유는 자신의 밝은 인사성도 인사성이지만 할머니에게 희일의 숙성한 모습을 보여 드리고 자랑하고 싶었기 때문이라는 것을. 벌써부터 중해는 희일의 아버지였던 것이다.

15
—
지표종*

16

—

열화전차

　팔짱을 끼거나 어깨를 겯고서 걸어가기가 얼마나 불편한지에 대해서는 다들 잘 알고 있는 것 같다. 정작 팔짱을 끼거나 어깨를 겯고서 걸어가는 본인들이야 불편하기 짝이 없겠지만 보는 사람의 눈에는 더없이 근사하게 여겨진다는 사실에도 대부분은 동의하는 것 같다. 그렇다고 해서 팔짱을 끼거나 어깨를 겯고서 걸어가는 이들이 남들의 시각적인 즐거움을 위하여 그러한 불편함을 감수하는 것은 아닐 것이다. 그들에게는 그들대로의 절박한 사정이 있는 마련이고 그 절박한 사정 때문에 팔짱을 끼거나 어깨를 겯고서 걸어가는 고행을 감내하는 것이리라.

　그들이 그럴 수밖에 없는 절박한 사정에 대해서는 피차 모른 척하는 것이 좋다. 본인들에게야 눈썹이 타는 것처럼 절박할지 몰라도 남들에게는 오징어 뼈나 땅콩 껍질처럼 조잡하고 따분한 이야기에 불과한 것들이기 일쑤이기 때문이다. 팔짱을 끼거나 어깨를 겯고서 걸어간다는 것에서 문제가 되는 것은 팔짱도 아니고 겯을 어깨도 아니다. 문제는 팔짱을 끼거나 어깨를 겯고서 서로의 눈을 들여다본다거나 연둣빛의 물이 흐르는 5월의 숲을 바라본다거나 한다면 무슨 문제가 있겠는가.

팔짱을 끼거나 어깨를 겯고서 걸어가도 불편하지 않다면 얼마나 좋을까. 팔짱을 끼거나 어깨를 겯지 않은 채로 좋아하는 사람과 무엇을 함께 한다는 것은 그것이 스쿼시 게임이나 섹스 따위가 아닌 다음에야 아무래도 재미없다. 요컨대 팔짱을 끼거나 어깨를 겯는 행위는 때와 곳과 상황에 따라서 취해 볼 만한 자세인 것이다.

상기는 팔짱을 끼거나 어깨를 겯는 자세보다는 안는 자세를 좋아한다. 그것도 뒤로 안는 자세를 좋아한다. 뒤로 안았을 때에 가슴과 배와 국부에 와 닿는 뿌듯한 밀착감을 좋아한다. 그런 자세를 취하고도 걸어갈 수는 물론 있을 것이다. 그러나 안는 자세는, 마주보고 껴안거나 어느 한 쪽이 다른 한 쪽을 뒤에서 안거나 간에, 일단은 정지해 있는 자세로 봐야 한다. 무릎을 꿇고 엉덩이를 들고 엎드린 사람을, 그가 여자이든 남자이든 간에, 그의 허리를 잡고서 공략하는 체위가 있다. 우리가 알고 있는 대부분의 짐승들이 섹스하는 자세이다. 옆으로 누운 사람의 뒤쪽에서 역시 옆으로 누워서 공략하는 체위도 있으나 이 자세는 보다 정교한 기술이 요구되기도 하거니와 결과도 폭발적이지 못하다는 약점을 가진다. 이러한 체위를 회복기 환자들을 위한 자세라고 하기도 하는 것은 그만큼 힘이 적게 들더라는 경험에서 왔을 것이다.

섹스도 투입량에 따라 산출량이 오르내리는 노동행위이다.

이제 막 섹스하기 시작한 사람이나 불감증에 걸려 버린 사람이 아니라면 자신이 선호하는 체위가 있는 것이 일반적이다. 자신이 선호하는 체위란 자신이 투입하는 노동으로써 양적으로 가장 풍부하고 질적으로 가장 우수한 결과를 얻게 되는 체위라고 자신이 믿고 있는 체위를 말한다. 그 풍부함과 우수함을 객관적으로 측정할 수 있다면 얼마나 좋을까. 그럴 수만 있다면 우리는 시간과 노력의 낭비를 최소화하면서 충실한 섹스의 세계로 돌입할 수 있으리라.

체위라는 것은 그러나 사개가 잘 물려지지 않은 상자에 가깝다. 우리의 섹스는, 그것이 둘이 하는 섹스든 셋 이상이 하는 섹스든 혼자 하는 섹스든 간에, 물 위에 떨어뜨린 한 방울의 잉크가 희석되는 것과 방불하게 진행된다. 예측 불능의 게임에서 체위는 의미가 없다.

어떤 운동경기에나 경기 규약이라는 것이 있다. 종목에 따라 규약집의 두께는 천차만별이다. 규약집이란 이러한 경우에는 이렇게 판정하라고 하는 지침들을 모아 놓은 워크북이다. 가장 정밀한 규약집에도 언급되어 있지 않은 상황들이 속출하는 운동경기가 있다면 그 운동경기는 공정과 평등의 시뮬레이션으로서의 운동경기의 조건을 갖추지 못했으므로 경기자들과 관전자들은 곧 흥미를 잃어버리게 될 것이다. 운동경기가 공정과 평등의 시뮬레이션이라는 사실은 우리의 삶이 불공정과 불평등의 바탕 위에서 이루어지고 있음을 뜻할 수 있다. 하기야 운동경기에서도 불공정의 꿰음과 불평등의 간섭무늬가 나타나기도 한다.

세상에는 공정도 평등도 없다. 19세기 말에서 20세기 초까지의 이른바 아름다운 시절에 오늘날 행해지고 있는 거의 모든 운동경기들이 제안되거나 정규적으로 치러지기 시작했다는 사실을 어떻게 받아들여야 할까. 인간의 공정 욕구와 평등 지향에 신뢰를 보냈던 그 제국주의자들의 위선이 제국주의를 표방하고 행사하여 얻어진 잉여생산과 맞물려서 그 운동경기들이 저와 같은 모습으로 나타났던 것은 아닐까. 그들의 공정 욕구란 침입 금지 구역에 들어간 경기장의 입방골을 부러뜨리는 오프사이드 규칙을 고안해 낸 정도이고, 그들의 평등 지향이란 뛰어난 경주마에게 납 저고리를 입히는 정도가 아닐까. 규약이나 패턴이나 포맷이나 모델 따위는 어쩌면 대량생산 대량소비를 위한 악마의 정장 같은 게 아닐까. 거부할 수 없는 검은 외투의 매력이여. 그에게 홀리지 않으려면 스스로 외투의 단추나 안감이 되어 버리는 수밖에 없는 것일까.

운동경기에서조차도 공정과 평등이 적용되지 않는다면 우리가 그리는 그 섬은 어느 바다에 떠 있는 것일까. 그것은 섹스가 아닐까. 운동경기도 섹스의 변형이 아닐까. 운동경기의 진화하는 변태스러움에 우리는 환호하는 것이 아닐까. 변태스러움이 자극적이란 사실을 모르는 사람은 이제 거의 없다. 순결 서약문을 프린팅한 티셔츠를 입고 다니게 하는 사회의 변태스러움이며, 섹스에서 체위에 집착하는 사람은 어리거나 어리석은 사람이라고 봐도 좋다. 당신은 어린가, 어리석은가, 어리고 어리석은가.

상기가 팔짱을 끼거나 어깨를 겯는 자세보다 뒤로 안는 자세를 더 좋아한다는 사실에는 여러 정보들이 주렁주렁 매달려 있다. 그리고 상기는 뒤로 안는 것만이 아니라 뒤에서 안기는 것도 나쁘지 않다고 생각하고 있다. 상기가 놈을 만난 때는 지난겨울이었다. 상기는 첫눈에 놈을 알아보았다. 놈은 골목 구석에 서 있었다. 이런 데서 놈을 만나게 되다니, 얼마나 열망해 왔던가, 상기는 꿈만 같았다. 울진에 있기로 했던 예정을 1주일이나 늦춰 가면서 상기는 매일 놈을 만나러 갔다. 고종사촌형과 함께 가기도 했지만 대개는 혼자 갔다. 놈은 상기의 마음을 아랑곳하지 않고 거기 서 있었다. 가와사키 신품이었다. 전부터 봐뒀던 코스가 있었다. 놈을 타고 망양 해수욕장에서 사동리까지의 해안도로를 유린하며 내려오는 상상을 하면서 몸을 떨었었다. 상기는 놈을 가지고 싶었다. 놈을 가질 수만 있다면 어떤 아니꼬운 일이라도 할 수 있는 것 같았다. 놈이어야 했다. 놈이 아니라면 모터사이클계에 데뷔하지도 않으리라.

놈은 정상이 아니었다. 상기는 분노했다. 놈을 그 지경으로 만들어 버린 자를 저주했다. 놈의 관절 부위들에는 순결한 녹막이 오일이 새파랗게 번쩍거리고 있었다. 놈의 가죽 시트에서는 폴리염화비닐의 아세틸렌 향기가 비산하고 있었다. 그러나 놈은 온몸이 으스러져 있었다. 놈이 그 지경이라면 놈을 그렇게 만들어 버린 자의 운명은 들어 보나 마나였다. 그와 함께 놈은 어느 황량한 외곽에 버려져 있다가 누군가에게 발견되어 이리로 오게 된 것이리라. 놈의 잘못은 아닐 것이었다. 언제나처럼 놈은 그에게 순종했을 뿐이리라.

상기는 놈을 어루만지면서 아무도 모르게 눈물을 글썽거렸다. 처음에는 서지도 못했으리라, 그러다가 발목에 힘이 붙고 척추에 석회질이 침착하면서 설 수 있게 되었으리라. 상기는 놈이 사랑스러웠다. 놈의 몸을 석회수로 씻어 주었고 더 먼저 놈을 때찔레 빗모서리에서 수습해 왔던 사람이 있었다. 그에 의해서 놈은 조금씩 조금씩 생살이 돋아나고 있었다. 괴사조직을 긁어내면 그 아래에 말간 진물이 괴어 있고 진물을 닦아 내면 놀란 살갗이 옅은 숨을 쉬고 있었다. 놈은 상기가 보는 앞에서 빈 괴사조직을 빠른 속도로 회복시켜 버리곤 하는 것이었다. 그것을 바라보면서 상기는 머릿속으로 수백 번이나 복잡하고 절망적인 암산을 했다. 상기의 암산은 가느다란 외길을 찾아내고 있었다. 전부터 봐 뒀던 코스가 있었다. 놈을 타고 망양 해수욕장에서 사동리까지의 해안도로를 태연하게 내려가는 상상을 하면서 상기는 몸을 떨었다. 결코 서두르지 않으리라. 놈은 길바닥에 완전하게 달라붙어서 1칸(kahn)의 동력을 길어 올리리라. 큰 나라를 전멸시킬 수 있는 핵물질 단위를 길어 올리는 놈과 함께 끝없이 가고 또 가리라.

상기는 놈의 심장이 온전하다는 것을 알고 있었다. 심장은 펌프다. 놈은 펌프다. 펌프인 놈을 두고서 제동장치나 흙받이를 거론하는 것은 놈에 대한 실례이다. 상기는 협상했다. 상기는 제값을 다 주고 싶었다. 놈의 몸값을 깎는다는 것은 놈과 자신의 자존심을 다치는 일이었다. 놈의 몸을 석회수로 씻어 주었고 더 먼저 놈을 때찔레 빗모서리에서 수습해 왔던 사람은 상기의 협상에 한 마디의 대꾸도 하지 않았다. 상기도 입을 다물어 버렸다. 놈 앞에서 약한 모습을 보일 수는 없었다. 눈에 이글이글한 모닥불을 담고서 상기는 평해로 내려왔다. 그러나 상기는 놈이 자신의 것이 되고 말 것임을 알고 있었다. 상기는 주말마다 놈을 만나러 갔다. 울진에는 재용이가 있었고 고종사촌형이 있었지만 상기는 재용에게도 고종사촌형에게도 연락하지 않았다. 놈이 얼마나 본태를 되찾아 가고 있는지 제 눈으로 확인하고 싶었을 뿐이었다. 전부터 봐 뒀던 코스가 있었다. 놈을 타고 망양 해수욕장에서 사동리까지의 해안도로를 수은처럼 훼파하는 상상을 하면서 상기는 몸을 떨었다.

상기는 놈을 제 것으로 만들었다. 상기가 복잡하고 절망적인 암산을 하면서 찾아내었던 가느다란 외길을 걸을 필요도 없이 놈은 상기의 것이 되었다. 놈의 몸을 석회수로 씻어 주었고 더 먼저 놈을 때찔레 빗모서리에서 수습해 왔던 사람이 있었다. 그는 놈의 입에 자신의 입을 대고 숨을 불어넣어 줬다. 그가 건초염에 걸린 놈의 근육 덩어리를 떼어내는 것을 상기는 본 적이 있었다. 그는 놈의 근육을 엄지손가락으로 꾸욱 눌렀다. 손톱 주위에 놈의 피가 스며 나와서 아치 형태로 찰싹거리고 있었다. 그가 손가락을 떼자 피는 놈의 근육 속으로 스며들어갔다. 그는 자신의 손가락에 묻은 피를 입으로 빨았다. 상기는 안심했다. 놈의 몸을 석회수로 씻어 주었고 더 먼저 놈을 때찔레 빗모서리에서 수습해 왔던 사람이 있었다. 그는 놈에게 본태를 되살려 줬다. 이제 놈은 더 영광스러워질 것이다. 상기는 놈이 점점 영광스러워지는 모습을 확인하면서 자신이 찾아낸 가느다란 외길을 걸어가야겠노라고 다짐하고 있었다.

그리고 놈은 상기의 것이 되었다. 상기는 놈이 자신의 것이 되고 말 것임을 알고 있었다. 그의 믿음은 확고했다. 네가 본태를 되찾는 날에 나는 너와 함께 그 해안도로를 점령해 버리겠어. 놈의 몸을 석회수로 씻어 주었고 더 먼저 놈을 때찔레 빗모서리에서 수습해 왔던 사람이 있었다. 그는 놈의 입에 자신의 입을 대고 숨을 불어넣어 주었다. 그는 놈의 본태를 되살렸다. 그는 놈을 다시 영광스럽게 만들어 놓았다. 그리고 그는 놈을 상기에게 보내 주었다.

그에게 상기는 자신의 첫 제안을 내놓았다. 한 달에 10만 원씩 4년 동안에 지불하겠다는 상기의 제안을 그는 웃어넘겨 버렸다. 그는 상기의 다른 제안들을 듣지 않겠노라고 했다. 상기는 놈이 자신의 것이 되고 말 것임을 알고 있었다. 그러나 놈의 몸을 석회수로 씻어 주었고 더 먼저 놈을 때찔레 빗모서리에서 수습해 왔고 놈의 입에 자신의 입을 대고 숨을 불어넣어 놈의 본태를 되살려 놓은 사람이 있었다. 그가 상기의 제안들을 듣지 않겠노라고 했다. 그리고 그는 상기에게 놈을 데려가라고 했다. 상기는 제값을 다 주고 싶었다. 놈의 몸값을 깎는 것은 놈과 자신의 자존심을 다치는 일이라고 생각했다. 상기는 싫다고 했다. 그러나 그는 상기를 설득시켰다. 그는 상기에게 키와 헬멧과 자신의 면허증서를 건넸다. 상기는 가슴의 동계를 억눌렀다. 상기는 그에게 물었다. 이 녀석을 내게 주는 이유가 뭐지요? 그는 대답 대신 자신의 바지를 걷어 올렸다. 그사이에 놈은 그를 해치워 버리고 있었다. 까다로운 놈 같으니, 상기는 놈이 마음에 들었다. 처음부터 알고 있었다. 놈은 상기를 만나기 위해서 한 사람의 목숨과 한 사람의 하퇴골을 분질러 버린 것이다.

상기는 그의 제안을 받아들였다. 두어 달에 한 번씩 놈을 그에게 보여 달라는 제안이었다. 그뿐이었다. 그는 놈의 몸을 석회수로 씻어 주었고 더 먼저 놈을 때찔레 빗모서리에서 수습해 왔었고 놈의 입에 자신의 입을 대고 숨을 불어넣어 준 사람이었다. 그가 상기에게 마지막 제안을 했다. 자기를 한 번만 뒤에 태워 달라는 그의 제안을 상기는 거부할 수 없었다. 망양 해수욕장까지 그는 상기의 뒤에서 상기의 허리를 안고 있었다. 상기는 팔짱을 끼거나 어깨를 겯는 자세보다 안는 자세를 더 좋아한다. 상기는 마주 안는 자세보다 뒤로 안는 자세를 더 좋아한다. 상기는 그가 자신의 허리를 끌어안고 머리를 자신의 목덜미와 등에 문지르고 있던 울진에서 망양 해수욕장까지의 시간 동안 뒤에서 안기는 기분도 나쁘지 않다고 생각하고 있었다. 망양 해수욕장에서 사동리까지의 첫 해안도로를 그와 함께 내려갈 수는 없는 일이었다.

그는 상기에게 축복의 말을 했다. 상기는 그에게 그의 제안을 성실하게 이행하겠다고 했다. 그는 상기에게 손을 흔들었다. 그가 상기에게 두어 달에 한 번씩 놈을 보여 달라고 했던 제안을 상기는 순수하게 받아들였다. 그는 놈의 몸을 석회수로 씻어 주었고 더 먼저 놈을 때찔레 빗모서리에서 수습해 왔었고 놈의 입에 자신의 입을 대고 숨을 불어넣어 줬던 사람이었다. 그가 두어 달에 한 번씩 놈을 보고 싶어 한다면 보게 해 줘야 하는 것이다. 두어 달 뒤에는 그의 부러진 하퇴골이 눌어붙어 있으리라. 그는 상기에게 자신을 뒤에 태워 달라는 제안을 하지 않으리라. 그는 상기에게 놈을 돌려 달라고 하지 않으리라. 상기는 그에게 안겨서 그의 놀랍도록 단순한 제안이 담긴 속뜻을 헤아렸다. 그는 놈을 상기 못지않게 사랑하고 있는 것이다. 상기가 뒤로 안기는 기분도 나쁘지 않다고 느꼈던 데에는 상기 못지않게 놈을 사랑하는 그의 마음에 대한 친숙한 감염이 작용하고 있었다.

전부터 봐 뒀던 코스였다. 상기는 놈에게 속삭였다. 바로 여기야, 여기가 내가 너에게 그렇게 여러 번 이야기했던 그 길이야, 내가 발견해서 오랫동안 가꿔 온 해변코스야. 놈은 상기의 말을 알아들었다. 놈은 불만스러운 듯이 제자리에서 공중으로 붕 솟구쳤다가 내려왔다. 놈의 어디에서도 한 점의 근심이나 슬픔을 찾을 수 없었다. 상기는 참을 수가 없었다. 전부터 봐 뒀던 코스였다. 망양 해수욕장에서 사동리까지의 해안도로를 놈과 함께 점령하고 훼파하고 유린하면서 상기는 낮게 낮게 부르짖었다. 그의 부르짖음은 섹스처럼 따뜻했지만 섹스보다 치밀하고 지속적이었다. 상기는 생각했다 나는 지금 놈과 섹스하고 있는 거야, 놈은 욕심쟁이라서 만족할 줄을 모르지, 놈의 그런 점도 마음에 들어. 어느 순간 상기는 놈과 함께 임계각을 벗어나서 달리고 있었다. 상기와 놈은 같이 그리고 따로따로 되쏘이고 있었다. 반사된 둘의 몸을 모래와 어둠이 길고 큰 팔로 뒤로부터 끌어안고 있었다.

17

—

콩 미역 아연 협동조합

오촌이라는 촌수는 멀지도 가깝지도 않은 거리라서 흉허물을 다 덮어 줄 만큼도 아니고 깍듯하게 예절을 차리기도 싱겁다. 종숙이니 종질이니 하는 호칭부터 어쩐지 사근사근하지 못하다. 종숙이니 종질이니 하는 호칭 대신에 요즘에는 당숙이니 조카니 하는 호칭이 더 자주 들린다. 승균도 진식을 당숙이라고 하거나 그냥 아저씨라고 부른다. 진식은 승균에게 조카님이라고 하지 않는다. 오촌이라는 촌수는 나이와 항렬을 뒤섞어 버리기 예사여서 승균도 진식보다 열 살이나 더 많다. 나이 많은 조카에게는 조카님이라고 하면 된다지만, 실제로 승균에게 어김없이 조카님이라고 하는 당숙들도 있는데, 승균은 조카님이라는 소리를 들을 때마다 어딘지 우습다는 느낌이 드는 것이다. 진식이 승균을 부르는 호칭은 없다. 호칭이 없어도 큰 불편 없이 이야기가 된다. 오히려 단 둘이 남았을 때에 분위기가 머쓱해진다. 공사를 막론하고 진식은 승균에게 부담을 주지 않고 이야기를 끌어가는 것이다.

승균은 앞에 앉은 두 사람에 대한 탐색을 이미 마쳤다. 탐색을 마쳤다기보다는 두 사람을 일별하고서는 하나같이 참하구나 하고서 마음을 놓아 버렸다. 승균은 자꾸 시계를 본다. 아직 약속한 시간이 남았다. 그래도 승균은 앞에 앉은 두 사람, 더 정확하게 이야기한다면 승균의 당숙인 진식과 맞선을 보러 온 처녀와 그 처녀의 언니에게 자꾸 미안해지는 중이다. 승균은 화술이 능란하지 못하다. 다변과 능변을 구별하지 않은 채 입이 무거운 것을 미덕으로 여겨 온 집안 내력 탓이란다. 안면을 트고서 웬만큼 왕래가 있은 다음에야 승균도 자신이 하고 싶은 말을 다 하는 편이고, 또 업무에 관련된 사람들과는 실수 없이 이야기를 이끌어 가기도 한다. 그러나 이런 자리에서는 영 서투르기만 하다. 승균의 집안 남자들은 대체로들 모질지 않아 용하다는 평판을 듣고 있다.

그런 점 진식은 좀 다르다. 순해 빠진 부분은 영락없지만 승균과는 다르게 독한 구석도 있고 무엇보다도 능변이라고 할 만하다. 서른여덟이 되도록 결혼을 하지 않은 것도 남들에게는 우셋거리이지만 본인은 아무렇지도 않은 얼굴로 분방하게 돌아다니고 있으니 그 또한 심상한 일은 아니다.

승균이 이사로 있는 신협으로 이채군 씨가 찾아왔었다. 이채군 씨는 대출을 상담하고 싶어 했다. 마침 진식이 합석하고 있었는데, 이채군 씨는 대출 상담이라는 자신의 일은 뒷전이고 진식과 이런저런 이야기를 하느라고 승균을 멋없게 만들어 놓았다. 진식이 돌아가고 나자 이채군 씨는 승균에게 진식에 대해서 몇 가지 질문을 했다. 일이 되느라고 그랬는지 그것이 빌미가 되어 오늘에 이른 것이다. 이채군 씨는 말했다. 서른넷인가 서른셋인가 먹은 처제가 하나 있다고, 처제는 서면西面 소광리召光里에 있다고, 보건지소를 맡아보는 중이라고, 성진식 씨하고 만나게 해 주고 싶다고. 승균은 내키지 않았다. 이채군 씨의 인상이나 말씨가 걸리는 건 아니었다. 오히려 이채군 씨에게 성급한 호감을 느끼고서 이게 아닌데 싶기도 했다. 대출을 상담하러 온 사람답지 않게 비굴한 빛을 보이지 않는 태도도 좋게 느껴졌다. 이 정도 됨됨이를 갖춘 사람이 소개하는 곳이라면 어련하랴 싶었다.

승균이 내켜하지 않았던 까닭은 진식에게 있었다. 진식이 맞선 보는 자리에 나가려고 할 것 같지가 않았던 것이다. 승균만 하더라도 이제까지 서너 차례 넘게 마땅하다 싶은 자리를 만들어 보고는 했지만 그때마다 진식은 극구 마다했었다. 맞선이라는 것이 본인들의 의사에 그리 구애받지 않고 주위 사람들이 나서서 주선하기가 상례이고, 그런 절차를 빌어서 만난 사람들도 과히 어그러지지 않는 인연이라면 결혼을 하게 되는 것이 아닌가. 그러나 진식은 그런 과정 자체를 부자연스럽게 생각하는 사람이었다. 승균이 먼저 나서서 이야기가 오갔던 적도 있었다. 그러나 진식은 여전히 안 나가겠다고 했다. 승균은 진식의 의사를 전해 주면서 아깝다는 생각도 들었지만, 일이 여의치 않게 돼서 상대편에게 결례가 된 것 같기도 하고, 못 이기는 척 한번 나가 줄 수도 있는 것을 칼로 무 썰 듯이 거절해 버리는 진식에 대해서 노여운 마음까지 들었다. 이채군 씨의 말을 들으면서도 승균은 흥이 나지 않았다. 그래서 본인에게 귀띔을 해 봐서 좋다고 하면 연락을 해 주겠다는 정도로 이야기를 끝냈던 것이다.

승균은 이채군 씨의 이야기를 잊어버리고 있었다. 열흘이 지났나 보름이 지났나 했을 무렵에 진식을 만나게 되었는데, 그때는 이채군 씨가 추진하고 있는 주스 공장이 화제가 되고 있었고 승균은 주스 공장에 대해서 비관적인 견해를 가지고 있다고 자신의 입장을 밝히려다가, 불현듯 서면 소광리에 있다는 이채군 씨의 처제가 떠올랐다. 그래서 승균은 진식을 한옆으로 불러서는 이채군 씨가 자기 처제하고 아저씨를 만나게 해 주고 싶다더라는 이야기를 했다. 진식은 좋다고 했다.

진식은 맞선 보는 자리에 나가겠노라고 했다. 그것은 괴이한 일이었다. 승균은 괴이하다는 느낌이 먼저 들었다. 한 차례의 망설임이나 머뭇거림도 없이 진식은 이채군 씨의 처제와 맞선 보는 자리에 나가겠노라고 대답했던 것이다. 승균은 심사숙고했다. 따지고 보면 진식은 좋기만 한 신랑감은 아니었다. 학벌이야 그만하면 빠지지 않는다. 일류 대학은 아니지만 그래도 시골에 가면 지금도 진식을 공부 잘하는 준재로 알고 있는 이들이 많다. 승균 자신만 해도 진식에 대한 묘한 열등감이 아주 없지는 않은 것이 진식보다 못한 학교를 다녔다는 사실에서 그것은 싹터서 자라났으리라. 생긴 것도 크게 나무랄 데가 없다. 승균의 집안 남자들이야 아무래도 훤칠하지 못한 마련이지만 진식과 진식의 형인 창식은 그래도 키며 풍채며 얼굴 윤곽이 집안에서는 제일 낫다고들 하고 있는 것이다. 성격적으로도 무난하지 않을까. 아무리 가까운 사이라 해도 남의 속을 다 알 수는 없는 일이지만 승균은 진식의 성격에 대해서도 별 걱정을 하지 않는다.

결국 승균은 서른여덟이라는 진식의 나이와 그 나이가 되도록 무엇 하나 이루어 놓은 게 없는 무계획스러움에 이르러 자꾸 심사숙고를 하게 되는 것이었다. 학교 졸업하고서 10년이 아닌가 말이다. 남들은 결혼하고 아이들 낳아서 학부형이 되고 집칸 장만하고 원근의 애경사를 찾아다니며 인사를 닦고 있는데, 진식은 그 가운데 뭐 하나도 버젓하게 해 놓지 못하고 있다. 승균의 생각을 정리한다면 다음과 같을 것이다. 당숙의 저금통장 잔고가 어떻게 되지?

약속시간에 맞춰서 진식이 도착했다. 시간을 정확하게 대어 도착하는 것도 맞선 보는 날에는 왠지 면구스러워진다. 늦추 잡아 30분 정도를 아예 늦어 버려서 몸 둘 바를 몰라 하면서 이마를 닦으면서 들이닥치는 모습이 더 나아 보이기도 한다. 승균은 내가 지금 무슨 생각을 하느냐 하면서 의자를 고쳐 앉았다. 아무려면 30분을 늦어 버리는 것이 제 시간에 꼭 맞춰 온 것보다 나을 수 있겠는가. 승균은 이야기도 거의 없이 30여 분을 두 사람 앞에 앉아 있었던 자신이 진식을 보자 살았다는 생각에 괜한 꼬투리를 잡고 싶은 모양이라고 헛헛해하고 있었다. 진식은 자리에 앉기 전에 허리를 굽혔다.

"성진식입니다."

진식이 송수화기를 넘겨받고서 처음으로 응대하는 말투 그대로였다. '여보세요'도 아니고 '전화 바꿨습니다'도 아니고, 거두절미 '성진식입니다' 해 버리는 말본새. 그러는 것이 번거롭지 않아 좋은 점도 있다. 그러나 신분과 나이가 확인되지 않은 상대에게 대뜸 '성진식입니다' 하고 밝혀 버리는 진식에게 승균은 당혹하기도 했다. 그것은 자신감일까 무례함일까. 승균은 도착하자마자 자기의 이름을 밝히고 자리에 앉아 버리는 진식을 바라보면서 맞선 보는 자리는 당사자들에 대해 평소에는 무심하게 넘겨 버리곤 했던 사소한 버릇이나 성향 따위가 유난히 도드라져 보이는 자리가 아닐까 생각했다. 그것은 이쪽이 취하는 작은 반응으로 이쪽의 이모저모를 가능한 한 많이 알아내려는 상대를 의식하게 되는 자리라는 의미였다.

"안녕하세요?"

상대편에서 진식에게 인사를 했다. 승균과는 약식으로나마 인사를 차렸었다.

"이쪽은 제 동생입니다."

"현성희예요."

"그리고 저는 현숙희라고 합니다. 이채군 씨는 나오지 못했습니다. 갑자기 일이 많아져서요."

승균은 숙희 쪽을 바라본다. 이채군 씨에게서 느껴지던 자재로운 기질이 엿보이는 것 같기도 하지만 보다 안정감이 느껴진다. 승균이 사람을 대할 때에 맨 먼저 따져 보는 항목이 바로 안정감 유무였다. 그렇다고 해서 승균이 사람을 티 나게 가린다거나 자신에게 득이 될 만하지 않으면 사귀지 않는다거나 자신의 직관을 과신한다거나 하는 것은 아니다. 신용협동조합의 이사라는 자리가 그렇게 만든 부분도 없지 않을 것이다. 안정감이 느껴지지 않는 조합원에게 대출을 했다가 속을 썩이는 일이 몇 번인가 거듭되자 승균은 은연중에 대출의 한 조건으로서 조합원에게서 느껴지는 안정감을 참작하지 않을 수 없게 되었던 것이다. 대출 사고가 차츰 줄어들어 온 원인은 신협 임직원 전체의 금융 기법이 합리화되었다는 측면에서 찾아야 할 것이다. 더불어 조합원들의 의식이 높아졌다는 측면도 무시할 수 없다. 그래도 여전히 승균은 처음 대면하는 사람에게서 안정감의 흔적을 찾아내려고 하는 자신을 의식하고는 멋쩍어지곤 하는 것이다. 현숙희 씨에게는 이채군 씨와 달리 안정감이 느껴지는군, 이라고.

숙희가 내처 다음 징검돌 위로 올라섰다. 승균은 이 여인네가 자신의 명쾌하지 못한 기질을 깨달은 모양이라고 생각했다.

"이채군 씨도 자세한 이야기는 하지 않았어요. 그것은 그쪽도 마찬가지이죠? 양쪽 사정을 다 잘 아는 중매쟁이가 다리를 놨다면 이렇지 않았겠지만요. 중매쟁이가 있어서 만들어지는 자리가 아니었기 때문에 두 사람이 만나게 된 것이기도 하죠, 아마?"

숙희는 성희에 대해서 자세하지만 장황하다거나 과장스럽지 않게 조목조목 소개했다. 승균이 나설 차례였다. 승균은 자신이 진식에 대해서 가지고 있는 일말의 불안감을 내비치지 않으려고 애썼다. 그러나 승균의 불안감은 어떤 식으로든 상대 쪽으로 전달되었을 것이다.

"이쪽은 올해 우리 나이로 서른여덟입니다. 신축생辛丑生입니다. 저는 성진식 군의 숙질 뻘입니다."

승균도 숙희가 성희를 소개했던 수준에 맞춰서 진식의 신상명세를 밝혔다. 그러다 보니 진식이라는 신랑감도 자신이 생각해 왔던 것보다는 한결 괜찮다는 생각이 드는 것이었는데, 마지막에 이르러서 역시 주저되는 바가 없지 않았다.

"지금 서연학원에서 국어를 가르치고 있습니다."

승균의 소개말이 끝났다. 승균은 한시름 놨다는 기분이었다. 숙희가 눈빛을 빛냈다. 언니는 동생과 몇 살 터울일까, 얼굴로 봐서는 그다지 크게 차이가 나지는 않는 듯하다. 동생이 서른셋이라니까 서른다섯이나 서른여섯쯤 되었을까? 그렇더라도 나이보다는 젊게 보인다. 승균은 자신의 연배와 진식 또래의 사이에 어떤 분수령 같은 게 솟아 있는 것은 아닐까 하고 생각해 왔다. 승균의 연배는 이 나라의 적빈을 몸으로 겪은 마지막 세대이리라는 생각이었다. 공부하기도 힘겨웠고 먹는 것이 시원치 않아서 몸도 제대로 크지 못한 채 어른이 되어 버린 세대의 일원으로서 승균은 엷은 피해망상을 가지고 있었다. 진식이나 숙희만 하더라도 승균 연배가 30대 후반에 이르러 만들어야 했던 얼굴은 이미 아닌 것이다. 숙희가 눈빛을 빛냈다.

"혹시 이기수라고 아세요?"

진식에게 묻는 말이었다. 진식의 표정이 맑아졌다.

"잘 압니다. 작년에 서연학원에 나왔던 학생이지요?"

"저희 집 애예요."

"그랬군요. 그래요, 이채군 씨를 보면서 어딘지 낯익다는 느낌이 들었었는데, 이기수 군이 아버지를 닮았군요. 이채군 씨에게서 알 수 없는 자력 같은 걸 느꼈었거든요. 그 자력이 이기수 군하고 연결된 끈에서 온 것이라면 이해할 수도 있겠습니다. 사실 저는 맞선 보는 자리를 피해 왔습니다. 그런데 이채군 씨가 주선하는 자리라니까 하면서 이 자리에 나왔습니다."

승균은 진식이 말을 너무 많이 한다고 생각했다. 그리고 할 필요가 없는 말까지도 하고 있지 않느냐. 승균은 진식의 말을 다른 곳으로 돌리려고 했다. 그러나 숙희가 먼저 나섰다.

"이채군 씨를 좋아하는 사람들이 있어요. 성진식 씨가 이채군 씨에게서 알 수 없는 자력을 느꼈다면 그건 저희 집 애하고 연결된 끈이 어떤 역할을 했다기보다는 이채군 씨 본인에게 있는 어떤 감각과 지성을 성진식 씨가 지각했다는 소리일 겁니다. 이채군 씨를 좋아하는 사람을 가끔 보게 돼요. 다행인 것은 이채군 씨를 좋아하는 사람이 십중팔구 남자라는 사실이구요. 성희 같은 경우는 물론 다르지만."

승균은 자신도 모르게 입을 벌리고 말았다. 이 사람들이 지금 무슨 얘기를 하고 있느냐는 심정이었다. 그러나 진식도 숙희도 성희도 승균의 놀란 마음 같은 것에는 눈길을 주지 않았다. 숙희의 말이 이어지고 있었다.

"저희 집 애가 성진식 선생님 이야기 많이 했어요."

"이런. 칭찬하는 이야기는 아니었지요?"

"웬걸요. 저희 집 애가 서연학원에 다녔던 건 국어 선생님 때문이었는걸요? 국어를 제일 못하기도 했지만."

"국어를 못했다구요? 이기수 군이오? 이기수 군의 언어 능력은 발군이었다구요. 그래서 이기수 군에게 제 수업을 들을 필요가 없다는 말도 했었는걸요?"

"그 소리도 들었어요. 서연학원 국어 선생님이 그러시더라면서 굉장히 좋아했었어요. 그래 봐야 국어에 문제가 있는 학생임에는 변함이 없었지만요."

"이기수 군의 학습에 대한 태도나 능력은 더 이상 바랄 수 없는 정도였습니다. 다른 과목들에서는 거의 실수가 없다는 말도 들었습니다. 국어에서는 아주 쉬운 문항을 틀려 버리는 경우가 있었는데, 저는 그것을 이기수 군의 문제라기보다는 우리가 사용하는 언어 자체가 내포하는 불완전성에서 오는 것이 아닐까 생각했습니다. 그런 생각을 밝혀 보려고 이기수 군하고 몇몇 실험도 하고 그랬습니다. 이기수 군의 동의 아래, 때로는 이기수 군이 눈치채지 못하게. 설마 국어 점수를 만점 받아 오기를 바라셨던 것 아니겠지요?"

"무슨 말씀 하시는지 알겠어요. 저희 집 애에 대해서 지나치게 좋게 말해 주시네요. 그렇잖아도 저보다 공부 잘하는 사람을 만나지 못해서 분명히 자만하고 있는 녀석인데, 저희 집 애의 자만심에는 성진식 선생님의 책임도 얼마쯤 있는 것 같네요."

"이기수 군의 평소의 태도에서 자만심을 찾아내기는 어려울 듯한데요? 얼마나 이해심이 많고 친구들을 위해 준다구요."

"이해심이 많고 위해 준다고 하셨지요? 그 부분에 문제가 있다고 저는 생각하고 있어요. 어떤 경우에도 친구들을 이해하려고 하고 실제로 이해한다는 것은 강한 자만심의 증거가 아닐까요? 친구들을 위해 준다고도 하셨는데, 친구라는 존재가 위해 주는 대상은 아니잖아요. 주고 또 받고, 경우에 따라서는 빼앗거나 빼앗기기도 하고, 그런 관계가 쌓여 가면서 이뤄지는 것이 친구고 우정일 텐데, 저희 집 애는 안 그래요. 자만심투성이 같으니."

승균은 숙희의 말에서 얼음 같은 절조를 분별해 내고 있었다. 자기 자신에 대해서 저렇게 말하기는 과연 어려운 일이었다. 진식과 숙희의 대화로 알게 된 이기수라는 소년이 여러 측면으로 우수하다면 그것은 숙희의 저와 같은 절조가 일궈 낸 것이리라. 성희가 언니의 말에 제동을 걸었다.

"언니는, 그렇게까지 말할 건 없잖아. 기수에게서 자만심을 읽어 내고 그것을 걱정하는 언니의 마음은 알겠어. 하지만 나는 자만심이라는 것을, 언니는 굳이 자만심이라고 말했지만 나는 자만심보다는 자존심이나 자부심 또는 자긍심이나 자신감이라고 부르고 싶어. 언니 말대로 자만심이라고 해도 좋아. 나는 기수의 그 자만심이 기수를 오늘까지 크게 비뚤어지지 않게 붙잡아 줬다고 생각해. 그게 없었다면, 기수는 얼마든지 비뚤어질 수도 있지 않았을까?"

"저도 현성희 씨 의견을 따르고 싶습니다."

진식이 성희의 말에 힘을 보탰다. 승균은 참 이상한 맞선 자리도 다 있구나 싶었다. 선보러 나와서 선은 안 보고 자만심이냐 아니냐를 따지고 있는 사람들이라니. 그러나 승균의 마음 한구석에서는 진식과 성희가 어쩌면, 잘만 된다면, 인연을 맺을 수도 있겠구나는 생각이 앙금처럼 쌓이고 있었다. 그러나 숙희는 승균의 이런 한가한 마음을 보고만 있지 않았다.

"이사님 생각은 어떠세요?"

"예? 뭐가요?"

"지금까지 들으셨잖아요. 저희 집 애가 가지고 있는 문제에 대해서 이사님 의견을 듣고 싶어요."

"저야 이기수 군인가 하는 학생에 대해서 전혀 알지 못하는 처지이기도 하고, 설사 알고 있다고 해도."

"그러니까 더 냉정하게 판단할 수도 있으실 거예요. 저희 집 애가 올해 후포고등학교에 갔어요. 저한테는 한마디도 상의하지 않고 혼자서 결정해 버렸어요. 물론 저는 아이의 결정을 존중해요. 포항이든 안동이든 대구든 가서 공부하는 것보다 자기한테 유리한 점이 있을 거라고 생각했겠죠. 아마 잘 해낼 거예요. 말은 안 했지만 저는 아이의 결정을 전해 듣고서 기분이 언짢았어요. 이 녀석이 아마 엄마를 위해 준답시고 그런 결정을 내렸겠지 하는 생각이 드는 거예요. 아들이 뭔데, 멀쩡하게 잘 살고 있는 엄마라는 사람을 위해 주는 것이지? 나는 저한테 엄마를 위해 줘야 한다고 가르친 적이 없는데 저는 왜?"

"후포고등학교로 가기로 결정한 것과 엄마를 위해 주는 것에 무슨 관련이 있기는 한 겁니까?"

"그렇군요. 그 부분에 대해서는 모르시겠네요."

성희가 나섰다.

"그 얘기는 굳이 안 해도 되잖아."

"못 할 것도 없잖아. 제가 지금까지 이채군 씨하고 딴집살이를 했거든요. 저희 집 애를 낳고서 지금까지 계속 그랬어요. 성진식 선생님도 모르셨나요?"

"예, 몰랐습니다. 그런데 딴집살이라면 이채군 씨하고 별거해 오셨다는 말씀입니까?"

"별거라고 하시니까 어감이 어째 철렁하네요. 저나 이채군 씨는 별거라는 말 안 쓰고 싶어했지만 결국은 별거라고 볼 수 있겠지요. 저는 여기 평해에 있었고 이채군 씨는 영주라든가 봉화라든가 영월이라든가 해서 근무지를 따라서 옮겨 다녔으니까요. 그동안 한두 달에 한 번 정도 평해에 들르고 그랬어요."

승균이 숙희의 말에 이의를 제기했다.

"그거야 이채군 씨의 일 때문이었으니까 흔히 이야기하는 별거라고 보기는 어렵겠는데요? 그런 부부들이 실제로 적지 않구요."

"아무리 일 때문이라지만 한 근무지에서 3년 이상씩은 머물게 되잖아요. 근무지마다 따라다니면서 사는 사람들이 더 많을걸요, 아마. 물론 저하고 이채군 씨가 결과적으로 딴집살이를 하고 만 것은 제 탓이 더 커요. 제가 이채군 씨를 따라다녔더라면 별거하지 않았겠지요. 인정해요, 그 점. 그러나 이채군 씨 탓도 없지 않아요. 근무지가 평해에서 출퇴근할 수 있을 만큼 가까울 때에도 이채군 씨는 혼자 살기를 원했으니까요. 그리고 더 중요한 것은 저하고 이채군 씨는 처음부터 남들처럼 시작하지는 못했었다는 것인데."

"언니. 그 얘기는 제발 하지 마. 아니면 나 지금 가 버릴지도 몰라."

승균이 보기에도 현숙희 씨는 한도를 넘어서려고 하고 있었다. 현숙희 씨는 한도를 넘어서지 않았다.

"저희 집 애는 저를 집에 혼자 남겨 두고서 떠날 수가 없었던 거예요."

현숙희 씨는 그렇게 자신의 이야기를 마무리 지었다. 승균은 현숙희 씨가 자기 아들을 자만심투성이라고 했던 까닭을 조금은 이해할 수 있을 것 같았다. 승균은 현숙희 씨의 이야기를 더 듣고 싶었다. 승균은 그런 자신의 마음을 두고 천박한 호기심이 아니라 신협과 연관된 일일 뿐이라고 억지를 부리고 있었다. 승균은 물었다.

"지금은 두 내외분이 같이 사시잖습니까?"

숙희는 처음의 차분한 목소리를 냈다.

"한 달 됐어요, 이채군 씨가 평해로 온 지."

"그럼 출퇴근하시겠네요, 이채군 씨는?"

"출퇴근에만 하루에 세 시간씩 날려 보낸다고 분해하고 있어요."

"그런데 어떻게 합치게 됐나요?"

"저희 집 애가 자기 아버지한테 같이 살고 싶다고 한 것 같아요."

"그 부분에도 이기수 군이 개입해 있었나요?"

"고등학교 건만 해도 그러려니 하고 넘어갔었는데, 이채군 씨 건이 겹치고 나니까 정말 화가 났었어요. 이 녀석이 제 엄마를 뭐로 봤길래 이채군 씨를 평해로 불러들이는 마술까지 부리시나?"

"언니, 나빠. 꼭 그렇게까지 말해야 하겠어? 기수는 정말로 언니를 생각해서 제 딴에는 최선의 행동을 한 것이었다고 생각하면 안 돼? 아니, 기수는 정말로 최선을 다했어. 나는 그렇게 믿어."

"나는 기분이 좋지 않았어. 어떻게 자기 엄마도 모르게 그런 일들을 해치워 버릴 수 있는 것이지? 열일곱 살밖에 안 된 녀석이."

"언니는 정말 이상해. 기수는 비정상적인 상태를 원상복구시켜 놓았을 뿐이야. 언니는 그럼 지금까지의 생활이 정상적이었다고 생각해?"

"정상적인 것이었는지 비정상적인 것이었는지는 몰라. 너는 원상복구라고 했는데 나하고 이채군 씨는 처음부터 그랬었으니까 그게 원상 아니니? 지금이 도리어 원상으로부터 멀어진 것이고."

"언니."

성희가 자리에서 일어났다. 숙희는 한결같은 목소리였다.

"그래서 지금 나는 불편해. 이채군 씨가 한 지붕 아래에서 잠을 자기 시작하면서부터 하루도 편안한 날이 없었어. 어딘지 어색하고 쑥스럽고 그랬어. 든든은 하더라."

성희는 눈물을 보이고 말았다. 그러고는 제 물건을 챙겨서 찻집 밖으로 뛰어나가 버렸다. 그 뒤를 진식이 떠났다. 숙희가 승균에게 살짝 눈웃음을 보냈다. 승균은 삽시간에 일어난 사건들을 앞에 하면서 스스로를 원망했다. 역시 천박한 호기심에 지나지 않았다고.

"저 꽤 잘했지요, 이사님?"

"예?"

승균은 어리둥절해졌다. 이건 또 무슨 조홧속이란 말인가. 숙희가 말을 이었다.

"지금쯤 성진식 씨가 성희를 다독거리고 있겠지요?"

"예? 아, 예."

그렇다면 현숙희 씨가 의도적으로 성희에게 화를 돋워 버린 것이란 말인가. 승균은 숙희를 바라보면서 무슨 말인가 꺼내려고 하다가 멈칫 해 버렸다. 숙희가 이야기를 이었다.

"이사님, 지금 저한테 의도적인 것이 아니었느냐고 묻고 싶은 거지요? 그렇기도 하지만 그게 다는 아니에요. 저 정말로 저희 집 애에 대해서 화가 나기도 했었어요."

"옆에서 들으니까 여러 모로 뛰어난 아드님 같던데요?"

"아직까지는 그렇다고들 하는데, 또 모르지요. 요즘은 서른 살까지 그 너머까지 공부하고 그러잖아요. 인격이나 처세 같은 부분은 평생을 공부해도 끝이 없는 거구요. 저는 아이에게 큰 기대는 하지 않아요."

"그렇게 생각하는 것이 정신위생에 좋지요. 저만 해도."

승균은 말을 멈췄다. 이상한 일이로군. 처음 만난 사람, 그것도 자신보다 열 살쯤은 젊은 여자에게 별 이야기를 다 하려고 들고 있군, 지금 내가. 숙희가 끊어진 자리에 들어섰다.

"성진식 씨하고 잘됐으면 좋겠어요. 제 동생 말예요."

"저도 같은 마음입니다."

"동생이 서른셋인데 저는 서른셋 때에 열한 살짜리 아들이 있었거든요."

승균은 숙희의 나이를 계산했다. 승균은 숙희가 간접적으로 자신의 나이를 밝혀 오는 방법적 자연스러움에 놀라고 나이에 비해 젊은 숙희의 자태에 놀랐다.

"아까 성진식 씨와 얘기하면서, 저희 집 애가 말하던 서연학원 선생님이구나 싶은 순간, 기뻤어요."

"아드님을 믿으시는군요. 자만심투성이라고 하시더니."

승균은 숙희의 정서를 잘 알고 있었다. 숙희는 자기의 아이를 거의 혼자서 키워 낸 것이다. 그것도 아주 잘. 승균은 숙희가 키워 낸 그 녀석이 보고 싶어졌다. 승균은 생각했다. 나도 참, 이라고.

"신협에서 대출해 주신 것, 저도 감사하다고 말씀드릴게요. 이채군 씨에게서는 들으셨겠지만."

"아닙니다. 신협이야 조합원들의 복리를 위한 조직이니까 당연히 해 드렸어야지요. 현숙희 씨는 우리 신협 초기부터 조합원이었지요? 대출을 하신 건 이번이 처음이시구요."

"초기부터 이름은 걸어 놓았지만 거래는 많이 못 했어요. 그래서 대출 신청도 넣기가 미안했구요."

"웬걸요. 현숙희 씨 정도면 신청하신 액수의 세 배 정도는 대출 심사 같은 것 없이도 가능했어요. 이채군 씨에게 그 말씀을 드렸었는데, 그런데도 신청금액이 예상보다 적어서 제가 잘못 말씀 드렸나 하고 생각하기도 했어요."

"사실은 주스 공장 세우는 것을 소문내 달라고 하는 이유도 있었어요. 소문이 나야 여러 군데에서 관심을 가져 줄 거라는."

"공장은 잘 돼 가나요?"

"6월 중순으로 잡고 있어요. 제품 출시일을요."

"추진력이 대단하세요. 이채군 씨가 저에게 상의하러 왔던 때가 얼마 전인데, 6월 중순에 공장을 가동하기 시작한다면 거의 두 달 남짓만이잖아요?"

"주스 공장 생각을 한 건 여러 해 전이었지요. 그동안 조금씩 준비해 오기도 했고, 최근 들어서 주변에서 서둘러 주는 바람에 어떻게 공장이 꾸며지려나 봐요."

"그러셨겠지요. 공장이라는 게 하루 이틀 사이에 지어지는 건 아니니까요. 그런데 제 촉각이 그런 쪽으로만 뻗어가서 뭣합니다만, 실례가 아니라면 말씀해 주시겠습니까? 지금은 어떻게 조달하고 계신 것인지?"

"자금에 문제가 생기면 이사님께서 해결해 주신다면서요."

"그야."

"해 본 소리예요. 이사님께 말씀 못 드릴 것도 없죠, 뭐. 저희 빵집에서 쓰는 효모균을 팔았어요."

"효모균을요? 효모균이라면 빵 반죽할 때 넣는?"

"맞아요."

"그것을 팔기도 하는 겁니까?"

"저는 그걸 팔지 않고 어떻게 해 볼 수는 없을까 했었는데, 어쩔 수 없었어요."

"저는 효모균을 팔기도 하고 사는 사람도 있다는 것이 이해하기가 어렵습니다."

"제가 찾아내서 배양한 효모균이 있어요. 이채군 씨 도움을 많이 받았어요. 저희 집 빵 드셔 보셨지요?"

"먹은 적은 있는 것 같은데 그게 언젠지는. 죄송합니다."

"아니에요. 이사님 연륜이라면 빵 같은 것에 손이 잘 안 간다는 것 알고 있어요."

"그런데 그걸 누구에게 팔았나요? 얼마나 받으셨는지요?"

"말씀드리면 아실 만한 회사에 팔았어요. 물론 빵 만드는 회사구요. 이름은 말씀 안 드릴게요. 이름을 밝히지 말아 달라는 게 조건에 들어 있었어요. 특허권하고 배양 기법을 함께 넘겨주면서 좀 많다 싶게 받았어요. 사용권만 팔까 하다가 아무래도 자금이 모자랄 것 같아서."

"그럼 이제 현숙희 씨네 빵집에서는 그 효모를 못 쓰겠네요?"

"그것 때문에 손해가 좀 있었어요. 저희 빵집에서는 계속 사용한다는 조건을 저희 쪽에서 제시했거든요. 그러지 않았더라면 2배쯤은 더 받을 수 있었는데, 그래도 빵은 구워야 하잖아요. 그래서 욕심을 줄이기로 했어요. 이채군 씨도 또 저희 집 자만심투성이 녀석도 저의 생각에 동조해 줬구요."

승균은 숙희의 말에 감탄하고 있었다. 승균은 숙희에게 뭐라고 찬탄의 말을 건네야겠다고 생각했다. 숙희가 승균에게로 몸을 가까이하면서 말했다. 승균은 숙희가 가리키는 쪽을 바라보았다.

"저기 왔어요, 두 사람."

찻집 입구로 진식과 성희가 들어서고 있었다.

18
—
원추리 원추리

추리는 벚나무 아래에 서 있었다. 그를 기다리고 있었다. 길 끝에서 자전거가 나타났다. 자전거가 점점 가까워졌다. 소년이었다. 발판에 발이 겨우 닿았다. 발판을 돌리지 못하고 앞뒤로 흔들어서 동력을 만들고 있었다. 차돌을 부딪혀서 길어 내는 기억의 불처럼 환했다. 추리는 속으로 웃었다. 소년과 추리의 눈이 마주쳤다. 자전거가 쓰러졌다. 소년이 자전거에서 떨어져 나와 추리에게 다가왔다.

"남 자전거 타고 가는 걸 왜 쳐다보는 거죠?"

맑고 높은 목소리였다.

"쳐다봐서 떨어진 거니?"

소년의 눈매가 풋풋했다. 콧숨이 고르지 않았다.

"다치진 않았어?"

"다치긴요. 쳐다보지만 않았어도 아무 일 없는 거였는데."

조금 누그러졌다. 소년이 쓰러진 자전거를 일으켜 벚나무에 기대어 세웠다. 소년이 추리의 옆으로 걸어왔다. 한걸음 앞에 와 멈추더니 추리가 선 방향으로 서서 두 손을 제 허리께에 가져다 놓았다. 오른쪽 다리에 몸의 무게중심을 놓고 왼편 다리는 이완시켰다. 둘은 말없이 서 있었다. 무리 짓기를 싫어하는 풀벌 한 마리가 날아왔다가 사라졌다. 공중에 남은 풀벌의 궤적이 웅웅거리며 한참 동안 진동했다.

"가지 않고 왜 여기 있는 거니?"

"남의 일에 참견하지 말아요."

물싸리나무 너머 버려진 밭에 후투티가 표적을 노리고 있었다. 추리는 소년의 일에 참견하지 않겠다고 생각했다. 소년이 몸의 무게중심을 옮겼다. 두 손은 여전히 허리였다. 그것이 남자의 자세라는 걸 누구에게 배웠을까. 추리는 소년과 같은 자세를 취했다. 어깨와 가슴이 긴장했다. 중체中體가 방자해졌다. 소년은 고개를 돌렸다.

"왜 따라하는 거죠?"

"남의 일에 참견하지 마. 따라하든 말든."

소년이 벚나무에 오르기 시작했다. 벌써 첫 줄기를 지났다. 소년들은 자전거보다는 벚나무와 더 친했다. 앞으로도 그럴 것이었다. 소년은 버찌를 땄다. 딴 버찌를 제 가슴주머니에 넣었다. 버찌는 위험한 가지에 있었다. 소년의 가벼운 무게로도 휘어졌다. 오를 때보다 더 알뜰하게 시간을 사용하여 소년이 땅으로 내려왔다. 나무에서 내릴 때 첫발이 땅에 닿는 강고한 기쁨을 추리는 알고 있었다. 소년이 추리의 손바닥에 버찌를 한 줌 놓았다. 소년의 손과 저고리 가슴주머니에 버찟물이 들어 있었다. 먹보랏빛이었다. 혹은 까마귀머룻빛이었다. 그것은 소년의 눈에도 머리칼에도 있었다. 소년은 추리의 손바닥에서 껍질이 터진 버찌를 골라냈다. 추리의 손바닥에도 먹보랏빛 버찟물이 묻었다.

"남의 일에 참견하지 말아요, 앞으론."

소년이 자전거를 끌고 멀어져 갔다. 다 자라 버린 소년이 자전거에서 떨어지는 날은 오지 않을 것이었다. 볕이 짜랑짜랑한 저녁나절이었다. 추리는 그를 기다리고 있었다. 추리는 손바닥의 버찌들을 바라보았다. 알이 굵었다. 손가락으로 꼭지를 집어 올렸다. 버찌 꼭지는 연초록으로 길었다. 땅과 공기와 햇빛으로부터 모든 맛들을 버찌알 속으로 흘리던 탯줄이었다. 세상의 모든 탯줄처럼 버찌 꼭지도 무미건조하고 질겼다. 추리는 버찌 알을 들여다보았다. 버찌 알의 당분과 왁스 성분이 습윤막을 지나 반짝이고 있었다. 둥글고 검은 표면이 자신을 둘러싸고 있는 외계의 풍경을 제 안으로 불러들이고 있었다. 혁명가들의 살롱처럼 깊은 거울 알이었다. 추리는 버찌 한 알을 입에 물었다. 버찌가 파열했다. 몬순림이 간직해 온 먼 시절의 불씨가 추리의 혀를 적셨다. 추리는 혀와 아랫니를 부려서 버찌 씨를 발라냈다. 달그락, 하는 소리가 났다. 버찌 씨는 추리의 혀에 혓바늘을 돋울 것이었다. 한 잎의 열섬이 떠오를 것이었다.

그에게 편지를 썼다. 처음이었다. 그가 추리에게 말했었다. 네게선 원추리 냄새가 나. 아버지가 불러 준 이름이었다. 새의 마을이라는 뜻이었다. 성을 붙여 부르면 울림이 좋았다. 근심을 잊히우는 꽃풀이란다, 이른 봄 양지쪽에 연둣빛으로 돋아나서 한여름 대궁 끝에 주황빛 큰 꽃부리를 피운단다, 어린잎을 베어 국을 끓이고 무쳐 먹기도 했었지, 어린잎을 베려면 손이 떨렸구나, 원추리는 꽃철의 약속이 정녕코 슬펐거든.

며칠 후 버스에서 마주친 그가 말했다. "편지, 유치했어"라고. "몇 번이나 읽어도 무슨 소린지 모르겠던데? 너 혹시 나를 좋아하는 거 아냐?"라고. "편지 쓰고 싶으면 써. 읽어 줄게. 답장을 바라는 건 아니겠지, 설마?"라고. 추리는 그의 말을 들으면서 생각했다. '양성반응을 보이고 있어. 해도 좀 심하군.'이라고. 그 이름은 근심을 잊히운다는 산풀이었다. 근심이 잊히운 자리에 새로이 돋아나는 슬픔이었다. 발목을 적시는 이슬 밭을 지나서 좌우대칭과 나선의 침엽수림을 지나서 청미래덩굴의 찬샘을 지나서 만나지는 한 떨기의 난폭한 바람이었다. 그가 추리의 귓전에 대고 말했다. 네게선 원추리 냄새가 나. 그에게 편지를 썼다. 다시.

수도꼭지를 틀어 대야에 물을 받았습니다. 대야를 나무틀 위에 올렸습니다. 네모 송판 한 장, 대팻날이 닿지 않은 각목 세 개로 만든 틀입니다. 각목은 발이 되었고 송판은 대야를 놓은 자리입니다. 자세히 보면 판자는 수평이 아닙니다. 발의 길이가 하나같이 않은 탓입니다. 대야를 올려놓아 세수하려고 만든 틀이지만 나무 십자가처럼 단순한 물건입니다. 여섯 개의 못이 이룬 저의 첫사랑입니다.

식빵과 딸기잼과 달걀 따위를 가져다가 샌드위치를 만들어 낸 소년이 경이의 눈으로 자신의 접시를 바라보던 때에 저는 뒤뜰에서 대야틀을 만들었습니다. 송판을 반듯하게 썰고 각목을 세 도막 내는 톱질은 힘들었습니다. 대야를 틀 위에 올려놓고서 저는 세상에서 제일 정결한 세수를 했습니다. 여학생들에게 목공을 가르치자고 생각했던 사람은 누구입니까. 그는 남학생들에게 샌드위치 자르는 법과 십자수 놓는 법을 가르치자고 생각했던 그 사람이겠습니다. 저는 허리를 굽히고 대얏물을 움켜서 얼굴을 씻었습니다. 흰 세숫비누로 거품을 만들었습니다. 저는 목공보다 세수를 더 잘합니다. 저의 목공은 저의 세수를 위한 것이었습니다. 일을 하기 위해서 세수하는 사람이 있겠습니다. 대야에 새 물을 받아서 나무틀 위에 올렸습니다. 저는 대야 안에 오른발을 넣었습니다. 나무틀이 흔들립니다. 야물지 못한 솜씨입니다. 발이 세 개라면 바닥이 평평하지 않거나 발의 길이가 각각이더라도 흔들리지 않는다는 말을 들었습니다.

저의 첫사랑은 그러나 처음부터 흔들렸습니다. 송판에 발을 붙이는데에 잘못이 있었습니까. 못을 하나씩 더 박아 보겠습니다. 갈대로 만든 의자를 보았습니다. 갈대 줄기 하나씩을 나무 삼아서 네 발을 만들고 지푸라기로 엮어서 걸침판을 두고 등받이도 갈대 줄기였습니다. 우리가 매양 보는 의자와 같은 모양 비슷한 크기의 의자였습니다. 앉을 수 없는 의자도 의자입니까. 그는 그를 만든 이의 정원에 있었습니다. 맥문동의 정원 한구석에서 제 발들을 메꽃 덩굴에게 허락하고서 서 있었습니다. 의자는 서 있어야 하는 물건이고 누군가가 앉아 줘야 하는 물건입니까. 제 방에는 의자가 없습니다.

제게는 앉은뱅이책상이 하나 있습니다. 서랍이 세 개입니다. 오른쪽 서랍에는 자물쇠가 달려 있습니다. 시늉뿐인 자물쇠입니다. 누가 서랍을 열고 안을 들여다본다면 저는 화를 내겠습니다. 빈 서랍입니다. 무언가 들어 있을 곳입니다. 가운데 서랍에는 종이와 연필과 가위와 송곳과 철끈 따위들입니다. 저는 쓰지 않은 물건들을 좋아합니다. 쓰여지기까지 묵묵히 기다리고 있는 물건들을 바라보면서 저는 마음을 갈앉히는 것입니까. 그것들을 들여다보고 있으면 간혹 그것들이 작은 소리를 냅니다. 무슨 소리였지? 꽃씨 봉지를 흔들 때 나는 소리 같았습니다.

왼쪽 서랍에는 여러 가지가 모여 있습니다. 반창고와 손톱깎이와 카세트테이프와 편도과자 상자와 고모가 선물해 준 주홍빛 립스틱 들입니다. 말하지 않았지만 몇 가지 물건이 더 있습니다. 책상 위에는 아무것도 없습니다. 책꽂이를 치웠습니다. 대신 튼튼하게 짠 삼단책장을 하나 샀습니다. 책과 공책과 스케치북 따위를 책장으로 보냈습니다. 연필꽂이와 잉크 튜브와 에프엠 수신기와 봉제인형과 추억이 묻어 있는 물건들 따위도 책장 한 칸에 두었습니다. 빈 책상을 저는 밤마다 닦아 냅니다. 거즈를 한 뼘 가웃 잘라서 책상을 닦고 있으면 마음 먼 언덕으로 밤마을 나온 네발짐승의 꼬리가 보입니다. 매일매일 닦아 내도 거즈에는 옅은 때가 묻어납니다. 그것은 존재를 이루는 태초의 진흙입니까.

부엌에 다녀왔습니다. 아버지가 돌아오셨고 저는 아버지에게 라면을 끓여 드렸습니다. 아버지가 라면을 드시는 동안 저는 아버지 옆에서 기다리고 있었습니다. 아버지는 술을 드셨습니다. 그는 취한 모습

벌채상한선

이 좋습니다. 없었던 언변이 살아납니다. 저는 그의 말에 귀를 기울입니다. 그는 제게 근심을 잊히우는 꽃풀이라고 처음 불러 주었던, 저의 아버지입니다. '골짜기 깊은 곳에 피는 도라지, 그 빛깔 하필이면 파란 도라지, 슬퍼서 슬퍼서 울음 울다가, 그 울음 냇물 되어 파래졌느냐' 술 취한 아버지가 딸이 끓인 라면을 먹으면서 하는 이야기는 어떤 것입니까. 얼추 끓은 라면에 파를 썰고 마늘을 찧어 넣고 괄한 불에 한소끔 더 끓입니다. 불을 끄고 라면을 옮겨 담은 위에 팽이버섯을 한 타래 얹습니다. 김치와 라면으로 속을 풀어야 하는 아버지입니다. 할 수 없습니다. 저는 그의 옆에 앉아 그의 말을 들으면서 펀치를 마십니다. 저는 아마 술꾼의 딸입니다. 펀치도 술이라 아니할 수 없다는 이들이 없지 않겠습니다.

방이 너무 큽니다. 책상 위에 올라 손을 뻗어도 천장이 닿지 않습니다. 저는 거기에 축광지를 오려서 붙여 놓았습니다. 불을 끄고 누우면 아득히 먼 하늘에 등불들이 나타납니다. 북두칠성과 카시오페이아와 오리온입니다. 그들 별자리 사이에 저는 아무에게도 제 이름을 불려 보지 못한 별들을 뿌렸습니다. 그들이 아니라면 그 국자 속에 든 펀치가 무슨 소용이겠습니까.

제 방에는 창문도 있습니다. 가을이 깊어 잎들이 지면 마을의 지붕들이 내려다보입니다. 착한 사람의 투고를 신문에서 읽었습니다. 그는 신혼살림을 지하방에다 꾸몄다고 했습니다. 낮에도 불을 켜야만 호청을 풀먹이고 책을 볼 수 있는 눅눅한 방이었겠습니다. 그는 창문을 원했습니다. 그에게 창문은 풀뱀의 섶이불 같은 것이었습니까. 가난해서

착한 사람은 지하방의 벽에 창문을 달았습니다. 크레용 창문 양옆
에는 레이스 보풀보풀한 커튼을 묶었습니다. 오랜 뒤에 열 수도 있
고 손을 내밀어 산들바람과 이슬비를 받을 수도 있는 창문을 가지
게 되었습니다. 그 착한 사람이 창문을 잃어버리는 날은 오지 않겠
습니다. 당신은 알고 있습니까. 당신에게서는 자두나무 가지로 만
든 매운 칼 같은 냄새가 납니다.

추리는 벚나무 아래에 서 있었다. 그를 기다리고 있었다. 길 끝에서
자전거가 나타났다. 자전거가 점점 가까워졌다. 추리는 연석을 밟고
섰다. 그였다. 하얀 반소매 저고리 아래의 단단한 상체가 예뻤다. 그가
추리 앞에 이르러 사뿐히 자전거를 세웠다. 그가 눈으로 물었다. 왜 여
기 있는 거지?

"기다렸어."

"나를?"

"왜 아니겠니?"

"왜? 편지 썼니?"

"누군 편지만 쓰는 사람인 줄 알아? 편지 아냐."

"그럼?"

"이거."

"뭐지? 버찌구나."

"좀 써."

"버찌야 본래. 네가 땄니?"

"어떤 꼬마가."

"어떤 꼬마가? 따 줬어?"

"이 나무에서."

"알이 굵다. 왜 날 기다렸어?"

"버찌 주려고."

"진짜 이유 말야."

"널 보려고. 가까이에서."

"진작 그럴 것이지. 자두나무 가지로 만든 매운 칼 같은 냄새가 뭐지? 지금도 나니? 혹시 땀 냄새 아녔니? 집이 어디니?"

"등대산 바로 아래."

"반대편 길이잖아. 내가 이 길로 다닌다는 건 어떻게 알았니?"

"봤어."

"토요일에만 자전거 탄다는 것도 알았니?"

"아니."

"대야 틀은 잘 있니? 어제도 책상 닦았니? 어머닌 안 계시니?"

그는 자전거를 끌고 책가방을 둘러메고 있었다. 집으로 가는 길이었다. 추리는 그가 지나는 길목에서 기다리고 있다가 그를 만난 것이었다. 왜 나는 그의 말에 어지럼증을 일으키는 걸까.

"등대지기?"

추리는 자두나무 가지로 만든 매운 칼 같은 냄새를 맡았다. 그는 땀 냄새일지도 모른다고 했다.

"한 남학생이 한 여학생을 좋아했대. 여학생은 남학생에게 쌀쌀하게 대했겠지. 대개들 그런다잖아. 자기 마음을 몰라주는 여학생이 야속했겠지, 그 남학생은. 끝내 여학생의 마음을 믿지 못했대. 그러던 어느 날 남학생은 뜻밖의 장면을 보게 됐는데, 그 여학생이 자기가 벗어 놓은 신발을 들어 냄새를 맡고 있더래. 여러 날 빨지 않아서 좋잖은 냄새가 밴 편상화를."

"그 얘길 내게 왜 하는 거니?"

"나는 그럴 수 있겠다고 생각했었어. 누굴 좋아하게 되면 그의 속옷 냄새도 좋아질 거라고 말야. 너 남자들 속옷에서 얼마나 지독한 냄새가 나는지 모르지?"

"몰라."

"아무튼 지독해. 누구나 다 그래. 하루에 두 번씩 갈아입지 않는 한. 근데 한 사람의 속옷에서 나는 냄새만은 좋다는 거야. 그 남자하고 결혼하게 된대."

"속옷 냄새를 맡아 보지 못한 채로 결혼하고 그러잖니?"

"그럴까? 남자의 속옷 냄새를 맡게 되는 기회는 뜻밖에 많을지도 몰라."

"너 내게서 자두나무 가지로 만든 매운 칼 같은 냄새가 난다고 했지? 지금도 나니?"

"나."

"정말야? 땀 냄새 아냐? 땀 냄새가 어떻게 자두나무 칼 냄새처럼 느껴지는 거지?"

"그 냄샌 냄새라기보다 마음전기의 떨림 같은 거야."

"가까이 와서 맡아 봐. 겨드랑이쯤에 콜 대고. 이 냄새 아니니?"

"글쎄."

"입 맞춰도 되니? 네게선 원추리 냄새가 나. 말했었지? 네게선 이름처럼."

"못됐어."

"무슨? 고개 돌리지 않았잖아? 너 내가 이럴지도 모른다는 생각 안 했니? 우리 한 번 더 할까?"

"갈래. 잘 가."

"바래다줄까?"

"싫어."

"바래다줄게."

"싫어."

19

—

마술사

숙자는 1998년 7월 1일자 『후포신문』을 읽고 있다. 오늘은 1998년 6월 20일이다. 기사를 쓴 사람은 황명이다. 『후포신문』 편집장이고 평해식품과도 관련이 있는 황명의 기사는 간명하다.

6월 17일에 평해식품의 준공식이 있었다. 평해읍 학곡리의 현장에는 96세로 군내 최고령자인 최을희 할머니를 비롯한 많은 주민들이 참석하였고, 울진군수 등의 기관장들과 청년회의소장 등 지역사회단체 인사들의 모습도 보였다. 평해식품은 자본금 17억 원의 과실류 압착가공 공장으로서 연간 50억 원의 매출을 예상하고 있다. 대기업에 납품하는 비중이 높지만 자체 상표로 출시하는 물량을 점차 높여 갈 것이라고 대표 현숙희 씨는 말했다. 침체한 지역

경제를 활성화하고 특히 제조업에 의한 부가가치 창출이라는 측면에서 평해식품은 일정한 역할을 다할 것으로 보인다.

숙자는 신문을 내려놓고 건너편에 앉은 숙희를 본다. 숙희는 『후포신문』 편집장이 아닌 평해식품 전무인 황명과 이야기를 하고 있다. 황명은 근실한 사람이다. 공장터 물색에서 설비 도입 그리고 행정적인 절차에서 거래선 결정까지 무엇 하나 쉽지 않은 제반 사항들을 그는 유유하게 해치워 버렸다.

숙자는 오늘에야 평해에 왔다. 시어머니 신순임, 아들 은수와 함께였다. 마음 같아서는 설비가 처음 돌아가는 모습도 지켜보고 싶었고 주스 깡통이 상자 안으로 경쾌하게 떨어져 차곡차곡 쌓이는 신기한 모습도 놓치고 싶지 않았다. 그러나 시어머니는 만류했다. 시어머니의 말이야 백번 옳았다. 지금 가 봐야 공연히 번거롭기만 하고 한구석쯤에서 노는 손발만 민망할 테니 조금 있다가 가자는 말이었다. 솔직히 말해서 숙자는 숙희를 질투하고 있었고 좀이 쑤셨다. 주스 공장을 하게 된 덕에 빵집에도 안채에도 전화를 놓을 수밖에 없었네요. 숙희는 숙자에게 전화번호들을 받아 적게 하면서 말했었다. 전화 없이도 장사할 수 있다는 것을 보여 주고 싶어요. 그렇게 말하는 숙희에게서 숙자는 작고 깨끗한 생태주의자의 싹을 보았었다. 어려운 길을 걸으려는구나 싶었었다.

숙희는 자신이 선택한 길 위에서 뒤를 돌아본다거나 하지 않았다. 5년도 넘게 빵집을 하면서 자리를 잡았다. 그리고 주스 공장을 차린 것이다. 그 과정에서 숙희는 숙자에게 현황 보고와 자문을 해 오기는 했었다. 숙자는 숙희의 결벽스러움 속에 자본주의자 기질이 잠복해 있었다는 사실을 깨달았다. 자본주의자 기질과 생태주의자 성향이 한 몸에 깃들어 있었었다니.

숙자는 신문을 접는다. 일어난다. 탱크로리가 떠나고 직원들도 총총히 귀가해 버린 공장은 조용하다. 엔진과 터빈이 멎은 순간의 조용함, 폭동이 가라앉은 새벽의 비통함. 공장 바깥의 전주에 새로 달았음직한 보안등이 원뿔의 빛을 내리쏟고 있고 그 아래에 은수와 기수가 서 있다. 은수는 채군을 닮아 섬세하고 기수는 상군을 닮아 듬직하다. 숙자는 그것이 시아버지 이록으로부터 온 것임을 안다.

기수가 다가온다. 제 사촌형인 은수의 키를 따라잡았다. 그렇게 큰 키이건만 성장기에 보이게 마련인 불균형스러움이나 구부정함을 용케 비켜났다. 숙자는 기수에게 제 젖을 물려주기로 했었다. 채군이 말했었다. 소나무든 참나무든 큰키나무들은 정아우세頂芽優勢 현상을 보입니다, 나무의 가운데이자 꼭대기에 자리 잡은 눈이 다른 눈들에 비해서 두 배 이상 빠르고 튼튼하게 성장합니다, 덕분에 큰키나무들은 곧게 자랄 수 있습니다, 정아우세는 큰키나무들이 진화해 오면서 확립한 전략이겠지요, 가운데이자 꼭대기에 자리 잡은 눈에 영양을 집중하는 것이 종의 확산과 개체의 번영을 위한 지름길이라는 전략은 큰키나무들의 세계에서는 공공연한 현상입니다, 비단 큰키나무들만 그런 것은 아니겠습니다만. 『늘이재집』을 내고 고유제告由祭를 올리던 날에 채군은 숙자에게 그러한 요지의 말을 했었다. 그것은 자신의 불충함을 반성하는 말이었다.

숙자는 채군의 말을 들으면서 반발했다. 아무려면 우리가 나무 같을라구요? 채군은 자신의 주장을 고집했다. 어떤 날짐승들은 먼저 깨인 형이 나중에 세상에 나온 동생의 먹이까지 가로채 버린다지요, 형이 동생을 공격하는 예도 많구요. 숙자는 채군의 말을 방임했다. 알에서 먼저 깨였다는 것은 먹이가 귀한 궁핍기에도 살아남을 가능성을 높이는 행운일 겁니다, 어떤 경우에도 형은 동생보다 강인하고 민첩해야하고 실제로도 그렇습니다, 세상의 모든 장남들이 그렇듯이 우리 집도 형이 저보다 훨씬 훌륭하시고. 채군은 목소리가 잠겼었다. 숙자는 채군의 마음의 물그릇이 넘칠세라 조심스러웠다. 상군에게 하지 못하는 말을 자신에게 하고 있구나 싶었다. 숙자는 침묵했다. 대꾸하지 말아야지, 대꾸하면 그의 그늘이 더 짙어져 버릴 거야, 가만히 있다가 슬쩍 놀려 줄까 보다.

숙자는 상군에 대해서도 채군에 대해서도 별 불만이 없었다. 주로 채군의 무심함에서 온 것이지만 형제 사이에 자주 만나고 의좋게 지내지 못하는 소원함이 없지 않기는 하다. 그러나 그러한 것이 무슨 큰일날 변고는 아닌 것이다. 아니 형제자매들이 떠들썩하니 오가면서 지내는 집안들을 보고 들으면서 숙자는 핏줄이 뭉쳐서 불거진 기형을 대하는 듯하다고 여기는 편이다. 채군은 자신의 무심함을 정아우세라는 말로 합리화하는 것이겠다고 숙자는 생각했고 그러자 마음이 편해졌다. 기수가 숙자에게 다가온다.

"큰어머니, 집에 가셔야죠. 할머니가 기다리고 계셔요."

"할머니 아직 안 가셨니? 늦었는데 식사도 못 하시고. 지금 어디 계시지?"

"아버지 차에요."

"저녁은 어떻게 하신다지? 아무리 서둘러도."

"저녁은 성희 이모가 해 놨을 거예요."

"그렇구나. 그러면 이렇게 하자. 할머니께 가서 먼저 가시라고, 나는 숙희하고, 아니 기수 네 어머니하고 좀 할 얘기가 있다고. 너희들도 채군 씨 차 타고 먼저 가고."

"큰어머니도 아버지 어머니에게 이름 부르시죠?"

"이상하니? 이름 부르지 말까?"

"이름 부르는 게 더 좋죠. 다음에 저도 그럴 거예요."

숙자는 아이들과 함께 공장 앞 빈터로 간다. 채군의 지프가 전조등을 켜고 있다. 시동이 걸려 있다. 차 안에서는 시어머니와 채군이 한창 이야기 중이다. 시어머니는 둘째아들만 만나면 다변이 된다. 그만큼 채군은 상대방을 방심시킨다. 상대방을 방심시키는 비결은 무엇일까? 기수와 은수도 자기들끼리 하던 이야기를 하느라고 숙자의 마음 같은 건 아랑곳하지 않는다.

"할아버지의 글 중에서 제일 혁신적인 것 중의 하나가, 아버지가 「사서각자론」이라고 했던 『탄현일기』의 그 부분이라는 건 인정해. 그래도 나는 할아버지의 주장을 받아들이기가 망설여지던데? 역시 하나의 시론試論이 아니었을까? 할아버지가 그 글을 일기 속에 묻어 놓으셨다는 사실도 시론이었다는 것을 말해 준다고 나는 생각해."

"나는 형 생각하고 달라. 「사서각자론」의 주지는 서예書藝가 지금처럼 먹과 붓이라는 틀에 갇혀 있으면 시대정신을 담을 수 없다는 것이잖아. 펜글씨, 연필 글씨, 펠트나 금속공의 심을 가진 필기구로 쓴 글씨 등이야말로 오늘의 서예로서 더 당당할 수 있다는 할아버지의 말씀에서 나는 오류를 찾을 수 없었어."

"서예에서 먹과 붓은 근본적인 것이 아닐까? 너는 아까 전각篆刻이나 대오리 글씨 등도 서예의 한 부분으로 인정되고 있지 않느냐고 했지? 어쩌면 전각이나 대오리 글씨는 먹과 붓이라는 필기구보다 더 시원적이겠는데, 칼이나 끌에서 붓으로의 변화를 붓에서 연필이나 볼펜으로의 변화와 견줄 수는 없다고 생각해."

"견주지 못할 이유가 뭐야? 바퀴와 지레와 증기력을 악덕이라고 봤던 이들과 먹과 붓을 고집하는 형은 결코 멀지 않아."

"그렇게 되나? 정격연주라고 있어. 어떤 음악을 처음 연주되었던 때와 똑같은 악기 똑같은 기법으로 재현하는 거야. 비발디가 비발디스러워지는 한 방법으로서 정격연주는 뜻이 없지 않겠지. 마찬가지로 서예도."

"누가 서예에서 먹과 붓을 추방하자고 했나? 할아버지도 새로운 필기도구를 끌어안자고 하셨을 뿐이잖아. 서예 작품을 공모할 때에 연필과 볼펜으로 쓴 글씨들도 공평하게 접수하고 심사한다는 가상현실의 난만함을 즐거워하셨던 것이라구."

"연필이나 볼펜은 글씨의 성격을 미리 규정하는 딱딱한 필기구야. 규정된 한계를 벗어날 수가 없어. 그것은 예藝도 도道도 아니야. 기껏 방법의 법法 정도일까? 서법? 아니 그것은 서법도 아냐. 다만 기억과

의사소통의 도구에 지나지 않아."

"형이야말로 딱딱한 관념의 포로가 아닐까? 글씨의 성격을 미리 규정하는 게 뭐가 나빠? 그것은 공평해지려는 욕구일 수도 있어. 물론 나도 웬만큼 쓴 매직펜 글씨보다 품위 있다고 느끼는 사람이긴 해. 나는 그런 나의 느낌을 교육의 결과라고 생각해. 그 교육은 형이 이야기하곤 하는 기득권자들이 내게 베풀어 준 것이고."

"비약하지 마. 우리는 지금 서예 도구를 이야기하는 중이야."

숙자는 두 사촌형제의 이야기에 개입하고 싶지 않다. 아니나 다를까 기수가 숙자의 개입을 요구한다.

"큰어머니 의견은 어떠세요?"

"글쎄. 쉬운 문제가 아니네. 재미있는 얘기 하나 해 줄까? 할아버지는 『탄현일기』를 펜으로 쓰셨는데, 그 「사서각자론」만은 붓으로 써 놓으셨단다. 왜 그러셨을까?"

"할아버지의 유머 아닐까요?"

"나는 유머라기보다는 할아버지의 자의식이 아닐까 생각해. 할아버지의 내부에서 소용돌이 치고 있었던 계기들을 할아버지는 먹 갈아 붓을 적셔 글씨 쓰면서 스스로를 비웃었던 거라고 나는 생각했어. 「사서각자론」 읽으면서 많이 슬펐어. 어머니가 그 부분을 붓으로 써 놓으셨더라는 얘기를 해 주셨을 때에 나는 생각했어. 할아버지는 그러실 수밖에 없었을 거라고."

"할아버지의 글이 슬펐다고? 형은 나보다 서정에 강하기는 하지만."

"이기수, 서정에 강하다는 게 뭐지? 해명해. 기분 나빠."

"금세 삐치는 거 봐요. 이은수 군, 나는 은수 군의 서정을 사랑하고 있네."

기수가 은수의 등을 투덕거린다. 어찌 보면 기수가 형만 같다. 숙자는 둘을 지프에 오르게 한다. 둘은 늦도록 이야기할 것이다. 어머니, 기수 애비하고 애들하고 먼저 식사하세요. 지프가 출발한다. 숙자 혼자 남았다. 숙자는 사무실로 갈까 하다가 자갈 깔린 마당에 쪼그리고 앉는다. 피곤하다. 아침에 집을 나와서 은수와 교대하며 평해까지 운전했고 다시 공장에 와서 어둡도록 일을 했다. 숙자는 자신의 피곤함이 육체적인 것이 아님을 안다. 그것은 질투심에서 온 정신의 혼란이었다.

숙희가 빵집을 내고 과수원과 밀밭을 꾸미는 일에서 숙자는 경제적인 협조와 선배로서의 조언을 아끼지 않았었다. 가게를 하는 일이나 농지를 거래하는 일이라면 숙자가 숙희보다 먼저 시작했고 그로 인한 벌이도 훨씬 나았으므로 숙자의 조언은 숙희에게 분명히 도움이 되었을 것이다.

초봄에 들렀을 때, 숙희가 주스 공장 이야기를 상의해 왔었다. 숙자는 흘려들었다. 거칠게 계산하더라도 결코 만만찮게 잡히는 자본금을 생각하면서 숙자는 건성으로 대꾸해 버렸다. 그로부터 세 달 만에 숙희는 주스 공장 대표가 되었다. 이번에는 숙자에게 협력이나 조언을 청하지도 않았다.

개략적인 이야기는 듣고 있었다. 달포 전에 상군이 아무래도 한번 가 봐야겠다면서 평해에 왔던 적이 있었다. 상군은 숙자에게 동행하자고 했다. 숙자는 응하지 않았다. 시어머니와 기수 핑계를 댔지만 상군이 자신의 속에서 끓고 있는 숙희에 대한 배신감을 눈치채지나 않을까 내심 신경이 쓰였다. 나 없이 어디 잘되나 보자 하는 심정이었다. 숙자는 그것이 질투심인 줄 몰랐다. 숙자는 생각한다. 이것을 아녀자의 소견이라고 할 건 없어, 이런 경우에 질투심을 가지는 건 당연하지 뭐, 이상군 씨야 책상물림 학자시니까 질투심이고 뭐고 없겠지만, 그러나 저러나 민숙자, 나는 네가 이 정도 소견인 줄은 미처 몰랐다, 손아랫동서의 성취를 시기하고 있다니, 정말 실망이 커.

숙자는 일어난다. 쪼그려 앉아 생각했던 것이 숙자에게 힘을 솟게 했다. 누군가가 밉고 싫어지면 쪼그려 앉아 생각해 보라. 그러면 힘이 난다. 그 힘은 쪼그려 앉아 생각하는 사람과 누군가 둘 다에게 미친다. 쪼그려 앉았던 사람에게는 분별과 이해로, 누군가에게는 아문 상처의 악센트로.

숙자는 좀 더 기다리기로 한다. 그들은 바쁜 것이다. 숙자는 다시 소외감에 휩싸인다. 소외감은 좋지 않다. 그것은 고독과도 다르다. 고독이 마음을 굳힌다면 소외감은 마음을 쏠아서 허물린다. 어느 날 멀쩡한 두리기둥이 쓰러지기도 한다. 그들이 나온다. 보아하니 황명의 손이 숙희의 허리에 가 있다. 숙자는 황급하게 걸어서 공장 마당을 가로질러 빈터에 이른다. 숙자는 보안등의 빛 원뿔 안으로 들어간다. 무심을 가장하고 다소곳이 선다. 자갈을 밟는 소리가 가까워진다. 숙자는 돌아선다.

"얘기 다 하셨어요?"

황명이 웃는다. 짐짓 환한 표정이다. 풋내가 말끔하게 가신 잘생긴 사내. 황명에게서는 에너지가 튄다.

"기다리셨어요? 기다리시는 줄 알았으면 얘기를 일찍 끝내는 건데 그랬죠?"

"아녜요. 여기 서 있으니까 참 조용하다 싶어서요."

"타십시오. 모셔다 드리겠습니다."

차 안에서 셋은 아무 말이 없다. 숙자는 초초하다. 막 싹 튼 근심이 숙자를 압박한다. 숙자는 용기를 만든다. 그것은 만들어지기도 한다.

"『후포신문』 기사 직접 쓰신 거죠?"

"그거 보셨어요? 성의 없이 썼죠?"

"그보다는 왠지 소심하다는 느낌이 들었어요."

"소심하다는 표현, 정확할 겁니다. 미리 쓰인 기사이기는 했지만 그렇게 어렵게 기사 쓴 것도 처음입니다. 몇 번이나 고쳐 쓰고 그랬습니다."

"미리 쓰신 거였어요? 몰랐어요. 『후포신문』은 주간 신문인가요?"

"반월간입니다. 매월 1일하고 15일에 나와요. 이번 호는 우리 공장 준공식에 맞추느라고 며칠 늦췄습니다. 편법이었죠. 김형근 차장이 못마땅한 기색이었지만 제가 우겼습니다."

"그분은?"

"『후포신문』 같이 하고 있는 친굽니다. 주스 공장 일 때문에 두 달 남짓을 그 친구에게 맡기다시피 했습니다. 제가 없어도 곧잘 해내더라고요. 신문 나올 때마다 이거 잘못하다가 밀려나는 거 아냐 하는 생각이 들 만큼요. 기사야 그게 그거겠지만 다른 건 제가 간섭할 때보다 더 좋더라고요. 그동안 뭐했는지 모르겠어요, 저는. 김형근 차장에게 아예 일임해 버릴까요?"

숙희에게 묻는 소리이다. 숙희는 대답을 않는다. 솜처럼 피로해졌으리라. 공장이 돌아가기까지 세 달, 그리고 준공식이 있었고, 그날부터 오늘까지 줄곧 공장에 매달렸으니 그럴 만한 일이다. 내일은 일요일이고 평해식품은 일요일에 쉬기로 했다. 모처럼 찾아온 휴식을 앞에 두고서 숙희는 자신의 꼿꼿한 결기를 놓아 버리고 있다. 숙자는 그럴 수 있다고 생각한다. 평해식품 전무로서 황명은 힘겨워하는 숙희의 허리에 젊은 손바닥을 가져다 놓을 수도 있는 것이라고, 그래서 숙희가 결기를 다잡을 수만 있다면 그것도 좋은 일이라고, 만에 하나 황명 씨와 숙희가 심각해져 버린다고 해도 어쩔 수 없다고. 숙자는 아직도 자신의 눈이 보고 마음이 싹 틔운 근심에 얽매여 있다. 그것도 할 수 없는 일이다. 우리는 배고파하는 존재이지만 그보다는 배고픈 시간이 올까 봐 지레 겁먹는 존재인 것이다. 배고픔에 대한 걱정은 배고픔보다 여러 모로 치사하다. 치열하지는 않겠지만.

"얘기 들었어요. 황명 씨가 일 거의 다 했다면서요?"

"제가 다 하기는요? 저야 그저 뒤치다꺼리 같은 거나 했는걸요."

"기분이 어떠세요? 평해식품 간판 달면서, 기계설비에서 물건 나오는 거 보면서, 혹시 안 울었어요? 그런 때 여자들은 안 울지만 남자들은 울기도 하잖아요. 남들이 보든 안 보든."

"울 뻔했습니다. 현숙희 씨가 반짝반짝한 눈으로 쳐다보고 있는데 울 수도 없고 해서, 공연히 돌아다니며 바쁜 척하고 그랬습니다."

"왜 아니겠어요? 저만 해도 오늘 와 보고서 살짝 울었는걸요. 생각보다 공장 터도 널찍하고 기계설비도 복잡하던데요? 이런 걸 어떻게 다, 정말 용하구나 숙희 씨는."

"동서지간이신데 숙희 씨라고 하세요?"

"뭐 어때요? 숙희 씨도 나더러 숙자 씨라고 부르면 좋을 텐데. 숙희 씨가 저더러 뭐라는지 아세요?"

"제가 어떻게?"

"웃지 마세요. 민선배라고 해요. 우리끼리 있을 때 얘기지만."

"민선배라고요? 손윗동서한테 선배라고 한다고요?"

"황명 씨, 선배라는 말 이상해요?"

숙희가 끼어든다. 그 사이에 기운을 차린 것일까? 그렇다면 황명의 손바닥은 숙희의 결기를 다잡는 구실을 한 것이 아니라 나른한 무력감에 빠뜨리는 구실을 한 게 아닐까? 의심은 암귀暗鬼처럼 좁은 틈으로도 드나든다. 운전석에 앉은 황명의 뒷덜미가 바위처럼 탄탄하다.

"이상하다마다요. 어떻게 선배라고 할 수 있는 거죠? 한두 살 차이 나는 것도 아니면서?"

"나하고 숙희 씨하고 몇 살 차이지? 다섯 살? 여섯 살?"

"일곱 살 차이예요. 제가 기수를 스물셋에 낳았잖아요. 기수하고 은수 생각하면 저하고 민 선배도 그게 그거 같은데 사실 일곱 살이라면 까마득한 거리죠? 민선배가 워낙 안 늙는 편이라 다행이야. 민선배, 우리 늙지 말아요. 언제까지나 이런 얼굴이면 좋겠어, 민선배도 나도."

"안 늙느니 늙지 말자니 하는 거 보니, 숙희 씨도 늙나 봐?"

"그래요. 몸도 몸이지만 기력이 부쳐요. 아니 기력보다도 의지랄까 자신감이랄까가 자꾸 떨어져요. 전에는 한번 웃어 버리고서 넘기곤 했던 일들도 마음에 걸리고. 이제 신랄하게 풍자하는 재미도 끝났나 봐요. 이제야 어른이 되는 건가 싶기도 하고."

"숙희 씨 말처럼 나이 들면 조심스러워져. 이것저것 걸리는 것만 생기고, 그러다가 체념하고. 숙희 씨는 주스 공장까지 차려 놓고선 웬 약한 소리를 하는 거지? 해 보는 소리지? 아직은 아냐. 숙희 씨 잘하고 있는 거야. 17억이나 되는 자본을 기울여서 제조업에 뛰어든다는 건 말처럼 쉬운 일이 아냐. 나 숙희 씨 이번에 새롭게 보게 됐어. 자랑하고 다닐 거야."

"그렇죠? 나 나름대로 괜찮았죠, 민선배? 황명 씨, 아직도 민선배라는 말 이상하게 들려?"

황명이 머뭇머뭇 얼버무린다. 모르기는 해도 황명은 숙희의 이런 멋에 반했을 것이다. 이제 숙자는 마음이 놓인다. 숙희에게 젊고 건강한 남자가 하나 다가선 것이다. 자신이 숙희에게 질투심을 느낀다면 이 부분에 뇌관이 매설되어 있는 게 아닐까? 밟지 말아야지, 잘못 밟게 되더라도 소리 지르지 말아야지.

"평해식품 전망은 어때요?"

"가동률을 높이는 게 문젭니다. 우리 공장만의 문제는 아니지만, 원자재 자체가 계절적인 요인에 묶여 있는 거라서. 그렇다고 보란 듯이 냉동 창고를 지을 수도 없는 처지구요."

"지금 상태로는 어렵나요?"

　　　　벌채상한선

"그렇지만은 않습니다. 지금 상태로도 최소한도의 이익을 낼 수는 있어요. 물론 17억이라는 자산에 따르는 이자율에는 미치지 못하겠지만. 그래도 이게 어딥니까? 평해식품이 이 지역에 끼치는 영향은 돈으로 따질 수 없는 겁니다. 현숙희 씨는 깨끗하고 맛있는 살구 주스를 짜낼 수 있다면 나머지야 어떻더라도 상관없다고 했지만, 저는 평해식품을 꼭 성공시켜야 합니다. 방금 기수군 큰어머니께서."

"민숙자 씨라고 하세요."

"제가 어떻게요? 기수 군 큰어머니께서 제조업이라고 하셨지요? 우리나라에서 제일 후미지고 가난한 지역인 우리 고장에 제조업체를 세웠다는 것, 그것도 터만 빌려주고 일손만 도와주는 공장이 아니라 우리 지역에서 나는 원자재를 가공해서 값어치를 끌어올리는 공장을 우리 힘으로 세웠다는 것에 대해서 저는 자부심을 가지고 있습니다. 두고 보십시오. 평해식품 멋있게 해낼 겁니다."

확신에 찬 남자의 목소리는 아름답다. 숙희가 황명의 신념에 넘어간 것이라 해도 나쁠 것 없겠다는 생각마저 든다.

"민선배, 나는 황명 씨 같은 야망 없어요. 공장 유지하고 날짜 안 미루고 급료 주고 한 가지씩 새로운 제품 만들고 하게 된다면 만족이야. 더는 안 바래."

"숙희 씨 말이나 황명 씨 말이나 똑같은 소리 아냐? 둘이 그럭저럭 죽이 맞는 거 같네요, 황명 씨."

"현숙희 씨의 말에 비해서 제 말은 자못 허황스럽죠."

"저 적당히 가지 쳐 가면서 들을 줄 알아요. 근데 물어보고 싶었던

게 있었어요. 오늘 기계설비 보고서 놀랐거든요. 제 좁은 안목으로도 수월찮은 설비들이었는데."

"공장 터하고 건물은 불하받았어요. 공장을 가동시켜야 한다는 조건이 딸려 있었지만 거의 거저였어요."

"기계설비들은요? 원심분리기, 청정조작기, 진공실, 급속냉각기 하는 것들은 처음 보는 것들이었고."

"절반 정도는 우리가 납품하는 회사 설비를 받아다가 설치했고 나머지 절반 정도는 경매시장에서 구입했어요. 우리가 때를 잘 만난 건가요? 요즘 경매 매물이 쌓였어요. 폐수처리시설만 새것입니다."

"황명 씨, 들어가서 저녁 들고 갈래요? 집에 가도 밥 없을 텐데."

"아닙니다. 『후포신문』 식구들하고 약속이 있어요."

"어쩌죠? 저희 때문에 늦어 버렸잖아요?"

"아직 초저녁인데요, 뭐. 걱정 마십시오. 아직은 밤 새워도 괜찮습니다. 푹 쉬십시오. 기수 군 큰어머니께서도 좋은 시간 되십시오."

"황명 씨, 잠깐만요. 아직 미혼이시죠?"

"그렇, 습니다만."

"제가 중매할까 하구요. 어때요, 현숙희 씨 같은 처녀면 되겠죠?"

황명의 얼굴이 달아오른다. 그러면 그렇지, 황명은 숙희를 애모하고 있다. 숙자의 머릿속으로 괜찮은 처녀들의 얼굴이 떠오른다. 나는 지금 심술을 부리고 있구나, 황명 같은 순진한 남자를 놀리면 못쓰는데.

황명이 떠난다. 낮에 채군의 지프를 타고서 10분이 채 안 걸렸던 거리를 아무리 밤이라지만 황명은 30분이나 걸리게 운전했다. 그는 숙자에게 궁금증을 푸는 시간을 마련해 줄 만큼 세심한 면모도 갖춘 남자인 것이다. 그에게 어울리는 처녀가 있을까? 찾아봐야지. 남자들만이 아니라 여자들도 매료당하곤 하는 현숙희 같은 마술사 처녀라고 말했는데, 그냥 넘어가지는 않겠어. 숙자는 생각한다. 내가 황명 씨에게 반했나? 후후 재밌군 그래. 오늘은 숙희하고 자야겠다. 어머니는 기수이모하고 주무시라고 하고 은수하고 채군은 기수 방으로 쫓고.

20
—
남산식물지

후포성당 건물은 검박하다. 적벽돌에 스민 불땀이 그대로 내비치는 외벽은 햇빛 고운 날이면 하늘로 날아오를 듯이 가벼워 보인다. 비 오는 저녁녘의 침중함도 그만이다. 성당 건물은 종교적인 열광이 아니라 실용적인 균제를 추구하는 이가 설계하고 시공했으리라. 공회당이나 마을회관처럼 단정하다. 색유리 장식도 천창도 벽감도 없다. 가난한 마음이 이룬 최상의 양식이다.

평해에서 영해로 가는 국도에서 후포항으로 들어가는 옛길로 접어들어서 작고 허름한 가게와 살림집 들을 구경하며 걸어가다 보면 후포중고등학교 울타리를 따라 개울이 흐르는데, 후포성당은 개울에 접해 있다. 혹심한 건조기단이 오래 머물러 있는 해가 아니라면 개울에는 맑은 물이 흐른다. 후포중고등학교 울타리 구역만큼 복개공사를 했었다. 지금은 다시 개울 바닥이 훤히 들여다보인다.

어느 해인지 몰라도 복개한 콘크리트 덮개를 물어뜯어 버린 홍수가 졌던 것일까. 개울둑 콘크리트는 온전하게 서 있건만 덮개는 사라졌다. 덮개가 씌워졌던 곳에는 뭉툭뭉툭한 철근들이 드러나 있다. 홍수가 콘크리트 덮개를 물어뜯은 게 아닐지도 모른다. 개울을 덮어씌워서 길을 넓게 쓰자는 생각은 나쁘지 않았다. 홍수가 쓸어갔든 아니면 마을 사람들의 여론에 따라 뜯어냈든 덮개가 사라져 버린 것도 나쁘지 않았다. 개울둑을 축대 삼아서 집을 짓고 사는 이들은 개울을 가로질러서 좁고 운치 있는 다리를 놓았다. 한 집에 하나씩의 다리가 있다.

집이 많아서 집 둘레에 해자를 파고 살아야 했던 이들이 있었다. 그들은 원정을 떠나거나 사냥에 나서거나 농부의 딸들을 능욕하러 가거나 할 때마다 해자 위에 헛다리를 놓아야 했을 것이다. 도개교는 불편하지만 잔재미가 없지 않은 고안이다.

후포성당 옆을 흐르는 개울에 놓인 다리들은 그러나 견고하고 유신하게 고정되어 있다. 어떤 다리는 구멍이 숭숭 뚫린 철판이고 어떤 다리는 공사장에서 주워 온 거푸집들을 철사로 엮었고 어떤 다리는 시늉뿐이나마 마닐라 로프로 난간을 꾸몄다. 우리는 그 하나하나의 다리들을 건너 볼 수 있다. 조금씩 흔들리고 삐걱거리는 다리를 건너면 선홍빛 홑봉숭아와 중키의 해바라기가 심긴 띠꽃밭이 있고 선염한 피륙처럼 녹슬어 가는 양철대문이 있고 눈높이보다도 낮게 쳐진 빨랫줄이 있다. 개울물은 깨끗하지만 이제는 그 물에서 빨래하거나 국거리 잎채소를 씻지 않는다.

하염없이 흐르는 개울물을 바라보면서 걷다 보면 후포중고등학교 울타리가 직각으로 꺾이는 곳에 항구로 가는 길을 위한 큰 다리가 놓여 있고 개울물은 다리 밑을 지나서 또 그렇게 종알종알 흘러간다. 후포성당은 그쯤에 있다. 다리 위에서 바라보면 성당은 오오 낮군 하는 느낌을 준다. 다리에서 내려와 제주도 농가의 그것과 닮았는 성당문 앞에 서도 그 느낌은 여전하다. 제주도 농가 대문의 트임 앞에서 누가 고마워지지 않으랴. 그러나 그 트임은 두 번쯤 꺾어 도는 수고를 요구한다. 두 번의 꺾어 돌기는 정서의 눅임을 위한 시간일 것이다. 후포성당의 문은 어떤가. 그 앞에 서면 성당 안이 온전히 눈에 들어온다.

거기 성당 건물이 왼편에 자리 잡고 앉아 있다. 적벽돌을 감추지 않고 노출하는 마음이라야 건물을 앉힐 수 있다. 건물은 작고 낮다. 지붕의 콘크리트 마감에 적벽돌로 궁륭을 그려 넣었다. 십자가를 세운 자리는 첨탑이다. 숙희는 후포성당의 궁륭과 첨탑을 바라보며 언제나 애련에 빠진다. 건물은 한 채이다. 거기에 고해를 위한 공간이 있고 성구들을 두는 공간이 있다. 마룻널을 깔기 위해서 긴 시간이 흘러야 했을 것이다. 참죽나무를 켜서 장의자들을 짰다. 창문들 위에 선반을 붙여서 그분과 그분의 우리에게 일어났던 일들을 목각하여 얹어 놓았다. 옻칠도 입지 못한 목각에서는 짜고 무딘 끌 냄새가 난다.

숙희는 밖으로 나왔다. 공산주의자 엥겔스가 말했던 수줍어하는 무신론자인 숙희의 마음 그물의 그물코마다에 물방울들이 맺히려는 것이었다. 이 자리에 더 있으면 안 되겠구나 싶어진다면 우리는 다른 자리로 옮아 앉으면 되는 것이다.

숙희는 성당 마당으로 나섰다. 마사토가 하얗게 깔려 있다. 마사토로 다져 놓은 전방의 흙길을 지프를 타고 달리는 감각에 대해서 채군이 말해 줬었다. 세상에서 제일 호사스러운 길이겠지, 지프를 차분하게 안아 주는 듯했어, 거기에 쏟아 부은 사병들의 땀을 생각하면 눈물이 나. 사병들은 지프를 위하여 흙을 나르고 펴고 어루만지면서 자신의 안으로 열리는 새 길을 보았으리라.

숙희는 마사토를 밟고 걸었다. 마당은 넓다. 성당 건물에 맞추어 세 그루의 감나무가 서 있다. 반시감이 한 그루, 먹감이 한 그루, 단감이 한 그루이다. 상냥하고 꼼꼼한 마음씨이다. 감나무들은 이식되었다. 씨앗이나 묘목도 제 태인 땅에서 훌쩍 먼 자리에서는 몸살을 앓는다. 세 그루의 감나무들은 성년식을 치르고 가지마다 열매들을 영글리는 여름과 가을을 몇 번이나 보낸 뒤에 이리로 왔다. 멀쩡한 가지들을 잘리우고 강철처럼 견실한 뿌리들을 들리웠다. 새로 파인 구덩이 안으로 들어가면서 그들은 마음이 어떠했을까.

감나무는 수더분한 나무다. 잎새의 모양과 촉감, 꽃의 약속, 가지 뻗음새, 열매의 수분守分, 그늘의 위안 그리고 베어진 뒤의 고운 살결과 멀리에서도 떠오르는 유년의 아침. 후포성당 마당에 서 있는 세 그루의 감나무는 아마 죽을 때까지 제 분수에 넘치지 않는 열매들을 영글릴 것이다. 숙희는 손을 뻗어 푸른 열매를 만져 보았다. 손가락이 닿은 낯에 자국이 생겼다. 자국은 이물異物의 침입이다. 또한 어떤 자국은 본물本物의 훼절이다.

숙희는 감나무 아래에 앉았다. 앉고 보니 마당이 더 넓어져 있다. 마당은 미미하게 굴곡과 요철을 보인다. 비가 오면 마당귀의 수채까지 흐르지 못하고 떨어진 자리에 고이는 놈들도 있을 것이다. 비버의 댐에 가로막힌 봄물에서는 해리향海狸香이 묻어 있겠으나 후포성당 마당의 손톱호수에 고인 빗물에서는? 숙희는 눈길을 들었다. 마당 끝 담 밑으로 파초가 있고 흰 옥잠화가 있고 봉숭아가 있고 분꽃이 있고 달맞이꽃이 있다. 모두 여름이 좋은 풀이고 꽃이다.

가을이 오면 이 마당에 무슨 꽃이 피어날까. 숙희는 가을 늦게 와 보리라고 생각했다. 잎도 지고 과일도 지고 계절도 진 어느 날, 파초 잎새 싱싱했던 자리에서 노오란 감국 떨기가 피어날지도 모른다. 숙희는 꽃에 코를 대지 않는다. 코를 대지 않아도 숙희는 향기를 맡을 수 있다. 숙희의 기억 속에는 향기의 보자기들이 놓여 있다. 제비꽃 보자기를 펼치면 청명한 제비꽃 향기가 난다. 그것은 관념의 보자기이다. 첫봄의 언덕에 피어나는 연보라의 칼날에 손바닥을 베어 보았는지? 제비꽃 향기가 지금 당신의 코끝에 스쳐 가는지? 우리는 향기를 먹고 사는 것은 아니지만 향기는 본질적이다. 향기는 폭발하는 핵이다. 다시 첫봄이 오면 서둘러 그 언덕으로 갈 일이다. 가서 제비꽃 놀라운 음관音管과 건반에 코끝을 댈 일이다. 당신의 민감한 마음 보자기는 금세 당신이 평생 쓰고도 남을 향기를 저장할 것이다. 숙희는 감나무 아래에서 까뭇 맥을 놓아 버렸다. 숙희는, 내가 지금 여기에 왜 와 있지? 하는 생각도 하지 않았다. 그날 숙희는 평해로 돌아가면서 괜히 성당까지 따라갔다고 생각했다. 성당 안으로 들어가는 게 아니었어, 문 앞에서 기다리고 있을걸.

벌채상한선

숙희는 후포성당을 좋아했다. 언젠가 방파제 끝까지 걸어가 보고 싶어서 그 길을 걸어 들어가다가 처음으로 마주쳤었다. 기수를 낳기 전이었을까, 채군을 만나기 전이었을까, 아버지가 살아 계실 때였던가. 철이 들고 고집이 생기던 어름이었을 것이다. 숙희는 개울가에 앉아 있는 성당을 보고 우뚝 섰었다. 오랫동안 그렇게 서 있었다. 성당에는 아무도 없었다. 새 한 마리도 날아들지 않았다. 겨울이었던가, 숙희는 추웠다. 그런 뒤로 후포성당은 숙희에게 원풍경原風景이 되었다. 거기에 가면 마당 깊은 성당이 있다. 숙희가 후포성당 앞에서 서성거렸던 날들은 손가락으로 꼽을 만큼이리라.

새알의 고요한 난줍 속에서 첫 뼈가 서는 것처럼 주스 공장이 얼개를 갖춰 가면서 숙희는 사흘에 하루쯤은 후포에 가야 했다. 사흘에 이틀쯤은 황명이 평해로 왔다. 사흘에 하루, 그 하루에 두 번, 『후포신문』으로 가는 길에 한 번, 그리고 오면서 한 번, 숙희는 후포성당 앞에서 멈춰야 했다. 하나도 낯설지 않았다. 황명은 숙희가 제 마음 안으로 후포성당을 원풍경으로 들였다는 것을 알지 못했다. 황명뿐이겠는가, 기수도 채군도 심지어 성희도 모르고 있을 것이다. 황명은 말하곤 했다. 제가 평해까지. 성희는 황명의 차를 타지 않았다. 차를 타고 스치듯 바라보는 후포성당? 그럴 순 없는 것이다. 황명은 말하곤 했다. 바로 뒤에 로컬버스 정류장이 있습니다. 숙희는 말했다. 알아요, 로컬버스는 돌아가잖아요. 숙희는 이렇게 말해야 했다. 알아요, 로컬버슬 타면 후포성당을 못 보는 걸요. 그러는 동안에도 숙희는 성당 건물 안으로 들어가는 사람도, 안에서 나오는 사람도, 마당을 쓰는 사람도 보지 못했다. 주일이 아니라서, 하루 일을 마친 이들이 성당으로 모여드는 시간이 아니라서, 성촉절이나 만성절이나 수난주간이 아니라서 그랬을까. 사람이 보이지 않는 성당의 마당은 깨끗하게 쓸려 있었고 성당의 문비門扉는 빗장이 풀려 있었다.

성희가 후포성당 얘기를 꺼냈다. 숙희는 말했다. 왜 후포성당이니? 꼭 후포성당일 이유는 없었다. 고향 어른들을 생각한다면 울진이 더 나았다. 남자도 기성면 척산리 사람이고 평해에 살고 있으니까 평해쯤을 생각하고 있지 않을까? 성희가 말했다. 소광리에 공소가 있어, 신자는 일곱 명, 다 할머니들이야, 후포성당 박성수 신부님이 공소에 오셔, 구역을 한참 넘어서, 신부님은 나무 보러 온다시지만.

소광리는 소나무가 장했다. 아직도 일본 군국주의자들의 남벌을 이야기하는 사람들이 있다. 그들의 남벌이 사실이라고 해도 이제는 그들에게 뭐라고 할 수 없다. 50년이 쌓였다. 솔씨가 싹터서 두 번쯤 숲을 이루는 시간이다. 그 사이에 우리의 산이 푸르러졌다. 채군은 말했다. 다시 푸르러진 우리 산이 진짜 기적이래, 그렇게 말하는 이들이 있어, 우리 눈에 성이 차려면 아직 멀었는데도. 기수는 말했다. 학원 선생님이 그러시는데 아버지가 하시는 일이 제일 좋은 일이래, 그 선생님은 우리한테 임학과 지질학과 생물학과 농학과에 가라셔, 그중에서도 임학과 얘기를 제일 많이 하시는데, 통일이 되면 북쪽에 30년 동안 나무를 심어야 한다고, 좋은 나무를 심어서 훌륭한 숲을 가꿔야 한다고, 10년만 지나면 임학과 나온 사람이 제일 멋있는 직업을 가지게 될 거라고. 채군은 기수의 말을 들으면서 흐뭇해하는 눈치였다. 세상에 어떤 일이 중요하지 않겠는가만 숙희는 말했었다. 지금도 제일 멋있는 일일 걸, 아마.

그 군국주의자들의 남벌을 이야기하는 사람들은 소광리의 소나무 숲에서 창피한 줄도 모르고 운다. 소광리 소나무가 얼마나 감동적인 지 알고 싶은 사람은 대원사에서 펴내는 총서 「빛깔 있는 책들」 175번 『소나무』의 54쪽에 실려 있는 사진을 보라. 그 사진을 보고도 가슴의 울림판이 떨리지 않는다면, 혹시 내가 잘못 살고 있는 거 아냐? 하고 생각하라.

후포성당 박성수 신부가 공소 미사를 내세워서 소광리 소나무를 보러 오곤 한다는 성희의 말에 숙희는, 왜 후포성당이니? 했던 자신의 대꾸를 거둬들이고 말았다. 왜 후포성당이니? 다른 데 다 놔두고 하필이면? 숙희의 대꾸 속에는 어떤 염려가 들어 있었다. 아주 멀어서도 안 되겠지만 그렇다고 자신의 발자국이 찍힐 만큼도 아닌 저만치쯤에 고즈넉이 머물러 있어야 하는 원풍경에 대한 염려였다. 그 원풍경은 강력한 배음背音으로 웅웅거리며 숙희의 테두리 안에 존재했다.

숙희는 생각했다. 너무 오래였어, 마음 굳게 먹고 들어가 보자. 했건만 역시 난감한 일이었다. 숙희는 성희를 따라 나서면서 이내 후회했다. 버스에서 내려 성당까지 한숨길을 의식적으로 해찰하는 것이었다. 마침내 성당에 이르렀을 때에 숙희는 자신의 걸음걸이가 서먹해졌음을 보고 있었다. 두 손은 어떻게 해야 하나? 손과 눈과 입술을 어쩔 줄 몰라 하는 여자가 후포성당 안으로 들어와 있다. 버릇없는 청년들은 바지 주머니에 손을 찌르고 눈을 찌푸리고 입술을 일그러뜨린다. 숙희는 청년도 아니고 예의범절과 자의식은 별 관계가 없다는 것을 알아

버린 사람이었으므로 그럴 수도 없었다. 난감해지면 담담해진다. 어떤 사람들은 그렇다. 숙희도 어떤 사람들 중의 한 사람일까. 서먹하라지 뭐, 서먹해하면 그만일 뿐이야.

신부는 폭력단 행동대장 같았다. 아무렇지도 않은 표정, 군더더기 없는 동작으로 급소를 꾹 누르는 사람. 그는 성희에게 말했다. 혼인미사는 안 됩니다 율리에타, 안 되게 되어 있어요, 미사만 빼고는 무엇이라도 좋습니다, 저한테 주례 봐 달라고 안 하지는 않겠지요? 혼인미사에 연연해하지 마세요, 그것 아무것도 아닙니다, 소란스럽고 지루하잖아요? 율리에타 반려자로 뽑힌 남자는? 저처럼 섹시 가이?

예상했던 대로였다. 그래도 성희는 미련을 버리지 못했다. 숙희는 성희에게 좀 둔한 맛이 있고 어리광을 부리기도 한다는 것을 알고 있었다. 그러나 박성수 신부는 숙희가 아닌 것이다. 숙희는 두 사람 모르게 사제실을 나왔다. 몇 번 떼쓰다 말겠지 생각했다.

기수가 좋아했다. 성진식 선생님이 이모부가 되는 거예요? 기수 말로는 진식은 결혼 안 할 줄로 알았다는 것이었다.

"왜 그렇게 생각했었지?"

"그렇게 생각했다기보다 혼자 사시는 것도 좋을 거라는."

"말을 시작했으면 끝을 맺어야지. 요새 부쩍 말끝을 흐리더라, 이기수. 좋을 거라는 뭐야?"

"성진식 선생님처럼 결혼 안 하고 사는 것도 한 방법이겠다고 생각했었어요. 마음에 맞갖잖으면 훌훌 떠날 수도 있을 테니까요. 선생님은 얽매여 있지 않은 듯해서 좋았어요."

"결혼해도 얼마든지 그럴 수 있어. 아버지만 해도 스스로 얽매지 않잖아."

"정도의 문제만은 아닐 거라고 저는 생각해요. 느슨하고 투명한 끈이기는 해도 끈은 끈이니까요."

"혼자 생각한 거니 누구한테 들은 거니? 설마?"

"성진식 선생님은 아녜요. 선생님이 그런 말씀을 하실 수는 없죠. 결혼 안 한 사람이 느슨하고 투명한 끈도 끈이라고 한다면 좀 우스워지죠? 선생님은 공정해요. 늦도록 결혼하지 않고 있는 자신에게 문제가 없지 않다고 하기도 했어요. 제가 보기에는 말만 그렇지 사실은 독신을 즐겁게 누리시는 것 같았지만요."

숙희는 기수로부터 진식에 대한 시시콜콜을 듣기가 여간 거북하지 않았지만 나름대로 재미도 있었고 쓸모도 있으리라는 지혜의 송곳니들을 맞부딪히고 있었다.

"즐겁게 누리는 것보다 좋은 게 또 있을라고? 네 보매 성진식 선생님은 이제껏 어떻게 살아오신 것 같았지? 그런 얘기도 하고 그러잖니들?"

"선생님은 언제나 시간을 아까워하시는 분이라서 사적인 얘기는 안 하셨어요. 저는 좋았어요. 머리와 꼬리가 분명한 선생님의 강의 한 시간을 들으면 똑똑해지는 것 같았거든요. 선생님은 가르치면서도 가르친다는 느낌이 안 들어요. 우리 스스로 각자 터득했다는 느낌이 들게 몰아가는 거예요. 머릿속으로 생생하게 들어와 박히는 격언도 많이 들었었는데, 가르친다는 것은 함께 희망을 이야기하는 것. 누구 말인지 아세요?"

"아니."

"프랑스 소설가 루이 아라공의 말이래요."

"선생님한테 들은 말이니?"

"예."

"좋구나. 그런데 짝이 안 맞는 것 같다. 뭐 빼먹은 어구 같은 거 없니?"

"역시 엄만. 저는 다음 어군 별로예요. 배운다는 것은 가슴에 성실함을 새기는 것."

"이제 됐구나. 뒤 짝이 없었다면 희망을 이야기하는 것이 공허할 뻔했는데."

"가끔 동맹 휴강을 하거든요. 한 달에 한 번이나 두 번쯤?"

"너희들이 수업을 거부한다는 거니?"

"학원이니까 가능한 거죠. 학교에서야 언감생심 꿈이나 꿀 수 있겠어요?"

"수업 거부하는 취지가 뭔데? 지역차별 타파? 양심수 석방?"

"엄마도 참. 취지는 무슨 취지예요? 한 시간 동안 과자하고 음료수 사다 놓고 먹으면서 얘기하는 건데."

"선생님들한테서 과자 값 우려내고."

"잘 아시네요. 과자 값도 과자 값이지만 내라느니 못 내겠다느니 하는 실랑이가 더 재미있다는 것도 아시겠네요?"

"이것들이 학원 가서 하라는 공부는 안 하고."

"아녜요. 동맹휴강이든 선생님의 사정으로 쉬든 그에 상당하는 보충 강의가 있어요. 몸이 아프다거나 집안일 때문에 결석한 사람도 불러다가 일일이 보완해 주고 그래요. 시장원리라는 찬바람 속에 나앉은 학원, 안 그러면 금방 문 닫아야 할걸요?"

"사설강습소 교육의 수월성秀越性?"

"동맹휴강 때도 성진식 선생님은 재밌었어요. 아주 난처한 질문도 척척 받아넘기고. 한번은 태구 녀석이 물었어요. 근엄하게 목소리 깔아서, 선생님께서는 성적 욕구를 어떻게 처리하십니까? 선생님은 당황하지도 않고 뜸 들이지도 않고 그러시는 거예요. 너희들하고 비슷해, 주로 손을 쓰고 간혹 섹스 파트너하고 자고. 저희들이 진 거였죠?"

"너희들 정말 그러니? 섹스 파트너하고 자기도 하고 그래?"

"그러면 뭐 어때요? 파트너 두는 게 억지로 하는 것보다 낫잖아요? 억지로 하는 스릴과 흥분도 있겠지만."

"기수 너?"

"엄마."

"안 돼, 아직."

"아직요? 언제쯤이면 아직이 아니죠?"

숙희는 기수와 이야기하면서 말문이 막히곤 한다. 스스로에게도 다른 사람에게도 당연히 기수에게도 똑같은 척도로써 대응하리라는 생애의 다짐이 최근 들어 더 자주 더 심하게 흔들리는 것이다. 내게도 이채군 씨에게도 큰 어려움 없었던 척도가 왜 기수에게는 문제를 일으키는 걸까? 비겁하지만 할 수 없어, 이채군 씨하고 얘기해 봐야지. 며칠 후 채군은 다음과 같이 말했다.

"숙희 씨가 과민한 거야. 얘기를 꺼내려니까 기수가 먼저 묻더라구. 엄마 심정 사나워졌지 않느냐고 말야. 그렇게 잘 아는 녀석이 왜 엄마 심정 사나워지게 만들었느냐고 했더니 한번 그래 봤다고, 엄마가 그렇게 나올 줄은 몰랐다고, 저도 당황했다고. 숙희 씨는 기수가 한 말의 내용보다 숙희 씨의 스테레오 타입에 뜨거워라 했던 거 아냐? 기수 말에 나도 원칙적으로 동의해. 다만 엄마 앞에서 할 소리가 아니었다는 점은 기수에게 말해 줬어. 기수도 다는 아니지만 알아듣는 것 같았어. 너무 마음 쓰지는 마라, 숙희 씨. 섹스 파트너라든가 억지로 하는 스릴이라든가 하는 얘기 다 말뿐이야. 흔히들 요즘 청소년들이 문란해졌다고 하는데 내 생각은 좀 달라. 나나 숙희 씨 세대의 성의식이나 기수 세대의 그것이나 크게 다르지 않을 거라고 나는 생각해. 우리 세대가 숨어서 몰래 했다면 기수네는 그렇지 않다는 정도 아닐까? 성에 관한 담론을 걔네도 주고받을 필요가 있는 것이고 그것들이 쌓여서 건강한 성생활을 할 수 있는 토대가 마련되는 것이고. 어쩌면 우리 세대보다 더 보수화되었는지도 모르지. 나는 그랬던 것 같아. 고등학교 때, 공부하고 남는 시간에 그거만 생각했지 싶기도 하고. 아닌가? 그것 생각하고 남는 시간에 공부했었나? 이렇게 말한다고 해서, 이채군 꽤 학구파였구나 생각하지는 마. 우울한 책 몇 권 보고 몽롱한 정신으로 지냈을 뿐야. 그때 내게 가끔 같이 자는 섹스 파트너가 있었다면 어땠을까? 장담할 수는 없지만 몽롱한 구름이 조금은 걷히지 않았을까?"

성희와 진식은 선을 본 뒤로 자주 만나는 것 같더니 7월 들어서는 본격적으로 혼담이 오가게 되었다. 만혼일수록 재고 따지고 밀고 당기고 한다는 말도 부질없어서 일사천리로 일이 진행되었다. 성승균 이사에게, 아무래도 제 동생이 처지는 것 같아요 했더니 그쪽에서도 똑같은 소리를 했었다. 저희도 마찬가집니다, 당숙이 좀 시쁘더라도 곱게 보아 주셔야 합니다. 숙희는 진식의 집안이 기성에서는 명문의 하나에 든다는 소리를 들었다. 척산리 성씨네라면 다 한수 접고 들어간다는 것이었다. 그런 집안으로 시집가서 고생하지는 않으려는지, 숙희는 슬몃 불안해지기도 했다. 돈 많다고 뽐내는 것보다야 열 배 낫겠지 했다.

기왕이면 명문가하고 혼사를 맺는 게 좋기는 좋다. 남들이 양반이라고 입술로나마 불러 주는 집안은 뭐가 달라도 다르다. 그 집안의 아들딸들은 음으로 양으로 양반교육을 받으며 클 수밖에 없고 양반교육은 이튼 스쿨의 라틴어 연설이나 에이트 레이싱에 결코 떨어지지 않는, 우리가 상속받은 광산이고 어장이고 농수로農水路이다. 3대가 쌓이면 의복을 알고 5대가 쌓이면 음식을 안다고 했다. 당대當代의 1급 시인 조조曹操의 말이다. 10대가 쌓여야 염치를 알고 그래야 척산리 성씨네라는 말을 듣는 것이다. 그것은 문명文明을 넘어선다.

성희에게 진식은 과분한 신랑감이라는 성희의 생각은 변하지 않았다. 자신이 회덕현懷德縣 이씨네 집안 남자와 눈이 맞았었던 사실을 숙희는 잊어버리고 있었다. 숙희가 이씨네 집안에서 이록 선생의 둘째며느리로 받아들여지기까지 시어머니 신순임과 상군의 마음고생이 어떠했었는지에 대해서 숙희는 모르고 있었다. 채군은 희미하게나마 알고 있었을 것이다. 물론 양반이라 불리는 집안들에서 혼처를 정하는 일에 특별히 까탈스러운 것은 아니다. 또 혈기방장한 자식이 야합하여 얻은 애물이라 해서 내치는 것도 아니다. 지나치게 난亂하다거나 모략과 협잡의 소문이 승하지만 않다면 그러하려니 하면서 화촉을 밝혀 준다. 그러한 모습을 체통體統이라고 한다. 체통은 식색食色을 무시하지 않되 내세우지도 않는 점잖음이다.

진식이 채군에게서 느꼈던 자력磁力은 점잖음이 아니었을까. 그것이 첨예한 역할을 했던 것은 사실이었다. 그러나 그것이 전부는 아니었다. 진식이 온온아아한 성희에게서 순열한 불길을 봤다면 그것으로 됐다. 성희가 진식에게서 늑대 같은 청렬함을 보았다면 또 그것으로 됐다. 숙희가 자꾸만 성희의 범용함을 생각하고 두 자매만 뾰족하게 남아 고적했던 시간들을 마음에 아로새기는 것은 상정常情이었다. 현성희와 성진식은 그렇게 혼인의 예를 갖추게 되었던 것이다.

여름이었다. 궂은 날씨가 이어지다가 오늘은 빨래하는 날입니다 하면서 반짝 맑아진 8월 상순이었다. 후포성당에서 결혼식이 있었다. 예식은 해거름에 시작되었다. 시간을 늦추잡은 것은 숙희의 아이디어였다. 두고 보라지, 놀래 줄 거야. 예복을 갖춰 입은 진식이 저렇게 준수해지다니. 허리도 꼿꼿하고 엉덩이도 팽팽했다. 숙희의 가슴에 꽃물이 고이고 있었다. 성희도 나무랄 데가 없었다. 잘룩하게 강조된 허리가 빈약한 가슴을 카무플라주해 줬다. 크지 않은 사과 한 알을 반으로 잘라 붙여 놓은 듯한 가슴을 성희는 부끄러워했다. 손가락을 오그려 덮으면 마침맞았다. 대신 성희의 가슴은 누구보다도 말쑥한 원형이었고 생고무 같은 탄성을 가지고 있었다. 아이를 가지게 되고 젖줄이 열리게 되면, 성희는 볼록하고 아름다운 가슴을 가지게 될 것이었다.

하객이 많았다. 진식의 집안사람들이 제일 많았다. 예식을 치르려고 하면 마음에 걸리는 게 많아진다. 신랑 쪽에 비해서 하객이 너무 적으면 어쩌나 하는 것도 숙희는 걱정이었다. 시집에서 숙희의 마음을 헤아렸는지 두 시누이네까지 어려운 걸음을 해 주었다. 은수는 학교 친구들을 여럿 데리고 왔고 입시 준비에 바쁜 지수는 모르기는 해도 기수를 보러 왔을 것이다. 아버지가 돌아가고 숙희가 대구에서 자취하면서 학교에 다니게 됐을 때부터 숙희는 중학생이었던 성희와 함께 살았다. 그렇게 구산리 고향을 뜬 지 스무 해가 가까웠다. 하건만 고향의 친척 어른들이며 그리 자별하잖게 생각했던 사람들이 후포까지 와 주었다.

숙희는 자신과 채군이 혼인 예식을 치르지 않고 사실혼과 법률혼 과정을 마감해 버렸던 일이 옳지만은 않았구나 생각하고 있었다. 자신들이 자라는 모습을 옆에서 지켜봐 준 어른들과 벗들 앞에서 서로 아껴 주고, 모자라는 부분을 채워 주고, 이 사랑과 이 이웃과 이 나라가 아파하면 함께 울겠습니다 맹서하는 일에 무슨 간특함이 섞여 있으랴 싶었다.

잘살아야 한다고 축복해 주고, 생각하면 못해 준 일들만 떠올라 언니 정말 미안하다고 눈물샘 흔들리우고, 그동안 참아 왔던 말들 끝내 하지 못하고 돌아서서 저미는 마음 훅훅 쓸어내리다 보면, 후포성당 박성수 신부는 혼인 미사는 안 됩니다 매정하게 끊었던 일이 후회스러워지는 것이었는데 어쩌겠는가 불러 줄 세례명을 가지지 아니한 신랑에게 미사는 번문욕례이리라, 율리에타 성희 정말 아름답군요. 혼례는 미사여도 미사가 아니어도 신약新約이었다. 박성수 신부는 쩨쩨한 사람이 아니었다.

"신부는 혼인 미사를 원했습니다."

박성수 신부의 카랑카랑한 음성이었다. 사제가 아니었어도 여러 사람들에게 신망을 얻고 위로를 주었을 훤칠한 남자였다. 숙희는 그에게서 남성적 매력을 느끼려는 자신에게 딱하구나 현숙희, 한마디를 건넸다. 뒤를 돌아보니 이성구 선생이 뒤편에 서 있고 그 옆에 기수가 있었다. 마당에 있다가 궁금해진 나머지 들어왔겠지, 마당일은 잘하고 있나 몰라, 시간이 어떻게 됐지? 예식이 좀 빠르게 진행되는 것 같은데. 채군이 숙희의 저고리를 당겼다. 가만히 앉아 있으라는 소리였다.

"여러 어르신들과 친지들은 기억할 겁니다. 신랑과 신부가 혼인 서약문을 지키겠노라고 대답했던 시간과 서로의 가난한 마음을 이렇노라 고백하면서 떨리는 손으로 반지를 끼워 주었던 시간을 언제까지나, 기억할 겁니다. 물론 저도 기억하고 있을 겁니다. 그런데 그 반지에 물린 보석이 금강석입니까 백수정입니까?"

소년처럼 진지한 물음에 하객들 사이에서 웃음이 번져 나갔다. 숙희는 아무것도 끼워져 있지 않은 자신의 손을 내려다보다가 꼭 그러쥐었다. 채군이 숙희 손을 잡고 힘을 주었다. 돌이든 나무든 단단한 것들을 오래 연마하면 빛을 발하게 된다. 그것을 순결한 금속에 물리고 손가락 굵기에 맞추어 둥글게 고리 지으면 반지가 된다. 작고 굳고 섬세하게 빛나는 물건, 우리는 그것으로 1년이나 50년의 비탄을 견뎌내기도 한다.

바그다드의 청년 알라딘은 몽상가였다. 그는 알리리아와 잔지바르와 그라나다에 가고 싶었다. 그에게는 젊음과 희망과 한 개의 램프가 있었다. 알라딘은 램프의 구리 손잡이를 조금 잘라 내어 오래오래 갈고 두드려서 반지를 만들었다. 자신의 손가락에 끼우려고 반지를 만드는 사람은 없다. 바그다드 청년 알라딘의 램프 손잡이가 반지로 변신한 것은 그가 마음 복판에 누군가를 두었기 때문이다. 지그문트 프로이트의 음울함과 빌헬름 라이히의 들짐승 같은 선열함. 세상은 반지로 이루어져 있다. 어떤 이들은 알라딘이 램프를 문질러 거인을 불러내는 행위를 청년들의 수음 행위의 상징이라고 해석하기도 한다. 젊음과 희망과 한 개의 램프를 가지고 있을 뿐인 청년은 수음을 할 수밖에 없다. 수음하는 손과 반지를 만드는 손은 같다. 숙희는 자신의 손가락에 끼워져 있는, 보이지 않는 반지를 살그머니 뺐다. 그리고 그것을 채군의 손가락에 끼웠다. 박성수 신부의 목소리가 이어지고 있었다.

"오랫동안 소식이 없었던 사람이 보고 싶어지는 때가 있습니다. 제가 지금 보고 싶어진다고 했지요? 우리끼리 얘기지만, 오랫동안 왕래가 끊어졌던 어떤 사람이 어느 날 갑자기 보고 싶어졌다면, 그렇지 내가 그 사람의 도움을 바라고 있구나 생각하면 틀림없습니다. 그 사람의 도움이 필요 없음에도 불구하고 보고 싶어지는 경우는 없다고 저는 항상 생각하고 있습니다. 그래서 저는 아무도 보고 싶어 하지 않으려고 노력합니다. 물론 저의 노력은 거의 언제나 실패하고 맙니다. 저는 혼자서는 도무지 아무것도 하지 못하는 반편입니다. 후포성당 마당에 감나무가 있지요? 저는 감나무에 열린 감을 언제 어떻게 따서 어디에다 뒀다가 먹어야 하는지도 모릅니다. 이런 제가 감을 딸 때가 되면 누군가가 슬슬 보고 싶어지는 것은 당연한 일이 아닙니까? 아무도 보고 싶어 하지 않을 수 없다면, 누군가의 도움이 없이는 살아갈 수 없다면, 그러면 됐습니다. 보고 싶어 하십시오. 도움을 받으십시오. 그러다가 누군가에게서 보고 싶다는 말을 듣게 되면 지체하지 말고 달려가서 보여 주십시오. 도와주십시오. 가을이 와서 감 따는 때가 오면 또 분명히 누군가가 보고 싶어질 텐데, 이번에는 누구를 보고 싶어 할까요? 오늘의 아름다운 신부 율리에타 성희에게 전화를 해 볼까 합니다. 신랑이 안 된다고 하면 어떡하느냐구요? 제가 공연히 이 사제복을 입고 있는 줄 아십니까? 저대로 꾀를 짜낼 줄 아니까 이런 멋있는 옷도 입을 수 있었던 것 아니겠어요? 신랑이 안 된다고 하면, 할 수 없지요, 사실은 율리에타 성희만이 아니라 성진식 당신이 더 보고 싶노라고 하는 수밖에요. 감 따는 것이든 후포성당 물받이 홈통 고치는 것이든 저는 가만히 앉아서 전화만 하면 됩니다. 전화로 보고 싶다는 말만 하면 됩니다. 어때요? 괜찮죠? 저처럼 잘생긴 아들이 있으신 분들은 오늘 집에 가셔서 아들한테 살짝 일러 주세요. 아들하고 겸상하고 앉아서 해도 좋고, 아들이 공부하고 있는 책상 뒤에 서서 해도 좋습니다. 아들, 전화만 하고 있으면 된대, 전화로 보고 싶다는 말만 하고 있으면 만사형통이래, 신부가 돼 볼 생각 없니?"

박성수 신부는 말을 잘하는 사람이었구나, 잘생긴 남자가 말도 잘한다면 무엇을 더 바라랴. 숙희는 자리에서 일어났다. 채군이 숙희를 바라보았다. 손가락조차 필요 없는 마음말들이 오갔다. 왜? 밖에 어떻게 하고 있는지? 잘하고 있겠지. 그래도. 앉으세요, 현숙희 씨. 숙희는 앉았다.

"한동안 연락이 끊어졌던 사람을 만나는 제일 좋은 방법이 뭔지 아세요? 아시겠지만 거기 모르고 있는 세 사람을 위해서 제가 가르쳐 드릴게요. 세 사람이 누구누구냐구요? 여기에 저 박성수 신부가 장난꾸러기에다 철부지이고 말을 함부로 하는 괴짜라는 사실을 모르는 사람이 세 명 있습니다. 난가? 나도 모르고 있었는데 하고 생각하는 사람 계시죠? 그런 사람 한번 일어나 보실래요? 보세요, 딱 세 명이잖아요. 한동안 연락이 끊겨졌던 사람을 만나는 제일 좋은 방법은, 전화를 하는 겁니다. 방법치곤 평범하다 못해 시시하기까지 하죠? 전화 가지고 되겠어? 하실 분도 계시겠습니다만, 저는 전화보다 더 좋은 방법은 없을 거라고 생각합니다. 일단 전화를 하는 겁니다. 나 후포성당 박신부야, 잘 지내지? 나야 뭐 늘 그렇지, 요새는 새벽도 아닌데 자꾸 뻗쳐서 고민이야, 만날 놀고먹으니까 헛것에만 신경 쓰이고, 무슨 책 보고 있느냐구? 성인전聖人傳이나 교황청 문서 같은 건 재미없어서, 그런데 말야 우리 학교 다닐 때 기숙사 침실 같이 썼던 김홍순이라는 친구 있었잖은가? 그래 예쁘장하게 생겨 가지고 소주병을 끼고 살았던, 3학년 땐가 염소나 쳐야겠다면서 퇴교했던, 그 친구 지금 어디 있는지 알아? 모른다구? 김홍순하고 친했던 사람이 원주교구에 있어? 강릉 본당? 서지원이 강릉 본당 보좌로 있어? 서지원 신부한테 물어보면 알겠군, 김홍순 군 어디에 있는지 남신부도 더 알아봐 줘, 별일 아냐, 갑자기 보고 싶어져서, 남신부도 연락 좀 자주 해라, 은혜 충만. 이렇게 하면 전화 한 번 한 겁니다. 예? 신부들 전화가 뭐 그러냐구요? 그렇지 않으면요? 그럼 신부들은 전화도 찬송가 부르는 것처럼 하는 줄 아십니까? 다 똑같습니다. 아니 평신도들이나 비신자들보다 더 수선스러울걸요? 아무튼지 간에 그렇게 전화를 서너 통화 하게 되면 웬만한 사람은 목소리를 들을 수가 있습니다. 제 경험으로는 대개 세 번이면 됐습니다만, 우수리를 감안해서 서너 통화라고 한 겁니다. 세 번 전화해서 보고 싶은 사람 목소리를 들을 수 있다면 그게 천국 아닙니까? 백날 주님 주님 하면서 기도해 보세요. 그분의 음성이 들리나 안 들리나. 쓸데없이 기도하지 마시고 전화하세요. 그러면 됩니다. 전화해서 보고 싶었노라고, 이만저만해서 너의 도움이 필요하다고 말씀하세요. 그러면 됩니다. 입은 밥 먹고 물마시고 키스하라고만 있는 게 아닙니다. 노래하는 입, 즐겁게 웃는 입, 명랑하고 결심하는 입이 야뭅니다. 그 모든 입 가운데 제일 좋은 입이 전화하는 입입니다. 전화해서 보고 싶다고, 너의 도움이 필요하다고 말하는 입입니다. 신랑과 신부, 신부와 신랑에게 부탁합니다. 사랑한다는 말 하지 말고, 너의 도움이 필요하다고 말하세요. 그러면 됩니다. 그래도 잘 안 된다면 신랑과 신부, 그리고 신부와 신랑, 후포성당 박성수 신부에게 전화하십시오. 저의 말이 너무 길었지요? 할 수 없습니다. 스님이든 목사든 신부든 말 빼면 가죽도 안 남잖습니까? 꼭 한마디만 더 하겠습니다. 성진식 씨, 부럽습니다. 저도 장가들고 싶은데요?"

그리고 진식의 후배 한 사람이 나와 축시를 읽었다. 숙희는 축시를 들으면서 살짝 눈시울을 적셨다. 「진심가」라고 했다.

사방을 둘러봐도 좋은 얼굴들입니다
어르신들이고 벗들입니다
어린 움들이고 젊은 잎새들입니다

앉으셔서 서셔서 지키십니다

누구입니까

지네가 뭐 잘났다고

집안의 걱정꾸러기 둘이 만나

이제야 결혼합니다

신이 주신 것입니다

음표이고 접시입니다

아 하는 오오 하는 알파벳입니다

사랑합니다

아버지가 가르쳐 주신 것입니다

아버지의 풀밭이고 아버지의 갯벌입니다

낫질이고 무자위질입니다

사랑합니다

홀로입니다

서로입니다

처음이고 마지막입니다

사랑합니다

누구입니까

지네가 뭔데 이제야 결혼합니까

진심입니다

잘살아야 합니다

사방을 둘러봐도 좋은 얼굴들입니다

어르신들이고 벗들입니다

어린 움들이고 젊은 잎새들입니다

앉으셔서 서셔서 지키십니다

은수와 파랑새 사람들이 만드는 위풍당당 행진곡에 맞추어 성희와 진식이 나란히 걸어 나왔고 사진을 찍었고 성희가 제가 들었던 장미 부케를 던졌고 예식이 끝났다. 모두 좋은 얼굴들이었다. 성희가 고집을 부려서 맞췄던 여름양복을 입은 기수는 어떠했던가. 그를 바라보면서 숨을 죽였던 이들 중에는 신순임과 이성구와 원추리말고 우리가 모르는 이들이 또 있었다. 박성수 신부는 법복을 벗었다. 미사와 함께 치른 혼례가 아니었다 해서 그의 마음에 그늘이 질 리는 없었다.

구산리 사람들이 숙희를 둘러싸고 치사했다. 그들이 보매 숙희는 고맙게도 동생을 고이 키워 좋은 곳으로 시집보내는 언니였고 장가보내도 괜찮을 아들을 벌써 저렇게 만들어 놓은 어머니였다. 고맙다 숙희야 정말 잘 했다. 황석주 선생이 다가와서 숙희에게 악수를 청했다. 김형근 차장이 먼빛으로 인사하며 지나갔다. 박성수 신부가 사제실을 폐백실로 내주었다. 예단과 폐백반을 준비하면서 숙희는 책잡히지 말아야겠다고 번쩍거리지 않고 농밀하지 않고 조그만 과잉 사소한 결락도 아닌, 사무치는 마음을 담으려고 했었다. 숙자의 도움이 컸다. 신랑 쪽 사람들이 숙희네의 고적함을 알고 폐백을 서둘러 마쳐 주었다. 그리고 모두는 후포성당 마당으로 나섰다. 저녁 으스름이 밀려와 있었다.

달맞이꽃이 피고 있었다. 숙희가, 두고 보라지 했던 것은 실상 그것이었다. 예식을 마치고 마당으로 나섰을 때에 파아파아 달맞이꽃들이 피어난다면 정말 좋겠다는 마음이었다. 달맞이꽃이 피는 시간은 길어야 20분쯤이었다. 그 20분의 영광으로 여름밤은 깊고 푸르다. 거기 선 당신은 꽃이 피어나는 광경을 본 적이 있는가? 없지 않을 것이다. 개화 호르몬이 팽윤되어 있는 봉오리 앞에 사진기를 고정시켜 놓고 1분이나 2분에 한 번씩 백여 번쯤 사진 찍은 필름을 한데 모아 편집해 놓으면 꽃은 한순간에 우리의 눈앞에서 피어나고 피어나고 하지 않던가. 봉오리가 벌어지려는 첨촉의 순간에서 잠자리 날개보다 더 얇을뿐더러 혀를 내밀어 음음 음미해도 무방한 노랑의 꽃잎을 펼치기까지 달맞이꽃은 우리의 들숨 몇 번 날숨 몇 번의 시간만을 사용한다. 셔터와 필름과 편집기와 영사기가 없어도 우리는 그들의 개화 의식에 입회할 수 있다. 언제 달맞이꽃 피어나는 황야에 가 보라. 거기 파아파아 피어나는 으스름 20분을 경험하라.

후포성당 마당을 빙 둘러서 달맞이꽃이 피어나고 있었다. 숙희가 말하지 않았어도 모두는 이미 그 광경을 자신들의 눈 안으로 들이고 있었다. 숙희는 허리를 숙였다. 달맞이꽃의 로켓 봉오리들이 떨고 있었다. 꽃잎을 싸고 있는 연한 갈색의 우단 고깔들이 조금씩 솟아오르고 있었다. 고깔과 꽃받침을 봉합해 주었던 시룻번이 쪼개지면서 노란 꽃잎이 편지처럼 접혀진 채 나타났다. 우단 고깔은 점점 더 높이 솟아오르다가 어느 순간 고갈된 연료 탱크처럼 추락하리라. 숙희는 손을 들어 우단 고깔의 뾰족마루를 잡았다. 그리고 가만가만 들어올렸다. 놀라워라 달맞이꽃이었다. 혼자 힘으로도 고깔을 들어 올릴 수 있거늘 옆에서 참견하는 건 뭐야? 숙희는 생각한다. 미모사 같은 참을성이라니. 달맞이꽃은 꽃잎보다 더 짙고 촉촉한 꽃가루를 품고 있었다. 꽃가루는 이리, 꽃가루는 뇌즙, 꽃가루는 정액이었다. 달맞이꽃 향기가 유사流沙처럼 밀려 왔다. 숙자가 숙희에게 다가와 섰다.

"숙희 씨, 고마워."

"민선배."

"달맞이꽃들이 피고 있었어. 이쯤에서 말야. 밤 보초병들의 총구마다에 하나씩의 등불을 켜 두었던 사람이 있었지? 그 등불 같아."

"민선배, 나 민선배한테 신세 갚을 생각 같은 거 안 할 거야. 갚아도 갚아도 다 못 갚을 텐데, 그런 생각 안 하고 그냥 뻔뻔스럽게 살래. 괜찮겠지 그래도?"

숙자가 숙희를 안았다. 작은 여자가 큰 여자를 안는 모습도 나쁘지 않았다. 그들의 옆으로 황명과 박성수 신부가 다가왔다. 감나무 아래 성진식과 이성구에게 눈길과 말을 주고 있던 채군이 숙희와 숙자와 황명과 박성수 신부를 이윽히 바라보고 있었다. 우리가 하나의 동그라미라면 우리의 바깥에서 우리를 둘러싸고 있는 동그라미들이 있으리라. 그 동심원들의 제일 끝에는 무엇이 있을까. 보라 모든 동그라미가 동심원이라면 좀 심심했으리니 어떤 동그라미들은 먼먼 어느 웅덩이에 중심을 놓고 우리의 주위를 위협하지 않던가. 숙희는 고개를 들었다. 살별을 찾는가?

"황명 씨, 어쩌면 좋죠? 오늘도 궂은 일만 도맡으시고."

박성수 신부의 험구는 오늘 쉴 줄을 몰랐다.

"편집장께 짝패 하나 붙여 주세요. 제가 힘들어서 못 살겠어요. 엉덩이를 들어라, 무릎을 벌려라."

안에서 예식이 있는 동안 밖의 사람들도 분주하게 오가고 있었다. 숙자와 황명 그리고 신랑 쪽 사람들 두엇이 모여 잔치음식들을 챙겨 노느고 자리를 만들고 군데군데에 등을 달았다. 기수네 패들이 책상과 의자를 날랐다. 태구와 재용이와 민영이 들이 한 묶음, 후포고등학교 1학년 1반 떨거지들이 또 한 묶음, 그리고 검도부원들도 있었다. 한 구석에 가마솥을 걸고 국수를 삶았다. 펄펄 끓인 물에 마른 국수를 넣기만 하면 삶아지는 것이 국수라고? 어림없는 소리, 국수 삶는 일에도 노하우가 주렁주렁 매달려 있다는 걸 모른다면 당신은 아직 살림꾼이 아니다. 잘 삶아진 국수를 바가지로 건져서 찬물 속에 넣어 헹군다. 그 것은 삶아지는 동안 달아났던 국수의 생기를 되살리기 위함이다. 찬물 속에 손을 넣어 국수를 한 움큼 쥐어 올려서 넉넉하게 사리를 짓는다. 물 빠짐이 좋은 채반 위에 국수사리를 얹어 둔다. 멸치와 다시마는 우리고 있는지? 달걀지단과 실고추와 흰 파는 준비되어 있는지? 아가리 크고 운두 나직한 그릇들은? 쪼갬젓가락은? 김치는 제대로 익었고?

"저 국수 먹으러 왔는데요."

민영이 두 그릇째 국수를 달란다고 뭐라 할 사람은 없다. 숙자는 채반에서 사리 하나를 집어 그릇에 담는다. 맛국물 솥에서 국물 한 국자를 퍼서 그릇에 붓고 쌈쌈히 긴장해 있는 면발을 깨운다. 그릇을 기울여서 식은 국물을 따라 내고 새 국물을 한 국자 떠서 붓는다. 그 위에 희고 노란 지단과 맑고 맑은 실고추와 상클 매운 흰 파를 얹는다. 국수한 그릇이 완성되었다.

국수를 먹어야 한다. 그래야 혼인집에 온 보람이 있다. 이제 민영은 국수 그릇과 김치보시기와 간장 종지가 놓인 쟁반 앞에서 쪼갬젓가락을 까불고 있으면 되는 것이었다. 민영은 젓가락질 세 번으로 국수를 해치워 버렸다. 국물도 서너 모금 꿀꺽거리면 그만이다. 야, 맛있네. 국수장수 아주머니 숙자가 국자 든 손으로 입을 가리며 웃었다. 잔칫날에는 더욱, 맛있게 잘 먹어 주는 것이 그중 바른 노릇 아니랴. 국수는 됐고, 이제 뭘 먹어 보실까? 민영은 기수의 두 고모들이 있는 곳으로 걸어갔다.

"어서 오세요. 우리 기수 친구시죠?"

"예? 아 예. 저 허민영입니다. 기수하고는 중학교 때부터."

"우리 기수 고모들이에요. 제가 작은고모, 이쪽이 큰고모. 큰고모가 조금은 낫죠? 한참 동안 정신없었는데 때맞춰 잘 왔어요. 평해식 전유어가 좋겠죠? 이건 기수 외갓집 동네에서 만드는 사슴산적인데 한 입 드셔 보실래요? 좀 밋밋하죠? 그 동네 음식이 본래 그래요. 이건 섶산적이라고, 괜찮죠? 커틀릿보다 낫지 않나요? 오늘 친구분들 모두 고생했어요. 고맙단 말은 나중에 또 할게요. 전유어 한입 더 하실래요?"

민영은 어물어물 고모들 앞을 떴다. 파초 아래에 재용이가 있고 태구가 있고 세호가 있다. 민영은 그리로 가다가 채군과 마주쳤다. 채군의 옆에는 기수 외할머니? 자신은 채군을 알지만 채군은 자신을 모르리라며 고개 숙이고 지나가려는데 채군이 민영을 잡았다. 기수 어디 있는지 모르시는지 민영 군? 이럴 수가, 이름까지 알고 계시잖아. 저도 지금 찾고 있습니다. 태구가 민영에게 언제나처럼 핀잔을 한다. 허민영, 어떡하냐, 먹을 게 너무 많아서? 그렇게 먹고도 또 한 번 돌았지? 이리 와서 이거나 좀 마셔라. 파초 큰 잎새 아래 책상 세 개가 붙여져 있고 거기에 평해식품에서 만든 살구 주스들이 보기 좋게 쌓여 있었다.

"이거였구나. 신기한데? 말만 들었는데 말야. 정말 똑같잖아. 원터치 뚜껑도 바코드도 이거 하나에 얼마씩 판대? 포항에는 안 오나?"

"안녕하세요?"

이크, 이 목소리는? 민영은 그만 사레가 들었다. 입술을 훔치고 돌아보니 주스 캔의 피라미드 옆에 웬 여인이 서 있었다. 카스텔라를 써는 손길이 찬찬했다.

"기수 누나야. 이름은 이지수. 줄기 지枝 자 지수야. 넌?"

"난 허민영, 이에요."

"이에요? 그냥 말 놓잖구? 여기 친구들은 다 놓더라? 첨엔 좀 거슬렸는데, 이젠 괜찮아. 카스텔라 좀 더 자를까?"

숙희는 채군과 가볍게 다퉜다. 먼저 황명에게 안 좋은 소리를 했지만 황명이야 무슨 잘못이 있겠는가. 어디까지나 신순임의 마음 저울추가 그만치쯤에서 평형을 이루었던 것이다.

"어머니가 황전무한테 수표를 건넸대요. 주스 값 명목으로."

"음, 그러셨다고 들었소."

"돌려드려야죠? 그렇잖아도 아주버님 부조가 과하다고 생각하고 있는 중인데. 올케들도 그렇구요."

"숙희 씨. 어머니는 부조하신 게 아니야. 평해식품 살구 주스를 팔아주신 거라구. 그래서 수표도 숙희 씨가 아니라 황명 씨에게 끊으신 거고. 어머니 명의 가계수표라던데?"

"결국은 그게 그거 아녜요? 전 돌려드릴래요. 채군 씨가 어떻게 좀 해 볼래요?"

"아니. 난 안 할 거야. 그건 어머니에 대한."

"어머니에 대한, 예의가 아니라구요? 오히려 모르고 있는 척하는 게 더 불민한 거 아녜요? 황전무한테 그러셨대요. 얘기하지 말라고. 황전무가 얘기 안 한다고 모르나 뭐? 어머닌 왜 그러신 거죠, 채군 씨?"

"어제 공장에서 그러셨다고 합니다. 어머니 보는 앞에서 입금 장부를 쓰라고 아예 못을 박으셨다던데? 우리 어머니, 일 하나는 영락없이 해 놓으신다니까."

"그냥 감탄만 하고 있을 계제가 아니잖아 채군 씨. 어떻게 안 될까?"

"이번엔 우리가 져 드립시다. 어머니 아니었으면 오늘 살구 주스 못 낼 뻔했잖소? 아마 어머니는 숙희 씨가 오늘 평해식품 주스 내놓지 않을 거라는 걸 파악하셨을 거야. 이 맑은 것이 분명 그럴 것이다, 군시렁군시렁. 그렇다면 내가 나설 수밖에, 곤시랑곤시랑."

"이채군 씨."

"왜요 현숙희 씨?"

"재밌어요, 당신?"

채군이 숙희를 안았다. 오늘따라 왜 이렇게 끌어안는 사람들이 많은 거야? 어디 또 없나? 있었다. 달맞이꽃이 황금박쥐처럼 환하게 피어 있는 구석에 희일이 기수를 뒤로 안고 있었다. 그 앞에는 이성구 선생과 중해가 오랜만의 안부를 주고받는 중이다.

"이선배 얘기는 가끔 들었어요."

"고향으로 갔다는 얘긴 들었는데 여기가 고향인 줄은 몰랐어. 신랑하고 한 동네라고?"

"그렇기도 하고 따로 볼일도 있었어요. 제가 척산리 심부름꾼이거든요."

"그래야지. 젊고 의식 있는, 중해 같은 사람이 열심히 해야지."

"선배도 참, 의식은 무슨? 저 가시 다 뽑아 놨어요. 그렇게 되던데요? 의식은 성진식 선배가 여태도 파릇하죠. 그리고 이선배도."

"어 셀프 머더 케이스 오브 이?"

"척산리로 내려와서 하천부지에 과수원을 꾸몄거든요. 복숭아요. 모래땅이라 수세樹勢가 좋아요. 그런데 생과일로는 잘 안 되네요. 껍질이 너무 얇고 살이 물러요. 맛은 괜찮은데. 지품리에 가도 우리 복숭아 같은 건 많지 않아요. 그래서."

"그랬군. 기수 군, 희일 군 삼촌 어머니께 모셔다 드려야겠다. 평해식품에서도 환영할 거야, 아마. 과수원 규모는 어때? 커?"

"저는 한 천오백 평 정도? 저말고도 많이들 심었어요. 저 따라서 그랬던 거라고 할 수도 있어요. 본격적인 수확은 올해가 처음예요. 아직 첫물인데 다들 실망하고 있어요."

숙희는 중해를 황명에게로 이끌었다. 중해는 황명을 『후포신문』 편집장으로 이미 알고 있었다. 만나고 싶었던 사람이었다. 그 사이에 기수와 재용이 패거리들은 진식을 에워싸고 있었다. 게임 종료 호루라기와 함께 역전골을 꽂아 넣는 놈? 서연학원 농구팀 버저비터스의 주무 태구가 진식을 납치해 왔다.

"이놈들 여기 다 있었네."

"선생님, 축하합니다."

"늦장가 가시면서 하나도 미안한 얼굴이 아니시네요. 기수 이모 같은 미인을 차지해 버린 소감 한 말씀 해주셔야죠."

"상기가 안 보이네. 웅희도. 안 왔어?"

"상기 녀석은 길고긴 휴가 중예요. 민영아, 상기 퇴원할 때 안 됐나?"

"퇴원? 상기 아팠어? 그 쇳덩어리가 왜? 언제?"

"아프긴요? 그 녀석 가와사키 900씨씨 잡아타고서 구앙구앙 기분 내다가 오산리 삼거리 못 미쳐서."

"그래서?"

"부러졌죠, 뭐. 죽을 수도 있었는데, 상기 녀석 원래 지독한 놈이잖아요. 지금 포항에 있어요. 깁스에다 가와사키 그려 놨던데요?"

태구가 진식을 놀렸다.

"선생님 이제 손 쓰실 필요 없겠네요? 파트너는 어떻게 하셨대요? 웬만하면 저한테 물려주시는 게, 앗 잘못했어요. 그래도 선생님보다는 제가 약간 더 단단하고, 앗 잘못했어요. 안 그럴게요. 어후 아파."

진식의 차례였다.

"얼마 전에 바이애그라를 한 알 구했거든. 누구긴 누구야, 나밖에 더 있어? 먹었지. 끝내주더라 밤새도록 잠 한 숨 못 자고 시달렸다니까. 좋기만 한 게 아니더라. 참고해, 중요하니까 적어 놔. 다음날 너무 아파서, 창피고 뭐고 정말 아파서, 병원에 갔지. 선생님 제가 바, 바이애그라를 한 알 먹었거든요, 그랬더니, 잠도 한 숨 못 자고, 지난 밤 내내, 너무 아파서 이렇게 왔습니다. 의사가 웃더라. 웃을 만도 했지? 묻더라고. 어디가 아프신데요?"

"그게 그렇게 끝내줘요?"

"어디서 구하셨죠?"

"한 알 다 안 먹고 조금씩 쪼개 먹으면 안 되나?"

"민영이는 필요 없지? 안티바이애그라 사다 줄까?"

"어디가 아프신데요? 내가 뭐라고 대답했겠니? 창피해서, 원. 주저주저 말을 안 했더니 또 묻겠지. 어디가 아프신데요? 뻔히 알고 있으면서, 어디가 아프신데요? 할 수 없이 대답했지. 예, 저, 손이 아파 죽겠습니다."

채군과 상군이 후포성당 밖으로 나왔다. 개울물 흐르는 소리가 들렸다. 성급한 방울벌레가 울고 있었다.

"형, 여러 가지로 고마워요. 형수님께는 더 그렇구요. 영이하고 경이한테도. 작은 매제는 갔죠? 그렇게 바쁜 사람이 뭐하러 와 가지고, 경이만으로도 과분한데."

"그래도 그게 아냐. 채군이, 아니 기수 애비도 회덕에 더 자주 와야

돼. 그런 게 품앗이다. 얼굴 보이는 게 다야, 다른 건 다 치레에 불과해."

"죄송해요."

"알았으면 됐어. 그래도 기수 애비 에미가 평해에서는 인심을 얻은 모양이더라? 오늘 손님들만 해도."

"숙희 씨 손님들이야. 나야 뭐."

"신랑이 좋더라. 신부는 벌써 알고 있었고."

"신랑 좋지요? 그 사람 보면 내 생각 나. 나도, 숙희 씨가 기술 안 낳았으면 진식 씨처럼 살았을 거야. 진식 씨는 열심히 시 쓰고 자기기율 안 흩트리고 그랬지만, 나는 볼 만했을걸? 아직도 안심하긴 이르지만."

"시 쓰는 사람이니?"

"시 좋아요. 언제 한번 봐 줄래요? 형이 봐 준다면 내가 어떻게 해 볼게요."

"아서. 본인이 원해야지."

"그렇죠? 그래요. 근데 형, 나 아버지 책 몇 권 더 줘라."

"『눌이재집』? 얼마나?"

"스무 권쯤. 더 되면 더 좋고."

"재판 찍을까? 달라는 데가 저쪽에도 많은데."

기수가 숙희에게 재국을 인사시켜 왔다. 재국은 무인武人처럼 절조가 있었다. 그것은 감勘이었다. 기수는 재국을, 재국은 기수를 사랑하고 있었다. 채군 씨 아들 아니랄까 봐. 숙희는 재국의 눈빛에서 예 우중국優中國 무사의 옷자락이 나부끼는 것을 보았다. 멀리서 말굽 소리가 들려왔다.

21

—

고래의 노래

고래불 해수욕장 솔밭에 옹기종기 텐트들이 들어섰다. 노래패 파랑새의 텐트가 한 채, 검도부 텐트가 네 채, 옛 버저비터스 멤버들의 텐트가 한 채, 웅희가 주선해서 오게 된 이팝회 텐트가 두 채였다. 기수는 검도부 1학년들이 든 두 채 중에서 작은 텐트에서 자고 있었다. 후포고등학교 검도부가 후포 백사장을 떠나 여름 캠프를 벌인 것은 처음이었다. 학교에서 5분도 채 안 걸리는 백사장을 버리고 고래불 해수욕장까지 왔다.

검도부는 올해 들어 눈에 띄게 시들해졌다. 대신 요트부가 부쩍 활발해졌다. 수리조선소에서 멀지 않은 백사장에 요트부가 사용하는 튼튼한 바라크가 지어졌다. 요트를 띄우고 인양하는 접안시설도 만들어졌다. 도道 체육회가 나서서 추진했으므로 학교 측에서는 가타부타할

일이 아니었다. 바라크 안에는 옵티미스트 급에서 스나이프 급까지 장비를 보관하는 시설이 갖춰져 있었고 탈의실과 샤워실 그리고 간이 숙박시설도 아쉬운 대로 들어섰다. 여름 동안 도 체육회 산하의 각급 선수들이 강화훈련을 하게 되었다. 그 꼴이 보기 싫었던 것이다.

후포에서 나고 자란 남자치고 소형 어선 정도 조종하지 못하는 사람은 거의 없을 것이다. 후포중과 후포고가 요트 경기력 특화교로 지정된 것은 자연스러운 일이 아닐까. 그러나 학부모들이나 주민들의 시선은 따뜻하지 않았다. 요트로 남호를 오가는 것을 마땅찮게 여겼다.

여름에 들면서 요트부원들이 심심찮은 성적으로 학교 이름을 알리기 시작하자 학교 측에서도 주민들도 요트부에 대한 생각이 달라졌다. 더구나 요트부가 대학 진학에도 적잖은 기여를 할지도 모른다는 예상이 제시되자 육성회 임원들까지 솔깃해져 있는 상태였다. 체육담당 교사가 바뀌게 되었다. 검도부로서는 어려운 시절이 아닐 수 없었다. 그나마 체육관을 검도부가 계속 사용할 수 있게 된 것은 다행이었다. 그러나 이제까지 검도부에 지원되었던 많지 않은 여름 합숙비가 절반 더 깎이고 말았다. 회기 중이었으므로 더 이상의 수모를 받지 않은 것으로 이해하라고 체육고등학교로 옮기는 이병철 선생은 말했다. 후포고등학교 검도부의 앞날이 갑자기 불투명해졌다.

3학년들과 2학년들은 하급생들에게 동요의 빛을 감추려고 했다. 이병철 선생은 재국에게 전학을 하겠다면 자신이 책임지고 수속을 밟아주겠노라고 했었다. 재국이 기수에게 그 문제를 들고 왔다.

"대구로 가겠네."

"네게 상의하는 건, 이병철 선생님께 무슨 말로 사양하느냐 하는 거지 대구로 가느냐 안 가느냐의 문제가 아냐."

"그건 또 왜? 가는 게 좋잖을까? 내 생각으로도 여기 있는 것보다는 훨씬 낫겠다고 여겨지는데? 무엇보다 이제 사범교사도 없잖아."

"난 안 가. 검도해서 대학 갈 것도 아니고, 그렇다고 최고수가 되겠다는 야심이 있는 것도 아니고. 나는 검도와 그것의 느낌을 좋아할 뿐야. 이병철 선생님의 간곡한 말씀을 어떻게 물리치지? 기수야, 좋은 생각 없어?"

"난들 무슨 수가 있겠냐? 알아서 해. 왜, 잘 하잖니 너? 몇 마디 말로 우지끈뚝딱."

아직 새벽 전이었다. 여덟 채의 텐트 안에서는 아직 어린 몸에서부터 이미 다 커 버린 몸까지, 달콤한 미역 냄새에서 맵고 짙은 사내 냄새까지, 젊은 것들이 포개져서 자고 있었다.

지난밤에 싸움이 벌어졌었다. 자칫 큰 패싸움이 될 뻔했다. 검도부 2학년 창은과 웅희 사이의 말다툼이 발단이었다. 창은은 웅희가 말끝을 자꾸 잘라먹는다고, 중학교 때부터 그런 줄은 알고 있었지만 보아하니 선배들을 아예 희롱하려는 수작이 아니냐고 했다. 웅희로서는 어이없는 말이었다. 웅희 녀석의 드높은 긍지를 기수는 좋아했다. 그것이 창은의 비위를 상하게 했다면 문제는 창은에게 있다고 봐야 했다. 그러나 태구와 민영과 준희가 창은의 말에 동조하고 나섰고, 진우를 비롯한 검도부 상급생들도 웅희의 해명을 걸고넘어졌다. 중립을 지킨 사람은 기수와 재용과 재국 정도였다. 일이 이쯤 되자 이팝회 회원들이 나섰다.

창은이 웅희를 죽도로 응징한 다음의 일이었다. 창은이 비난받을 짓을 하고 만 까닭은 무엇이었을까? 무슨 말로도 창은은 자신의 행동을 설득력 있게 설명할 수 없을 것이다. 바보 같았다, 창은은. 후포고 검도부의 얼굴에 그런 식으로 먹칠을 하다니. 웅희는 창은의 비신사적인 기습보다 태구와 민영과 준희의 반응에 더 충격을 받았다. 이팝회 텐트와 검도부 텐트 사이에 대치선이 그어지는 상황까지 가게 되었다. 기수는 그런 상황으로 가기까지 아무런 해결 방법이나 제지 수단을 가지지 못했던 스스로에게 무력감을 느꼈다. 아무것도 아닌 일로도 우스꽝스러운 싸움을 하기도 하는 것일까? 창은의 격분의 뿌리는 무엇이었을까?

고래불 해수욕장 솔밭으로 낮이면 이팝회 사람들이 다녀가고는 했다. 그 가운데에는 아이들을 데린 선배들도 있었고 서울과 대구에서 학교를 다닌다는 대학생 선배들도 있었다. 그리고 텐트에서 야영하고 숙박하기가 좀 뭣한 여학생 회원들도 있었다. 그들이 다녀갈 때마다 옹기종기 모여 앉은 여덟 채의 텐트와 텐트 안의 여름사내들은 크든 작든 신경을 쓸 수밖에 없었다. 그것이 창은에게는 불만이었을 것이다. 후포 백사장에서 쫓기듯 물러난 것도 마음에 맺혔거늘 여기까지 와서 희멀끔한 녀석들과 그 선배들에게 일일이 시간을 뺏기고 인사를 차리고 내키지 않는 얼굴을 만들어야 하다니 하는 생각이 들었을 것이다. 검도부에게는, 약속이라도 한 듯이 아무도 그런 말을 하지 않았지만, 어쩌면 마지막 합숙훈련이 될지도 몰랐다. 그것을 망칠 수는 없는 것이었다. 그런데 우리하고는 전혀 상관없는 패가 끼어들어서 훈련을 뒤숭숭하게 만든단 말이지? 그렇게 생각했을지도 모른다. 그렇게 두

벌채상한선

무리의 전사들은 고래불 해수욕장 솔밭에서 대치하게 되었던 것이다.

파랑새 형들이 달려왔지만 어쩌지 못했다. 재용이 나섰다. 재용은 육촌형인 재국에게 빨리 사태를 수습할 것을 종용했다. 재국은 태평스러운 모습이었다. 해송에 기대어 모래를 차고 있던 재국은 결국 피 나는 패싸움까지는 가지 않으리라고 판단하고 있었다. 이대로 끝나 버리면 더 볼썽사나워지는 게 아닐까 하는 생각도 들었다. 일단 치고 받고 정도는 해야 할 것 같았다. 재국은 스위치를 눌렀다. 이러다 말 거야? 한판 붙어 보자고. 재국은 자신이 먼저 이팝회 회장에게 앞차기를 시도했다. 상쾌한, 그리고 음습한 감각이 살아났다. 그것은 비겁한 싸움이었다. 상륙을 허가해 놓고서 대포를 쏘아 버리는 꼴이었다. 재국은 수적으로 열세인 이팝회 사람들이 크게 다치지 않도록 최선을 다해서 뛰어다니고 있었다. 이 싸움은 검도부를 위해서 필요한 것이었어, 이팝회에게도 그랬으면 좋겠군, 이쯤 했으니 끝내야 할 텐데. 재국은 걱정이 들기 시작했다. 웅희를 제압하고 있는 두 사람의 어깨를 긁으면서 눌러 버렸다. 임마, 1대1로 해.

그리고 곧 싸움이 끝났다. 재용의 놀란 음성이 신호탄이었다. 너 웬일이야 김상기? 상기가 나타났던 것이다. 포항의 병원에 누워 있어야 할 상기가 목발을 짚고 소나무 사이로 불끈 솟아오른 것이었다. 상기가 멋쩍은 표정을 지었다. 답답해서 몰래 나왔어. 아무리 답답해도 그렇지 포항에서 여기까지 어떻게? 택시 타고 버스 타고 또 택시 타고. 우리 여기 있는 건 어떻게 알았냐? 웅희가 그러던데? 여기서 같이 있기로 했다고. 어젯밤의 유일한 승리자는 웅희였다. 그는 단 한 번도 약한 소리를 하지 않았고 씩씩하게 싸웠고 얻어맞았다. 기수와 재용이 이팝회 편에 서서 싸웠던 것은 어떻게 평가해야 할까? 재용의 행동은 인도적인 것이었지만 기수는? 기수의 문제는 복잡했다. 그는 재국과 같은 노련함을 아직은 익히지 못한 소년이었던 것이다. 그것을 기수는 여름이 가기 전에 익힐지도 모른다.

기수는 머리맡의 손전등을 더듬어 켰다. 시간을 보았다. 일어났다. 그는 텐트 밖으로 나왔다. 새벽이 오려면 한 숨 더 기다려야 할 시간이었지만 바다도 하늘도 이미 새날의 예감으로 충만해 있었다. 지난밤 늦도록 마신 술이 미처 가시지 않았다. 기수는 기지개를 켰다. 입 안이 깔깔했다. 담배 생각이 났다. 그러나 그는 아직 중독되지 않은 초심자였고 담배를 가지고 있지 않았다. 소나무 등걸에 오줌을 눴다. 어설픈 기분이 좀 가라앉았다.

기수는 이팝회 텐트 앞에서 머뭇거리다가 텐트 안으로 들어가 손전등을 비췄다. 없다. 그는 옆 텐트로 갔다. 그리고 한 사람의 얼굴에 불빛을 집중했다. 풋풋한 눈썹과 상큼하게 솟은 광대뼈 그리고 특히 귀가 잘생긴 녀석, 웅희였다. 어젯밤 격투의 흔적으로 야성적인 아름다움마저 스며든 얼굴이었다. 기수는 웅희의 이마에 손바닥을 놓았다. 웅희가 눈을 떴다. 이내 고개를 돌렸다.

"누구?"

"나야, 기수."

"기수니? 웬일이야?"

"일어나 봐."

"아직 어둡잖아. 신새벽에 일어나라는 건 뭐지?"

그사이 어둠이 쌀알만큼 물러나 있었다. 웅희가 텐트에서 나와 웅크린 자세로 기수에게 다가왔다. 잠이 덜 깬 부시시한 얼굴이 예뻤다. 발을 한 번 헛디디더니 생기를 되찾았는지 마른기침을 했다. 기수가 웅희에게로 돌아섰다.

"몸은 괜찮아?"

"괜찮잖고? 넌 어때?"

"나는 뭐 싸우지도 않았는데."

"안 싸웠어? 선배들한테 멋지게 당하던데? 내가 못 본 줄 알아? 미안하다 기수야. 괜히 나땜에."

"어디 욱신거리는 데는 없냐?"

"없어."

"어제 보니까 너 입술이 좀 부어올랐던데, 괜찮아?"

그들은 백사장을 걸어서 썰물 진 간조선을 따라 걸어갔다. 먼바다 끝에 고깃배들의 불빛이 수평의 길고 가는 한계선을 투영하고 있었다. 그것은 들짐승의 목을 꿰뚫은 첫 창처럼 흔들리고 있었다.

어느 변경 마을에 한 아이가 태어났다. 낫으로도 접칼로도 어미의 삭은 이로도 탯줄이 잘리지 않았다. 한 늙은이가 말했다. 억새를 써봐. 사뭇 붉은 참억새야. 억새 칼로 탯줄을 잘랐다. 아이의 겨드랑이에는 날개가 돋아 있었다. 솟대나무에 날아오는 물오리처럼, 하늘 사다리처럼. 날개는 세상의 끝까지 뻗혔다. 어미는 놀랐다. 아비는 놀랐다. 마을사람들은 놀랐다. 마을 숲은 놀랐다. 마을을 낳은 대지의 늙은 구멍은 놀랐다. 아이는 왕이었다. 아이는 왕 중의 왕이었다. 어미와 아비와 마을사람들과 마을 숲과 마을을 낳은 대지의 늙은 구멍은 무서웠다. 무서워 떠는 것들은 못 하는 짓이 없다. 어미는 아이를 불렀다. 아비는 볏짚 섬에 희고 검은 콩을 부었다. 마을사람들은 대지의 늙은 구멍의 허락을 얻어 바위를 굴려 왔다. 숲은 마침맞은 크기와 높이와 짜임새로 울었다. 아이가 콩 섬 아래에서 새살거렸다. 아이가 바위 아래에서 툴툴거렸다. 아이가 숲의 사타구니에서 칭얼거렸다. 어디선가 구름이 일고 천둥이 쳤다.

첫 천둥에 아이는 새살거림을 그쳤다. 다음 천둥에 아이는 툴툴거림을 그쳤다. 끝 천둥에 아이는 칭얼거림을 그쳤다. 구름이 먼먼 바다 끝으로 갔다. 사뭇 붉은 참억새가 흔들리고 있었다. 어느 변경 마을에 한 아이가 태어났다. 무서워하지 말아라. 무서운 손으로 무슨 짓을 할 수 있겠느냐. 물오리가 왔느냐. 하늘 사다리가 놓였느냐. 숲이 우거졌느냐. 새날이 밝았느냐.

기수는 웅희를 부축했다. 웅희가 기수의 손을 뿌리쳤다. 그들은 해벽海壁을 기어오르기 시작했다. 새벽이 오고 있었다. 물안개가 피어올랐다가 그들의 주위에서 스러졌다. 그들은 벌써부터 듣고 있었다. 그것은 낮고 길게 언제부터인가 그들의 마음 안으로 흘러들고 있었다. 고래의 노래였다. 무리에서 떨어져 나와 홀로 방황하는 혹고래 한 마리가 앞바다에 와 있었다. 그의 노래는 기수를 깨우고 웅희의 입술을 낮우고 언제까지나 이어지고 있었다.

그때 동쪽 바닷가 어느 마을에 한 소년이 살고 있었다. (*)

이전 어디에도 없던 소설, 『벌채상한선』

김서령(칼럼니스트)

'윤택수의 유고가 새로 발견되었다.'

이 문장이 내게 준 기쁨은 이전에 알던 어떤 기쁨과도 달랐다. 새 작품의 출간 뉴스로 나를 이토록 설레게 만든 작가는 일찍이 없었다. 이메일을 여는 손이 슬쩍 떨렸다.

윤택수는 2002년 이 세상을 떠났다. 1961년에 태어났으니 마흔을 갓 지난 나이였다. 나는 생전에 그를 한 번도 만난 적이 없다. 그를 알게 된 건 우리 집에 공짜로 배달되던 반월간지 『새책소식』 덕분이었다. 60페이지 정도 되는 얇은 잡지였지만 촘촘하게 편집된 내용의 밀도는 그 어떤 문학잡지보다 훌륭했다. 책이 있는 풍경, 작가와 글과 대화, 그때 그 책들, 가족소설 읽기, 이야기는 이야기, 한국 한국인, 한국인의 정신, 자세히 읽는 신간, 새책서평, 신착도서목록 등등 칼럼과 서

평이 빼곡했는데 그 모든 원고가 한 사람의 솜씨였다. 원고지 20~30장 정도의 칼럼이 예닐곱 개, 15장짜리 서평이 두셋, 5장짜리 북리뷰가 열댓 개, 1장짜리 짧은 신착도서목록 안내가 무려 쉰 개, 각각의 꼭지들은 단 한 문장도 허술하지 않았다. 묘사는 통째로 외우고 싶을 만큼 빛났고 단어는 브로치 대신 앞섶에 매달고 싶을 만큼 아름다웠다.

반월간이니 책은 보름 만에 한 번씩 배달됐다. 그 기간 동안 300장이 넘는 분량의 성질이 서로 다른 원고를 써내는 것도 놀라웠지만 허술하거나 뻔하거나 그렇고 그런 문장이 단 하나도 발견되지 않는 것이 불가사의했다. 새로 잡은 생선처럼 또 그 비늘처럼 글은 살아서 펄떡거리거나 번쩍거렸다. 하룻밤에 밀밭 위에 미스테리 써클을 만들어 놓고 사라진 외계인도 아닐 테고 인간이 어찌 이런 조화를 부릴 수 있단 말인가. 내가 마룻바닥을 닦고 빨래를 널고 아이에게 밥을 떠먹이고 잠을 재우느라 허비했던 보름동안 누군지 모를 '그'가 써 갈겨 놓은 문장들은 나를 절망케 하고 벅차게 했다. 아이들을 소리 질러 재운 후 그의 글을 초조하게 베껴 쓰며 밤을 새운 적도 여러 번이었다.

지금 나는 저 높은 책꽂이에 꽂힌, 그 옛날의 『새책소식』 한 권을 무작위로 빼내 왔다. 94년 7월 10일, 통권 73호다. 목차가 있는 첫 페이지는 이렇게 시작한다.

이태준의 『문장강화』는 얄밉도록 절묘하게 인용문을 골라놓았다.
보르헤스의 일생의 실험과 벤야민의 이루지 못한 꿈이 구현된다면 어쩌면 이러할진대, 그중에서 민세의 「백두산등척기 서白頭山登陟記 序」

를 재인용하는 소이를 모르는 자가 있다면 부디 돈 많이 버는 길을 걸으시고 돈 근사하게 쓰는 골짜기에 드시오.

이렇게 건방질 수가. 케케묵은 한문 투로 쓴 「백두산등척기 서문」을 다시 읽자는 이유를 모르겠다는 사람은 책 주변에 얼쩡대지 말고 그저 돈이나 많이 벌어 돈이나 제대로 쓰라고 밀쳐 내 버린다. 그러면서 자잘한 글씨로, '여행은 한사가 아니니 고산에 오르고 대해에 떠서 천지호연의 기를 마시면서…' 운운하는 「백두산등척기 서문」을 척 들이민다.

계속 보자. '한국인의 정신'은 연재물이다. 49회째. '글 그림 그리움'이란 제목이다.

굵다라는 말이 있다. 손톱 빗등 고무래 가래 따위로 살갗이나 쇠등 따위를 문지르는 동작을 가리킨다. 낟알이나 검불이나 가랑잎을 모으는 동작도 굵다,이다. 감자껍질을 숟가락으로 벗기는 동작과 누룽지를 떼어 내는 동작도 굵다,이다. 서머셋 모옴이 만년에 자신이 쓴 잡문들을 모아서 에세이집을 엮을 때에 그는 자신의 탐욕스러운 글 모으기를 굵다라고 표현했었다. 바가지로 쌀독바닥을 굵어도 한 톨의 쌀알도 안에 얹히지 않았던 시절이 있었다. 남의 재물을 무법하게 빼앗아 두는 것도 굵다이고 남의 마음을 툭툭 건드리는 것도 굵다이고 공연하게 일을 더치게 만드는 것도 굵다이다. 굵으면 시원해진다. … 굵다라는 동작에서 글이 나왔다. 나무꼬챙이로 땅바닥을 굵어서 쓰는 기호들과 문양들, 그것들은 반구대 암각화이고 질그릇 표면의 빗살무늬이고 나스

카 평원의 돌 물감 원숭이다. 양피지 위에 잉크 묻힌 펜촉을 긁어서 부식방지막 입힌 구리판 위에 신중한 의장의 쇠꼬챙이를 긁어서 오른손 검지로 왼손 손바닥을 긁어서 우리는 글을 이룬다. … 글과 그림이 긁다에서 나온 것처럼 그리움도 긁다에서 왔다. 저고리섶과 고름에 손때가 묻고 은장도가 땀에 젖어 산화되는 시간들이 쌓여서 그리워하는 이는 해맑은 이마와 보드라운 목선이 만들어진다….

아아 멈출 수가 없다.

… 손가락의 가락은 긁다의 긁과 같은 어원이다. 긁다는 긁다의 작은 말이다. 손톱 끝으로 인장의 마른인주를 제거하는 동작, 고분을 발굴해 낸 고고학자가 바늘 끝으로 은환의 투장 속에 끼인 흙가루를 끄집어내는 것, 긁다는 신경섬유의 한쪽 끝을 가만가만 건드리는 마음의 정밀한 파동이다….

실핏줄처럼 뻗어나간 감정의 결이 그대로 드러나는 글, 행간에 물기가 촉촉이 어리는 글, 알찬 독서의 흔적이 알밤처럼 툭툭 밟히는 글, 자그만 깨달음들이 토란잎 위의 이슬방울처럼 투명하게 구르는 글. 그런 글이 페이지를 넘길 때마다 끝도 없이 펼쳐졌다. 바로 다음 페이지엔

어린 엘리아스 카네티에게는 친구가 하나 있었다. 카네티는 친구가

자기처럼 책벌레이며 글도 쓴다는 것을 알고 자기가 쓴 글을 보여 준다. 친구가 글을 돌려주면서 다음과 같이 말한다. "내 글이 훨씬 나아. 하지만 내 글도 아직은 별거 아냐."

카네티의 '입속의 혀'에서 이 말을 읽으면서 나는 살큼 울었었다. 자부심과 겸손함은 별개의 것이 아니다.

라는 친구 영관이를 찬미하는 글이 나온다. 한 페이지도 허투루 읽을 곳이 없다. 지금도 여전히!

책의 맨 뒤 페이지엔 에디션이 명기돼 있고 절반을 잘라 '분광기와 집음기'라는 코너를 배치하고 아래쪽에 자그만 여백을 여투어 누에씨보다 더 작은 글씨로 이렇게 써 두었다.

한 달 지출비 중에서
책값 잡지값 신문대를 제하고
그 남은 것으로 밥 먹고 뒷굽 갈고 버스삯 치르고
그 남은 것으로 평화를 위한 어음을 사고
그 남은 것으로 노래책 한 권을 살까나.

94년이니 윤택수 나이 서른셋이다. 그 무렵 그가 어떻게 살고 있었던지를 보여 주는 편집 후기다. 버스 타고 밥 먹고 걷고 책 읽고 평화를 위한 어음을 사고 노래책도 한 권 샀구나. 월급의 반 이상을 책 사는 데 썼고 하숙집엔 바닥에서 천정까지 책으로 빽빽했으며 '읽은 책을 한 줄로 늘어놓으면 서울에서 부산까지 간다더라'는 후배들 사이에 떠도는 전설, '무섭도록 책을 읽는 소년이었다는 소문 없이 위인이 된 사람이 있다면/우리는 그의 위대함의 질을 의심해 보아야 한다'(「박물지 9」) '휠덜린의 웅혼함 랭보의 자유 백석의 염결함/김수영의 반골 기형도의 요절 없이 어찌 시인이겠느냐'(「박물지 11」)라는 시들, 그의 짧은 생애를 요약하면 한마디로 '책'이었다. 오죽하면 격주로 신간 50여 권을 꼭꼭 씹어 소화해 내는 잡지를 혼잣손으로 만들었겠는가.

어느 날 그가 『새책소식』에서 사라지자 내 삶에서 빛이 꺼졌다. 그토록 빛나던 '잡지'는 그저 흔하게 뒹구는 '광고쪼가리'로 전락했다. 편집부에 전화를 걸어 기껏 알아낸 이름 '윤택수'를 나는 시간만 나면 검색했다. 그는 어디에서도 발견되지 않았다. 윤택수가 사라진 세상은 내게 흐릿하고 씁쓸했다.

그리고 어느 날 버릇처럼 윤택수를 검색하다가 나는 드디어 발견했다. 있었다. 그의 책이. 두 권이나. 그런데 유고집이었다. 책날개엔 2000년에 뇌졸중으로 쓰러졌으며 2년 후 어딘지 알 수 없는 곳으로 마지막 여행을 떠났다고 쓰여 있었다. '죽었구나!' '윤택수!' 어쩌면 미리 예감했다는 기분이었다. 사람은 요절해서 신화가 되는 것이 아니라 그가 지닌 신화적 요소 때문에 요절한다. 감수성의 구조가 허드렛세상과 맞지 않는 것이다.

스무 개의 촉수

다른 사람이 열 개의 촉수가 있다면 그는 스무 개의 촉수를 가진 인간이었다. 감수성의 떨판이 지나치게 섬약해 뇌 속 혈관에 장애를 일으킨 것일지도 몰랐다.

그는 소위 등단이란 것을 하지 않았다. 그토록 독특하고 정밀한 글을 그토록 고집스럽게 써 왔음에도 문단에 이름을 올리지 않았다. 아마도 누군가의 눈길 앞에 평가를 받겠다고 제 원고를 펼쳐 놓는 일이 민망하고 껄끄러웠으리라. 그는 세상을 떠난 후에야 시집 1권, 산문집 1권을 갖게 됐다. 후배인 아라크네 김연홍 대표가 그의 작품들을 골라 묶었다.

시인이니 에세이스트니 하는 칭호도 그에게는 영 어색하다. 그런데 이번에 새로 발견한 원고는 소설이라 했다. 김연홍 대표가 이메일로 보내온 소설 앞에서 나는 숨을 죽였다. 북채 앞의 북처럼, 손가락을 대기 직전의 건반처럼, 송진 묻힌 활이 다가올 때의 현처럼. 나는 타악기이고 현악기이고 건반악기였다. 단어 하나하나가 음표였다. 이전 어디에도 없던 악보였다. 단단한 명사와 동사, 달콤한 부사와 형용사, 쓰디쓴 조사들이 나를 두드리고 긁었다. 흡사 예술의전당 콘서트홀에서 신들린 듯 리스트를 연주할 때의 백건우처럼.

맨 첫 장, 배경이기도 한 '평해平海'는 말하자면 저자 후기였다. 후기를 첫머리에 따로 한 장 배치한다는 것은 그만큼 할 말이 많다는 뜻이리라. 첫 문장을 뭘로 쓸지 고민한다는 얘기를 하면서 예의 화려한 썰이 풀려나왔다.

『모비 딕』의 처음을 어떻게 시작하더라. '내 나이 열일곱이어서 마음의 긴박한 명령에 완전히 복종하던 시절에' 아니다. 이건 『끝없는 사랑』이다. '일제빌은 소금을 쳤다.' 이건 『넙치』다. 성속불이聖俗不二의 바이블, 나는 『넙치』를 사랑한다. 『과자와 맥주』의 첫 문장도 좋다. 카렌 블리크센의 도도한 첫 발화들은 시시한 섹스보다 단연코 더 짜릿하다. '나를 추방자라 불러 다오.' 『모비 딕』은 이렇게 시작한다.

— 「평해平海」 부분, 12~13쪽

이야기는 진행되지 않고 활과 채를 손보느라 끽끽대지만 내게선 이미 가락이 흘러나오기 시작했다. 역시 그립던 그였다. 멀쩡한 큰길을 두고 산만하고 불안정하게 곁길로 가 버리곤 하던 바로 그 윤택수였다. 그는 첫 문장을 고르고 고르다가 마침내 이렇게 썼다.

언제부턴가 평해平海에 가고 싶었다. 오랜 망집이었다. 지금 나는 『여지도서輿地圖書』를 보고 있다. 국사편찬위원회 위원장을 지낸 최영희 선생의 서문과 해설이 딸려 있는 영인본으로 마포도서관 아현분관 서가에 꽂혀 있었다. 나는 강원도 평해군 부분을 복사해 놓았었다.
지난여름에 나는 마포도서관 아현분관에 있었다. 책을 읽으려던 것은 아니었다. 제2열람실 112번 자리에서 『벌채상한선』을 썼다.

— 「평해平海」 부분, 7쪽

분량이 길지 않았지만 어느 여름 윤택수가 마포도서관 아현분관 제 2열람실 112번 자리에서 썼다는 그 소설을 나는 한꺼번에 읽어 치울 수가 없었다. 읽다가 멈추고 처음으로 되돌아가서 다시 읽곤 했다. 이 게 소설이라고? 아니 이것은 장르를 구분할 수 없는 글이었다. 장르를 구분할 필요가 없는 글이었다. 문장 사이에서 노루새끼 같은 눈동자가 튀어나오기도 했고 어깨에 피가 흐르는 소년 하나가 묵묵히 서 있기도 했으니 내게 이 글은 통째로 시였다.

후포고등학교 1학년 이기수

소설은 모두 21장으로 구성되었고 그중 1장은 유실되고 없다. 긴박 하게 이어지는 서사가 아니어서 그 결락이 전체 이야기를 크게 훼손하 지는 않는다.

3인칭 전지적 시점으로 쓰였지만 모든 인물에게서 윤택수의 음성 이 흘러나왔다. 검도부에 들어간 후포고등학교 1학년 이기수도, 평해 읍에서 구름빵집을 운영하는 현숙희도, 아내와 아들로부터 멀리 떨어 져 사는 이채군도, 아버지 잃은 조카를 돌보는 농부 중해도, 오토바이 와 한 몸이 되어 동해안을 달리는 김상기도, 상징이 풍부한 일기를 쓰 는 학원강사 성진식도 모조리 윤택수였다. 바로 그 이유 때문에 『벌채 상한선』은 좋은 소설이 되기에는 난망한 것인지도 몰랐다.

여러 인물이 등장하지만 그들은 따로따로 제 삶을 사는 대신 주어 진 역할을 끝내고 무대 한편에 앉아 있는 배우들 같았다. 여러 사건이 생기지만 사건들끼리 복잡하게 얽히거나 갈등을 만들어 내지도 않았다. 그러면서 각 인물과 사건에서 윤택수 고유의 빛과 향이 흘러나왔다. 광채와 그늘, 쓸쓸함과 고요함, 불안과 평화, 상징과 비약과 끽끽거리는 파열음, 그 끽끽댐은 멀쩡한 사람을 대열에서 이탈하고 싶게만들었다. 불온한 문장이었다. 역시 윤택수! 내가 익히 알고 있던 그였다.

주인공 한 명을 콕 짚어 내긴 어렵지만 중심인물은 이기수라는 후포고등학교 1학년 학생이다. '열일곱 살 잘나가는 청춘 이기수'는 검도부 활동을 하고 있으며 검도부 선배 재국을 좋아하는데 현숙희와 이채군 커플의 아들이고 신순임과 이록 부부의 손자이다. 이기수의 친구들인 웅희와 희일과 은서가 각기 한 장씩을 차지하고 김상기와 황재국과 '원추리'에게도 따로 한 장씩이 배당되니 후포고등학교 학생들이 소설의 절반 이상을 차지한다. 거기다 현숙희의 여동생(기수의 이모)인 약사 현승희, 기수의 학원 국어선생이자 나중에 이모부가 되는 성진식, 둘의 맞선 장면, 혼례 장면, 현숙희의 큰 동서(기수의 큰엄마)인 숙희, 희일의 삼촌인 농부 중해, 기수의 조부 이록의 문집인 놀이재집, 온천에 머물던 조모 신순임, 엄마 현숙희가 경영하는 구름빵집, 현숙희를 좋아하는 교사 이성구에게 각기 한 장씩이 배당돼 소설의 몸이 이뤄진다.

이 사람들은 모두 동해안의 작은 읍 '평해'나 후포에 살고 있다. 이기수를 중심으로 빙 둘러앉아있지만 각각의 이야기가 굳이 연관을 맺지는 않는다. 제 궤도를 따로 도는 행성처럼 각자는 다른 방식으로 산다. 서사가 긴밀하게 얽혀 뼈대가 세워지는 여느 장편소설과는 얼개가 완전히 다르다. 첨엔 나도 인물들 간의 인과를 찾아내느라 골몰했으나 이기수와 관련된 사람이란 걸 알고 나면 그쯤에서 느슨하게 멈췄다. 각 인물은 그냥 그 자체의 미를 가진 채 움직일 뿐이었다. 각기 따로 놀던 이 소설의 등장인물들은 맨 나중 현성희와 성진식이 혼례를 치르는 날 한자리에 모인다. 함께 후포 성당 마당에서 국수를 나눠 먹는다. 흡사 연극에 등장한 인물들이 커튼콜을 받고 한꺼번에 무대 인사를 하듯. 나는 이 장면이 특별히 좋았다. 윤택수도 이 장면에 숱한 축복을 퍼부었다. 그러고 보면 그는 생을 낙관하는 사람이었던 듯도 하다.

돌이든 나무든 단단한 것들을 오래 연마하면 빛을 발하게 된다. 그것을 순결한 금속에 물리고 손가락 굵기에 맞추어 둥글게 고리 지으면 반지가 된다. 작고 굳고 섬세하게 빛나는 물건, 우리는 그것으로 1년이나 50년의 비탄을 견뎌내기도 한다.

바그다드의 청년 알라딘은 몽상가였다. 그는 알리리아와 잔지바르와 그라나다에 가고 싶었다. 그에게는 젊음과 희망과 한 개의 램프가 있었다. 알라딘은 램프의 구리 손잡이를 조금 잘라내어 오래오래 갈고 두드려서 반지를 만들었다. 자신의 손가락에 끼우려고 반지를 만드는 사람은 없다. 바그다드 청년 알라딘의 램프 손잡이가 반지로 변신한 것이 그가 마음 복판에 누군가를 두었기 때문이다. 지그문트 프로이트의 음울함과 빌헬름 라이히의 들짐승 같은 선열함. 세상은 반지로 이루어져 있다. 숙희는 자신의 손가락에 끼워져 있는, 보이지 않는 반지를 살그머니 뺐다. 그리고 그것을 채군의 손가락에 끼웠다.

— 「남산식물지」 부분, 264~265쪽

역시 윤택수는 할 말이 지나치게 많다. 할 말이 많다는 것은 외롭거나 불안하다는 뜻이다. 종횡무진 멀리로 달아나다가 아슬아슬하게 제자리로 돌아온다. 이어서 이 혼인을 축복하기 위해 밋밋해서 강렬한 시도 한 편 끼워 넣는다.

사방을 둘러봐도 좋은 얼굴들입니다
어르신들이고 벗들입니다
어린 움들이고 젊은 잎새들입니다
앉으셔서 서셔서 지키십니다
누구입니까
지네가 뭐 잘났다고
집안의 걱정꾸러기 둘이 만나
이제야 결혼합니다

신이 주신 것입니다
음표이고 접시입니다
아 하는 오오 하는 알파벳입니다
사랑합니다

아버지가 가르쳐 주신 것입니다

아버지의 풀밭이고 아버지의 갯벌입니다

낫질이고 무자위질입니다

사랑합니다

홀로입니다

서로입니다

처음이고 마지막입니다

사랑합니다.

— 「남산식물지」 부분, 268~269쪽

이 소설엔 모두 세 편의 시가 나온다. 다른 두 편은 『새를 쏘러 숲에 들다』에서 이미 읽은 것들인데 이것은 처음 본다. 실제 누군가의 혼례식에서 낭송하기 좋도록 써둔 것 같기도 하다. 윤택수의 문장은 아무리 즐거운 곳에 갖다 놔도 슬프다. 축복의 말 속에도 어김없이 눈물이 어려 있다.

윤택수의 이 소설은 곧 독자를 만날 것이다. 만약에 만약에 기회가 온다면 나는 윤택수의 독자들과 치열하게 얘기를 나눠 보고 싶다. 그의 감수성에 핏줄을 갖다 대고 전율하는 것이 나만의 병증인지. 다른 사람들도 그의 글로 인해 주변을 둘러싼 식물과 동물과 사물들의 호흡이 펄럭펄럭 들려오는지. 글의 행간에서 상처 입은 들짐승의 눈동자 같은 것을 보는지. 깨끗하고 반듯한 소년의 뒤태를 보면 반사적으로 가슴이 쓰라린지.

다음은 거칠게 짚어 본 윤택수 소설의 몇 가지 특징이다. 물론 내 눈에 그렇게 보인달 뿐 절대적으로 그렇다는 뜻은 아니다. 나중에 나중에/고요한 시절이 오면/윤택수의 글을 함께 읽을 수도 있을/모르는 독자를 위해 나의 서툰 메모를 여기에 덧붙여 둔다.

1. 그는 소년을 사랑한다.

좋은 독법이 아닌지도 모르지만 나는 윤택수가 원하던 삶의 방식을 이채군에게서 본다. 이기수 말고 여러 장에 겹치기 출연하는 인물은 그의 부모인 현숙희와 이채군이다. 그들은 아이(이기수)가 생겨 혼인신고는 했지만 혼례식도 올리지 않았고 같은 집에 살지도 않는다. 다투지도 그리워하지도 않고 서로를 있는 그대로 인정하고 존중한다.

나는 그가 관습에 얽매이지 않으면서 아들을 낳아 기르고 싶었던 거라고 이해했다. 콧수염이 꺼뭇해지면서 문득 팔목상대가 된 아들, 목욕탕에 함께 가서 등을 맡기고 싶은 아들, 이름을 호명하며 편지를 쓸 수 있는 아들. 현숙희 같은 여자를 만나 이기수 같은 아들을 키웠더라면 그는 세상으로부터 그리 쉽게 실족하지 않을 수 있었을까. 국가 역사도 개인사도 돌이킬 순 없겠지만 만약에 그에게 아들이 있었다면.

예전에도 그는 민우라는 어린 아들을 설정하고 아이를 재우면서 금강산 포수 얘기를 들려준 적이 있다. 지혜의 이마, 풋풋한 눈썹, 불굴의 콧등, 다문 입, 밝은 턱, 끌 같은 엉덩이, 꼭두서니 매운 무릎, 드높은 발 하나하나 짚어 가면서. 민우야 이놈, 그새 잠들었구나. 이마에 입을 맞추면서.

그러나 그에겐 아들이 없었다. 아들을 낳을 수 있는 짓을 하지도 않았다. 그에게 아들이 있었다면 그는 좀 더 오래 여기 남아 「박물지」를 쓸 수 있었을까. '나중에 나중에/고요한 시절이 오면/잘생긴 아들을 낳으리라/아들이 자라/착실한 소년이 되면/함께 목욕탕에 가리라/싫다는 아들에게/등을 밀어 달라고 하리라 … 나중에 나중에/고요한 시절이 오면' - 「찬가」 부분

만약 『새를 쏘러 숲에 들다』가 유고집이 아니라면 이 시는 그저 평범했을 수도 있다. 나중에 나중에도 고요한 시절은 오지 않았고 잘생긴 아들을 낳지도 않았다는 것을 독자가 알기에, 아니 나중에 나중에도 고요한 시절이 오지 않을 것과 잘생긴 아들을 낳는 날이 오지 않을 것을 시인 자신이 알기에, 이 시 속에는 인생의 허망과 비애가, 환상과 꿈이 뼈아프게 응축돼 있다. 그것도 매우 천진하고 무구한 음성으로.

이 소설 『벌채상한선』 또한 마찬가지다. 이 소설은 이기수라는 열일곱 살 소년이 책을 읽고 밥을 먹고 자전거를 타고 편지를 쓰면서 살아 움직이는 이야기다. 무대는 그가 한 번도 가 보지 않았다는 평해平海라는 바닷가 마을이다. 내륙에서 자란 윤택수는 바닷가 마을에서 한 번 살아 보고 싶었던가. 평해가 가진 모든 것을 그는 평해에서 수대째 살아 온 사람보다 더 또렷하게 들여다본다(평해읍은 그에게 명예 시민증이라도 수여해야 마땅할 것이다).

그렇지만 그곳은 지상에 없는 마을이다. 그토록 아름다운 사람들이 죄 없이 다사롭게, 사려 깊고 의젓하게 살아갈 수 있는 마을은 현실에는 존재할 수 없다. 결국 윤택수는 몽상가인 것이다. 언젠가 친구 하나가 그에게 말했다 한다. "우리나라 경제 사정이면 너 같은 몽상가 하나쯤은 먹여 살릴 수 있어" 우리나라 경제 사정은 분명 윤택수 같은 몽상가를 열이라도 먹여 살릴 수 있지만 우리 사회는 그런 몽상가를 너무나도 가벼이 죽여 버린다. 그래서 그는 죽었다. 소리도 없이 죽었다.

그런데 거꾸로 우리는 지금 윤택수 같은 몽상가가 필요하다. 몽상이 아니고는 호흡조차 할 수 없을 만큼 절실히.

내게 이 소설은 아무래도 「찬가」의 다른 버전으로 읽힌다. 윤택수는 마포도서관 아현분관에 앉아 자신이 갈망하던 아들 '이기수'를 만들어냈다. 그리고 이틀에 한 번 정도 도서관에 오던 한 청년에게 감사를 보낸다.

그는 머리칼을 짧게 치고 블랙진과 몸에 달라붙는 검정 니트 스웨터를 입고 낙타털빛의 챙모자를 썼다. 그에게 말을 걸지는 않았지만, 나는 그를 웅희와 재국과 기수를 쓰는 데에 조금씩 나눠서 사용했다.

— 「평해平海」 부분, 14쪽

그는 소년을 사랑한다. 특히 소년의 몸을.

글을 읽으며 나는 여러 번 윤택수가 동성애자일지 모른다고 생각했다. 짐작 가는 대목을 고르자면 수십 군데지만 내게 '동성애'의 의미는 성적 취향의 문제라기보다 아름다움을 바라보는 감수성의 문제였기에 윤택수가 지목하는 장면에 기꺼이 몰입했다. 그는 소년의 몸에 특별히 예민하다. 여자에겐 별 관심이 없다. 이채군이 현숙희에게 가진 호감을 설명할 때조차 '소년 같은 엉덩이'를 언급했을 정도니까.

> 웅희는 몸이 예쁘다. 긴 다리와 울매 고운 어깨와 미처 딱딱해지지 않은 흉곽. 그가 천천히 페달을 밟으며 지나가면 한 마리의 순결한 짐승이 도약하여 사라진 벌판 같은 충만감이 밀려온다.
>
> ─「타이트 턴」 부분, 33쪽

다음은 이채군이 아들에게 쓴 편지다.

> 이기수 군, 보라.
> 나는 너를 사랑한다. 아버지로서가 아니라 한 남자로서 한 남자인 너를 사랑한다. 산소가 쇠에 입술을 대듯 사랑한다. 너의 눈빛과 너의 입김에서 나는 옅은 담배 냄새를 사랑한다.
>
> ─「친화력」 부분, 118쪽

은수는 신서의 이미지 앞에서 옷을 벗는다. 은수는 뼈대가 나긋나긋하다. 그의 살에 입술을 대 보라. 그의 알몸을 상상해 보라. 은수의 애틋한 사랑을 아는 사람이 있을까? 은수는 제 사랑을 들킬까 봐 두리번거린다. 한 번도 남들에게 말한 적이 없다.

— 「싸움꾼」부분, 146쪽

성진식의 일기에는 이런 구절도 있다.

960206

학원 선생이 된 지 세 달째이다. 나의 성적인 취향에 따라 몇몇 아이들을 속으로 범하면서 지냈다. 나는 나의 앞날에 대하여 염려하지 않는다. 나는 개선되지 않을 것이다.

— 「삼투압」부분, 79쪽

나는 개선되지 않을 것이다, 라는 문장 곁에 상처 입은 들짐승의 눈동자 같은 게 어른대는 것을 나는 본다.

2. 그는 박물지를 쓴다.

그의 눈은 정교하고 치밀하다. 우리 앞의 풀과 나무, 새와 곤충, 낯익은 사물의 속살을 윤택수처럼 맹렬하게 들여다보는 사람을 나는 이전 어디서도 만난 적이 없다.

그가 있어 우주는 한결 풍성해졌다. 윤택수는 내게 사물의 숨소리를 들려준다. 실제 그는 제목이 아예 '박물지'인 시를 46편이나 썼고 앞서 출판한 『훔친 책 빌린 책 내 책』도 크게 보아 박물지라고 불러도 무방할 산문집이었다.

그는 사람을 말하다가도 곧잘 주변의 새와 곤충에게로 시선을 옮겨 버린다.

> 그는 폐활량이 작다. 삶은 쌀 한 줌과 오이 반 개로 아침을 먹는 은수의 식습관은 풀무치처럼 가볍고 향긋하다. (은수)

> ―「싸움꾼」 부분, 148쪽

> 둘은 말없이 서 있었다. 무리 짓기를 싫어하는 풀벌 한 마리가 날아왔다가 사라졌다. 공중에 남은 풀벌의 궤적이 웅웅거리며 한참 동안 진동했다.
> "가지 않고 왜 여기 있는 거니?"
> "남의 일에 참견하지 말아요."
> 물싸리나무 너머 버려진 밭에 후투티가 표적을 노리고 있었다. 추리는 소년의 일에 참견하지 않겠다고 생각했다. (원추리)

> ―「원추리 원추리」 부분, 222쪽

소년이 추리의 손바닥에 버찌를 한 줌 놓았다. 소년의 손과 저고리 가슴주머니에 버찟물이 들어 있었다. 먹보랏빛이었다. 혹은 까마귀머 룻빛이었다. 그것은 소년의 눈에도 머리칼에도 있었다. 소년은 추리의 손바닥에서 껍질이 터진 버찌를 골라냈다. 추리의 손바닥에도 먹보랏 빛 버찟물이 묻었다.

"남의 일에 참견하지 말아요, 앞으론."

— 「원추리 원추리」 부분, 222~223쪽

하고 말할 때 윤택수는 가장 윤택수답다. 이럴 때의 윤택수는 작은 신처럼 빛난다.

열 살을 넘은 소년시절에 나는 박물학자라는 낱말에 온 마음을 빼앗 겼었다. 동물과 식물과 광물 등의 자연물을 종류 성질 특징에 따라 정 리하고 분류하는 학문이 박물학이고 그것에 종사하는 사람이 박물학자 임을 나중에 알게 되었지만 첫인상은 그것보다 훨씬 그림자가 짙었다.

— 『훔친 책 빌린 책 내 책』 「사전·박물지·백과사전 따위」 부분

윤택수에 의하면 에세이란 박물학이다. 우리 주변의 '물목'을 세심 하게 들여다보지 않는 자는 글을 쓸 수 없을 뿐 아니라 속물이다.

수크령과 물봉숭아와 며느리밑씻개와 노박덩굴의 화사한 유일성에

가 닿지 못한 사람을 나는 속물이라고 규정한다.

—『새를 쏘러 숲에 들다』「박물지 24」 부분

에세이 정신이란 우리가 가지고 있는 문물의 목록을 점검하고 물체

를 새로 배열하는 의식意識이고 의식儀式이다. 유머란 드높은 이상理

想과 한심한 지상地上이라는 괴리乖離를 단축시켜 주는, 우리가 항용

합성해 내는 마약 일반一般을 가리킨다. 대부분의 마약이 그렇듯이 도

취陶醉와 진정鎭靜을 부른다. 내성內省과 비판批判을 거치지 않은 유

머는 일상日常과 초극超克을 할퀴고 찢는다. 존재는 우산雨傘처럼 가

볍다.

—「구름빵집」 부분, 29쪽

나는 박물지를 쓸 때의 윤택수가 새총이나 감나무에 관해 말하느라

하던 이야기의 줄기를 놓쳐 버려도 얼마든지 웃으며 기다릴 수 있다.

마침맞게 굴절한 나무를 잘라 신축 고무줄을 겹쳐 묶고 고무줄 중

앙부에 장탄 가죽을 붙이면 새총이 만들어진다. 홈파기, 구멍 뚫기, 매

듭짓기, 첫 돌을 재어 허공에 겨누기. 마운틴 바이크를 처음 만났을 때

웅희는 야무진 새총을 떠올렸었다. 명확한 면 분할의 다이아몬드 프레

임, 클립세스 페달, 세라 이탈리아 프라이트 티타늄 안장, 메가 바이트 우툴두툴한 타이어. 그는 물건에 마음을 쏟는다. 워크맨과 동아연필과 단면도(single edge blade). 일체의 꾸밈과 덧붙임을 떼어 낸, 평범한 형상과 용도의 물건들. 물건들의 그러한 아름다움을 아는 이는 불행하다. 자칫 까다롭다는 평판을 얻는다.

―「타이트 턴」 부분, 32쪽

숙희는 성희의 혼례가 치러지는 성당 마당에 나가 손을 뻗어 감나무 열매를 만져 본다. 그러면서 성희가 수분守分하며 살 것을 기원한다.

감나무는 수더분한 나무다. 잎새의 모양과 촉감, 꽃의 약속, 가지 뻗음새, 열매의 수분守分, 그늘의 위안 그리고 베어진 뒤의 고운 살결과 멀리에서도 떠오르는 유년의 아침. 후포성당 마당에 서 있는 세 그루의 감나무는 아마 죽을 때까지 제 분수에 넘치지 않는 열매들을 영글릴 것이다.

―「남산식물지」 부분, 251쪽

이럴 때 삶은 아름답고 세상엔 광채가 돈다. 윤택수가 금가루를 뿌려 놓은 세상이 내 앞에 펼쳐지는 황홀이라니.

3. 그는 탐미의 극에 이른 인간이다.

윤택수는 감각의 '대마왕'이었다. 세상을 읽는 촉수가 다른 사람이 열이라면 그는 스물이었다. 나는 평소 다니자키 준이치로의 단편 「후미코의 발」을 최고의 탐미라고 여겨왔지만 윤택수의 탐미는 다니자키를 훌쩍 뛰어넘는다. 그의 요절이 애통한 이유도 바로 이것 때문이다. 예민함의 극한, 탐미의 깊이, 우리말의 음영과 떨림을 윤택수만치 탁월하게 포착해 내는 시인이 다시 또 있으랴. 다니자키가 병적으로 파리하다면 윤택수는 강박적으로 강건하다. 소설의 첫 문장에 선무예(善武藝, 무예에 능하다) 호전야(好戰也, 싸움 싸우기를 좋아했다)를 놓을까 고민하는 망설임도 그렇고 '흔히 문무겸전이라고 말하지만 그 중에 하나를 버려야 한다면 나는 서슴없이 문을 버릴 것이다'라고 말하는 결연한 선언도 그렇다.

빛에도 소리에도 촉각에도 예민하지만 윤택수에게 더욱 발달한 것은 후각이었다. 그는 인간의 가치도 대개 후각으로 느꼈다. 냄새를 말할 때 그의 붓은 천의무봉해졌다.

숙희의 기억 속에는 향기의 보자기들이 놓여 있다. 제비꽃 보자기를 펼치면 청명한 제비꽃 향기가 난다. 그것은 관념의 보자기이다. 첫봄의 언덕에 피어나는 연보라의 칼날에 손바닥을 베어 보았는지? 제비꽃 향기가 지금 당신의 코끝에 스쳐 가는지? 우리는 향기를 먹고 사는 것은 아니지만 향기는 본질적이다. 향기는 폭발하는 핵이다. 다시 첫봄이 오면 서둘러 그 언덕으로 갈 일이다. 가서 제비꽃 놀라운 음관音

笙과 건반에 코끝을 댈 일이다. 당신의 민감한 마음 보자기는 금세 당신이 평생 쓰고도 남을 향기를 저장할 것이다.

— 「남산식물지」 부분, 252쪽

여덟 채의 텐트 안에서는 아직 어린 몸에서부터 이미 다 커 버린 몸까지, 달콤한 미역 냄새에서 맵고 짙은 사내 냄새까지, 젊은 것들이 포개져서 자고 있었다.

— 「고래의 노래」 부분, 283쪽

발목을 적시는 이슬 밭을 지나서 좌우대칭과 나선의 침엽수림을 지나서 청미래덩굴의 찬샘을 지나서 만나지는 한 떨기의 난폭한 바람이었다. 그가 추리의 귓전에 대고 말했다. 네게선 원추리 냄새가 나.

— 「원추리 원추리」 부분, 224쪽

당신에게서는 자두나무 가지로 만든 매운 칼 같은 냄새가 납니다.

— 「원추리 원추리」 부분, 228쪽

『벌채상한선』 속 냄새에 관련한 문장을 나는 밤새껏이라도 발췌해

낼 수 있다. 사람과 공간과 꽃과 열매에서 풍기는 냄새는 언어로 포착해 내기만 하면 그 자체로 시가 될 수 있다. 백석의 시에서 풍겨 나는 음식 냄새들이 그 자체로 시이듯이. 나는 그것을 윤택수에게서 한 번 더 발견한다.

4. 그는 애장哀腸을 하나 더 지녔다.

남들이 5장을 가졌다면 윤택수는 6장을 가졌다. 남보다 하나 더 있는 장기를 나는 애장哀腸이라고 이름붙이겠다. 흔히들 신장이 비애를 감당하는 기관이라고 말하지만 그는 신장 곁에 애장이 하나 더 붙어있어 그야말로 '상처적 체질'을 지닌 인간이다. 애는 슬플 애哀이기도 하지만 사랑 애愛이기도 하다. 본디 사랑은 슬픔의 다른 이름이니까.

슬픔은 자칫 나약한 감정인 줄 알지만 실은 인간성을 고양하는 감정이라고 나는 믿는다. 슬픔이란 필터를 통과하고 나면 추와 악은 정화된다. 이 소설 『별채상한선』은 바로 그 애장을 가졌던 한 인간이 슬픔이란 필터를 통과해 바라본 세상과 사람들의 이야기다. 이 소설엔 악한 사람이 하나도 등장하지 않는다. 아비의 의무를 버리고 아내와 아이를 방기한 채 자유를 찾아 떠나도(이채군), 동급생의 누나를 충동적으로 성폭행해도(황재용), 패싸움으로 상대편을 두들겨 패도(장웅희), 오토바이와 섹스하듯 한 몸이 되어 바닷가를 과속으로 질주해도(김상기), 학생들 앞에서 수음에 관해 얘기하며 자신의 성적 취향을 즐겨도(성진식) 그럴 수밖에 없는 내면의 여리고 아픈 결이 물무늬처럼 비춰져 함부로 주인공을 비난할 수가 없다. 본디 세상에 악인이란 존재하지 않는다, 라는 생각을 그는 눈물 어린 눈동자로 보여 준다. 자비라고 말해도 좋을 너그러운 품으로 넉넉히 감싸 안는다.

글을 시작하기 전 1장에서 그는 미리 말했었다.

가마쿠라 막부 시대의 승려 요시다 겐코가 『도연초徒然草』에서 이러이러한 사람으로 태어나고 싶다 … 고 말했듯, 아무런 구김살이 없는 사람들을 그리고 싶었다. 구김살이 없다는 것은 … 한 잎의 우수나 방탕도 없는 사람이라는 말은 아니다. 악당이 없는 세계, 아무도 허망하게 죽어 사라지지 않는 봄과 여름을 그리고 싶었다.

— 「평해平海」 부분, 11~12쪽

정말 그랬다. 이 소설에는 악당이 없고 아무도 죽지 않았다. 악도 죽음도 그토록 흔한 세상이건만. 사람들은 아무도 미워하지 않고 서로를 존중하고 배려하고 은은하게 지켜봤다. 그는 아마도 지상의 천국을 그리고 싶었던 모양이다. 몸속에 애장을 지녀 슬픔으로 정화하지 않으면 불가능할 이야기다.

5 그에게선 유가적 기품이 배어난다.

무슨 케케묵은 말이냐고 힐난할지 모르지만 지금 우리에겐 '멋쟁이'의 롤모델이 없다. 기껏 아이돌 가수의 춤이나 배우의 패션이 멋쟁이로 통용되는 사회는 척박하다. 윤택수는 기수의 조부인 이록이 남긴

놀이재집을 보여 주면서 가문의 역사와 품격을 은근히 들춰낸다. 윤택수가 자라난 땅, 대전에서 가까운 새미레란 마을을 나는 언젠가 꼭 한번쯤 찾아가 볼 요량이다. 윤택수와 같은 본을 쓰는 그 동네 윤씨들의 골상과 습속과 범절을 살펴볼 것이다.

기왕이면 명문가하고 혼사를 맺는 게 좋기는 좋다. 남들이 양반이라고 입술로나마 불러 주는 집안은 뭐가 달라도 다르다. 그 집안의 아들딸들은 음으로 양으로 양반교육을 받으며 클 수밖에 없고 양반교육은 이튼 스쿨의 라틴어 연설이나 에이트 레이싱에 결코 떨어지지 않는, 우리가 상속받은 광산이고 어장이고 농수로農水路이다. 3대가 쌓이면 의복을 알고 5대가 쌓이면 음식을 안다고 했다. 10대가 쌓여야 염치를 알고 그래야 척산리 성씨네라는 말을 듣는 것이다. 그것은 문명文明을 넘어선다.

— 「남산식물지」 부분, 261쪽

자식들이 제 짝을 구해 오면 지나치게 난亂하다거나 모략과 협잡의 소문이 승하지만 않다면 그러하려니 하면서 화촉을 밝혀 준다. 그러한 모습을 체통體統이라고 한다. 체통은 식색食色을 무시하지 않되 내세우지도 않는 점잖음이다.

— 「남산식물지」 부분, 262쪽

「눌이재집 서」에는 이런 글이 나온다.

어語와 문文의 일치는 이미 당위가 되어 버렸으며, 이런 점에서 선
생의 저작을 시대착오적인 이매망량쯤으로 보는 견해들이 더 우세한
듯싶다. 이 문제는 비단 선생의 경우에만 해당하지는 않는다. 이른바
개화開化 이후에 이루어진 한문 저작들 대부분이 이러한 혐의와 함께
치워져서 골방과 다락에서 스러져가고 있다. 이미 산일散佚되고 멸실
滅失되어 버린 것이 기하이겠는가. 바라기는 정리 편집 인쇄 열람되지
못하고 있는 이들 문사철류文史哲類가 후손들의 서궤 속에서나마 온존
해 주기를 빌어마지 않거니와, 일월日月의 광망光芒을 입어 그 뜻이 옳
이 해독되고 반향될 날을 기약함이다.

— 「눌이재집」 부분, 170쪽

이러한 속에서 「탄현일기」의 불편부당한 기록이 이루어지고 「단재선
생전丹齋先生傳」의 깊은 분노가 뜻을 얻고 「삼민주의를 논함論三民主義」
이라는 높은 방략이 제시된 것이다. 이것들이 쓰이지 못하였음은 아까
운 일이다. 그러나 어떤 글과 정신은 땅에 묻혀서도 끝끝내 살아남는다.

— 「눌이재집」 부분, 173쪽

윤택수는 고어 투는 아름답다. 구어체가 갖지 못하는 소슬한 높이를

지닌다. 그는 「눌이재집」을 통해 끝끝내 살아남아 우리 곁을 지켜 주는 글에 대한 선망을 말하고 싶었을까.

참치잡이 어선의 경험

『벌채상한선』은 다양한 형태의 산문을 총망라한 글이다. 바탕은 소설이지만 어떤 장은 온전히 이채군-이기수의 편지글이고, 어떤 장은 온전히 국어선생 성진식의 일기이고, 어떤 장은 방금 읽은 「눌이재집」의 서문과 발문으로 구성되고 신문에 투고한 에세이, 신문기사 등도 두루 등장한다. 자칫 산만하고 어지럽지만 발길에 툭툭 차이는 알밤처럼 흥성하기도 하다.

한때 교사이기도 하고 외항선원이기도 했던 그의 이력이 군데군데 밟히는 부분도 내게 흥미로웠다. 이유를 설명하지 않은 채 '중절 비용'에 쓰일 돈을 모금하는 학급회의, 참치를 잡기 위해 말없이 집중하는 선원들의 모습 같은 것들.

미끼로 쓸 고등어를 통째로 낚싯바늘에 끼우는 거니까 섬세한 작업은 아니라고 봐야 할 거야. 그런데 갑판장이 끼울 때하고 항해사가 끼울 때하고 참치 물려 나오는 실적이 다른 거야. 주낙은 끊임없이 풀려 나가는데, 주낙 중간 중간에 꽂혀 있는 낚싯바늘을 오른손으로 집어들면서, 왼손으로는 미끼 고등어를 집어서, 등지느러미에서 대가리 사이쯤에 낚싯바늘을 끼우고, 오른손으로 주낙과 낚싯줄이 엉키지 않도록 낚싯줄을 던지는 거지.

이런 작업을 5백 번 이상 반복하려면 4시간 정도가 걸려. 거기에 주낙을 배의 속도와 미끼 끼우는 사람의 작업 진도에 맞춰서 뿌리는 사람이 있고, 주낙 뭉치를 보관창고에서 운반하여 그 처음과 끝의 말기를 매듭 지어 놓는 사람이 있고, 미끼를 대고 주낙이 가라앉지 않게끔 중간 중간에 부이buoy를 달아매는 사람이 있어. 4시간 동안 투승작업이 원활하게 이루어진다면 처음부터 끝까지 한 마디의 말도 하지 않는 경우도 있었지.

— 「산란탑」 부분, 69~70쪽

그는 강박적으로 언어를 파고든다. 무심코 의례적으로 쓰는 단어는 한마디도 없다. 사람 사이의 호칭도 마찬가지다. 손윗동서인 민숙자를 민 선배라고 부르는 숙희, 편지의 서두에서 아버지를 이채군 씨라고 호명하는 이기수, 그는 인간 사이의 관계가 기존의 질서에 편입되느라 왜곡되는 것을 원치 않는다. 호칭에 대한 고집이 그걸 은연중 드러낸다. 심지어 예순이 넘은 이기수의 할머니를 등장시키면서도 그는 신순임이라는 이름을 그대로 쓴다.

그의 이름을 뭐라고 부르면 좋을까. 결코 적지 않은 연륜이 부담스럽고 그가 여인네라는 점도 걸린다. 우리는 이런 경우에 그냥 아무개 할머니로 범칭하기도 하고 택호나 당호로써 분위기를 잡기도 한다. 그를 택호로 부르면 은뜰댁이고 당호로는 눌이재 아주머니이다. 역시 신순임이라는 본명으로 부르는 게 좋겠다.

— 「탕치객」 부분, 37쪽

그런데도 나는 이 소설의 제목이 왜 『벌채상한선』인지는 짐작하지 못하겠다. 벌채상한선, 더 이상 인간이 올라와서는 안 되는 나무들의 세상이란 뜻인가. 사람의 발길을 거부하는 산꼭대기 외로운 장소라는 뜻인가.

가을비가 내린다. 비를 내다보며 윤택수의 글을 읽는다. 10년 전에 읽었던 것을 10년 후에도 읽는다. 더 바랄 것이 없다. 그렇다. 어떤 글과 정신은 땅에 묻혀서도 끝끝내 살아남는다. 그가 죽은 지 14년 만에 시집 1, 산문집 1, 소설 1을 묶은 윤택수 전집이 발간된다. 이것은 충분히 기적이다. 해가 갈수록 책이 팔리지 않는다고 아우성인 이 땅에 문단에 이름조차 등록되지 않은 윤택수가 피를 찍어서 쓴 책을 세 권이나 펼쳐 놓는다. 이것은 충분히 장엄하다.

끝으로 1937년 김기림이 썼던 이상의 추도문을 여기에 옮겨 적기로 한다.

상은 필시 죽음에게 진 것은 아니리라. 상은 제 육체의 마지막 조각까지라도 손수 갈아서 없애고 사라진 것이리라. 상은 오늘의 환경과 종족과 무지 속에 두기에는 너무나 아까운 천재였다. 상은 한 번도 잉

크로 시를 쓴 일은 없다. 상의 시에는 언제든지 상의 피가 임리淋漓하
다. 그는 스스로 제 혈관을 짜서 '시대의 혈서'를 쓴 것이다. 그는 현대
라는 커다란 파선에서 떨어져 표랑하던 너무나 처참한 선체 조각이었
다….

나는 '상' 대신 '택수'라고 이름을 바꿔 넣어서 읽어 본다. 이상의 시
에는 이상의 피가 흥건하게 흘러내리고, 윤택수의 시에는 윤택수의 피
가 흥건하게 흘러내린다. 그 피가 이 땅을 풍요롭게 적셔 줄 것이다.
우리들 무딘 감수성을 살려 내고 만물을 애틋하게 정화하고 마침내 가
만가만 생명을 불어넣어 줄 것이다.

　연한 비가 내리셨다. 논둑의 입술들이 젖었다. 그 안에 든 두어 알씩
의 콩들도 젖었다.

― 「삼투압」 부분, 77쪽